로크미디어가
유혹하는
재미있는 세상

잠룡물용

잠룡물용 2

2007년 8월 21일 초판 1쇄 인쇄
2007년 8월 22일 초판 1쇄 발행

지은이 묵룡
발행인 이종주

편집장 김진웅
기획 팀장 김명국
책임 편집 김지영

발행처 (주)로크미디어
출판등록 2003년 3월 24일
주소 서울시 용산구 청파동3가 119-2 진여원BD 5층
Tel (02)3273-5135 Fax (02)3273-5134
홈페이지 rokmedia.com · E-mail rokmedia@empal.com

ⓒ 묵룡, 2007

값 8,000원

ISBN 978-89-257-0235-3 (2권)
ISBN 978-89-257-0233-9 04810 (세트)

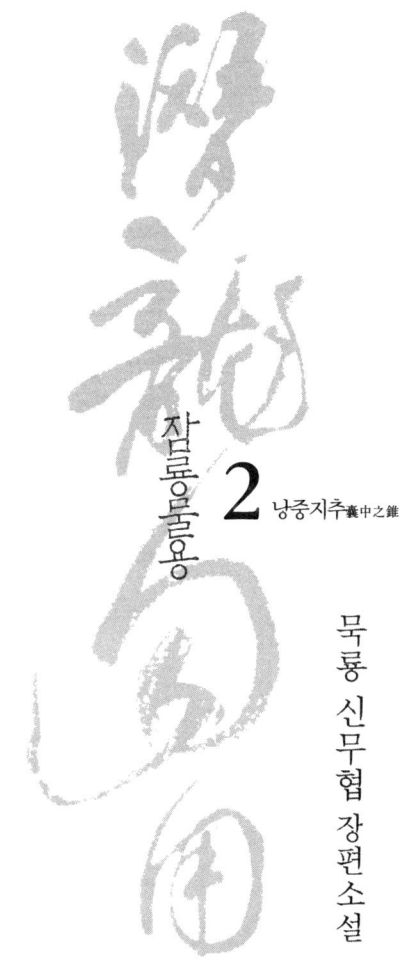

潛龍 잠룡물용

2 낭중지추囊中之錐

묵룡 신무협 장편소설

로크미디어

차례

그냥 유덕이라고
불러 주십시오

적을 정확히 파악하는 것은 승리로 가는 지름길이다.

야오타는 이 사실을 잘 안다. 그래서 언제나 그의 눈은 상대를 향한다. 오늘도 마찬가지다. 그러나 앞서 가는 검은 무복의 사내는 도무지 판단이 내려지지 않았다.

날을 세우지 않은 무기를 차고 있는 것을 보면 분명 칼을 멋으로 차고 다니는 문사다. 하지만 그의 등 뒤에 꽂혀 있는 비수는 무인들이 사용하는 무기다.

실력을 알아보기 위해 방향을 틀어 숲 속을 달려 보기도 하고 험한 암벽을 오르기도 했다. 그리고 그때마다 야오타가 느낀 것은 사내가 잘 훈련된 병사 같다는 것이었다. 그러나 무공을 익힌 흔적은 어디에서도 보이지 않았다.

만도를 휘둘러 길을 만드는 지금도 마찬가지였다. 만도의 무게를 이용해 나무를 잘라 내는 것, 어찌 보면 쉬운 일이었지만 한 번도 해 보지 않은 자는 정확히 나무를 잘라 낼 수 없었다. 그런데 검은 무복의 사내는 이런 일에 익숙한 자신의 동료와 하나도 다를 것이 없었다.

야오타는 이 모든 것을 종합해 검은 무복의 사내를, 무공을 익히지 않았으면서도 칼을 다룰 줄 아는 사람, 즉 군인으로 결론 내렸다.

'지겨울 정도로 피를 많이 보았나 보군. 그래도 칼을 뭉툭하게 만든 것은 지랄 같은 짓이다.'

모든 남만인이 그렇듯 야오타도 칼을 소중하게 다루지 않는다. 하지만 칼날만큼은 언제나 날카롭게 갈아 가지고 다녔다. 적을 죽이지 못하면 자신이 죽는다는 사실을 잘 알고 있었기 때문이다.

야오타는 검은 무복의 사내에 대한 관심을 털어 내 버렸다. 무공을 익힌 자라면 몰라도 군인이라면 무딘 칼로 사람을 죽일 수 없다. 사람을 많이 죽여 본 자라도 무인의 마음을 잃어버린 자라면 자신의 적이 될 수 없었다. 걱정할 사람은 한 명뿐이었다.

'오늘 저녁이면 대리. 이제 와족의 땅만 무사히 건너면 된다.'

야오타는 인간의 해골로 만든 탑을 떠올리며 몸을 떨었다.

'진짜 그곳은 가고 싶지 않았는데⋯⋯.'

와족의 영토임을 알리는 표식에 불과하지만 그는 그것을 볼 때마다 자신의 죽음을 떠올렸다. 운남의 어느 부족도 두렵지 않은 그도 와족만큼은 두려웠다.

이번에도 소금이 아니었다면 절대 끼어들지 않았을 것이다. 만도처럼 짤막한 도를 휘두르는 사내의 바랑 속에 소금이 가득 들어 있을 것을 생각하니 갑자기 용기가 샘솟았다.

'그래. 이번 한 번뿐이다.'

야오타의 입가에 가느다란 미소가 그려졌다.

이른 저녁, 대리에 도착한 야오타는 도시로 들어가는 입구에서 걸음을 멈추었다.

"내일 아침에 반대편에서 뵙겠소."

"숙소는 어떻게 하⋯⋯."

"우리들만 따로 머무는 장소가 있소. 그럼 내일 뵙겠소."

천위지의 말을 중간에서 자르며 자신이 하고 싶은 말만 한 야오타는 곧바로 남만 용병들을 이끈 채 우측 길로 걸음을 옮겼다.

"저, 저 새끼가!"

도치는 손을 움켜쥐었다. 천위지를 우습게 여기는 야오타의 행동에 화가 난 것이다. 그러나 천위지는 대수롭지 않다는 듯 담담한 얼굴로 정면을 향해 걸음을 옮겼다.

"형님은 화도 나지 않소?"

빠른 걸음으로 천위지를 뒤따라붙은 도치의 입에서 볼멘 목소리가 흘러나왔다.

"놔둬라. 덕분에 돈도 적게 들고 좋지 않냐."

도치는 피식 웃었다. 천위지의 대답이 어이가 없었던 것이다.

"하여간 형님은……."

대리에 들어선 천위지는 주변의 풍경에 놀랐다. 완전히 오지일 것이라 생각했건만 이곳에도 숭성사崇聖寺라는 절이 있고, 이십 장이 넘는 탑과 십오 장이 넘는 탑 두 개를 합쳐 일명 삼탑三塔이라 부르는 탑도 있었다.

번듯한 길도 보였다. 곤명에서 이곳까지는 길이 나 있었던 것이다. 그럼에도 어째서 밀림을 통과했는지는 알 수 없었다. 지름길로 오기 위해서 그랬는지, 아니면 적당한 장소에서 자신들을 공격하려 했는지는 헤어진 남만인들만이 알고 있을 것이었다.

"이런 곳에 객잔이 있을지 모르겠소."

"있을 것이다."

"어떻게 확신하시오?"

"봐라. 여러 부족들이 돌아다니고 있지 않느냐. 그럼 멀리서 온 부족도 있을 것이니 그들이 머무는 곳이 하나 정도는 있겠지."

천위지의 손에 따라 주위를 둘러보던 도치가 고개를 끄덕였다.

"정말 그렇구려. 그런데 형님은 그런 것을 어떻게 그리 잘 아시오?"

"너도 조금만 주위에 관심을 기울이면 쉽게 알 수 있는 것이다."

"그렇다면 그냥 이대로 살라요. 싸울 장소를 살피는 것만도 힘든데 이런 곳에까지 신경 쓰고 싶지 않소."

천위지가 고개를 가로저었다.

"그것은 잘못된 생각이다. 싸움은 언제 어느 곳에서 일어날지 알 수 없는 것이다. 도치야. 너는 지금 당장 이곳에서 싸움이 일어나지 않는다고 보장할 수 있느냐?"

도치가 아무런 대답도 하지 않은 채 주위를 둘러보기 시작했다. 어깨를 들썩이며 주위를 둘러보는 모양이 이곳에서의 싸움을 떠올리는 것 같았다.

천위지는 미소를 지은 채 도치가 스스로 깨어나기만을 기다렸다. 둘만의 이런 시간은 한참 동안이나 계속되었다. 도치의 깨침이 평소보다 훨씬 깊었던 것이다.

천위지는 말이 통하지 않는 자들을 상대로 손짓과 발짓을 여러 번 하고서야 제법 그럴싸한 객잔을 찾을 수 있었다.

"어서 오십시오."

천위지와 도치는 대리에 들어와서 처음으로 말이 통하는 자를 만나게 되었다. 조양루라는 객잔을 운영하는 주인이었다.

"상인은 아니신 것 같은데 이곳까지 어인 일이십니까?"

"등충으로 가는 길입니다."

"그 위험한 곳에 무슨 일로 가십니까?"

"화령초를 구해 볼까 해서요."

"아! 화령초."

주인은 그제야 두 사람이 이곳까지 온 이유를 이해하는 것 같았다. 천위지는 주인의 얼굴에서 그동안 가졌던 의구심을 떨쳐 버릴 수가 있었다. 언제 목숨을 노리고 달려들지 모르는 남만인들이었지만 아직까지는 정확한 길로 안내했던 것이다. 주인의 말이 이어졌다.

"등충이 화령초가 많이 나기는 하지요. 예전에 강족 전사들이 들고 나타난 화령초도 용병과 함께 니족을 약탈해서 얻은 것이니까요. 하지만 그것도 오 년 전부터는 일체 볼 수 없더군요."

"무슨 일이라도 있었습니까?"

"잘은 모르겠습니다만 니족을 도와주는 사람이 있다는 소문이 돌고 있습니다."

"도와주는 사람이오?"

"예. 중원인이라고 하는데, 사실 그 소문은 믿을 것이 못 됩니다. 어떤 중원인이 그곳까지 가서 살겠습니까? 그냥 소

문인 것이지요.”

“그렇군요. 그나저나 니족은 어떤 사람들입니까?”

“글쎄요. 저도 본 적이 없어서 뭐라고 말씀드리기가 그렇습니다. 다만 강족 사람들의 말로는 꽤 사나운 부족이라고 하니까 그런가 보다 하지요. 그리고 보니 니족은 다른 부족을 잡으면 노예로 쓴다는 말을 얼핏 들은 적이 있습니다.”

천위지의 얼굴이 살짝 찌푸려졌다.

‘노예라… 한바탕 싸움을 벌여야 할지도 모르겠군.’

주인의 말이 이어졌다.

“그래도 와족보다는 나을 것입니다.”

“와족요?”

“예. 등충에 가려면 꼭 거쳐야 하는 부족인데 그들은 사람을 먹는다고 합니다.”

“식인종이라는 말씀이십니까?”

“예. 그렇다고 들었습니다. 그들은 사람의 해골로 만든 탑으로 자신의 영토라는 것을 알리는데, 영토를 침입하는 자들은 잡아서 먹는다고 합니다. 혹시 가는 길에 그런 곳이 나타나면 조심하도록 하십시오.”

“알겠습니다. 그렇게 하지요. 그나저나 근래에 혹시 우리와 같은 사람들이 이곳에 들리지 않았습니까?”

“아니오. 상인이 아닌 사람은 근 칠 년 만에 처음입니다. 그런데 그것은 어째서 물으십니까?”

자신이 도착했을 때 곤명에 사람이 없었으니 그들 대부분은 이곳을 향했다고 봐야 할 것이다. 그럼에도 아직까지 도착하지 않았다는 것은 남만인들이 지름길로 안내했다는 것이었다.

　천위지는 문득 자신이 너무 사람을 믿지 못하는 것이 아닌가 하는 생각이 들었다. 지금까지의 안내는 흠잡을 것이 없었기 때문이다. 하지만 독안초옹의 탐욕에 찬 눈빛을 잊을 수가 없었다.

　'좀 더 두고 보자.'

　섣불리 결정을 내릴 필요는 없었다. 믿음은 모든 것을 끝내고 찾아도 충분했다.

　"그렇다면 중원인들을 맞을 준비를 하셔야겠습니다. 꽤 많은 사람이 이곳으로 올 것이거든요."

　"정말입니까?"

　"예. 곤명에서 저보다 먼저 출발했으니 머지않아 이곳에 도착할 것입니다."

　주인의 얼굴에 미소가 떠올랐다. 운남 지방에 사는 부족들은 거의 모든 것을 자급자족한다고 하니 이곳의 돈벌이가 그리 좋지는 않을 것이다. 천위지는 주인이 웃는 이유를 알 수 있을 것 같았다.

　"우리도 자고 가야 하니까 둘이 잘 수 있는 방으로 하나 주시고 음식도 주십시오. 술도 한 병 부탁합니다."

"좋은 소식을 전해 주신 분이니 술은 공짜로 드리지요."

"하하. 고맙습니다."

그날 저녁, 천위지의 예측대로 중원인들이 하나 둘 객잔으로 모여들었다. 조용하던 객잔이 마치 시장처럼 시끄러워졌다. 객잔이 시끄러워진 만큼 도치의 배포도 커져 가는지 도치는 가만히 앉아 있지를 못했다.

"내려가고 싶으냐?"

도치가 기다렸다는 듯 큰 소리로 말했다.

"형님! 우리도 내려가서 술 한 잔만 합시다. 주인이 등충까지는 보름 길이고, 그 길에는 객잔도 없다고 하지 않았소. 그러니 한 잔만 더 합시다."

"네 솜씨를 뽐낼 생각은 아니고?"

도치는 대답을 하지 않았다. 도치의 좋은 점이 바로 이것이었다. 어떠한 경우라도 거짓말은 안 하는 것, 거짓말을 할 바에는 아예 입을 다물어 버렸다.

"우리는 아직 남과 다툴 때가 아니다. 그러니 술을 한 잔 더 하고 싶으면 이곳에서 하자."

"알았소. 내가 내려가서 주문하고 오겠소."

"그래라. 칼은 놓고 가거라."

도치는 말없이 둔치도를 풀어 놓고 나갔다. 무인은 한시도 자신의 무기를 떼어 놓으면 안 된다는 것을 모를 천위지가 아니었다. 하지만 일 층에는 수많은 무림인들이 있고 그들 중 몇몇은 이미 술에 취해 있다. 칼만 보고 시비가 일어날 수 있는 것이다.

그러나 시비는 칼이 없어도 일어날 수 있었다.

"이런 니기미. 방금 너, 뭐라고 했어?"

도치의 음성이 이 층 방에까지 들려왔다. 우려했던 일이 벌어진 것이다.

탁자에 놓인 둔치도를 집어 든 천위지는 쏜살같이 방을 빠져나와 바닥을 박차고 튀어 올랐다.

계단이 놓인 중앙 통로를 통해 일 층의 모습이 한눈에 들어왔다. 술병을 든 도치와 의자에 몸을 기댄 채 도치를 바라보는 사내가 눈을 마주하고 있었다. 천위지가 내려설 곳과는 약간 떨어진 곳이었다.

천위지의 몸이 공중에서 비틀리더니 마치 허공을 박차듯 공중으로 뛰어올라 방향을 바꾸었다. 어찌 보면 운룡대팔식의 운룡번신雲龍飜身 같지만 몸을 비틀어 허공을 박차는 수법이 운룡번신과는 많은 차이가 있었다.

"하아!"

천위지의 움직임을 본 몇몇의 입에서 탄성이 흘러나왔다. 하지만 도치에게 시비를 건 자와 같은 탁자에 앉아 있던 사람들은 천위지의 움직임을 보지 못했다.

사뿐!

천위지는 도치의 옆에 내려섰다. 계속적으로 그들을 보고 있던 자들이 아니면 천위지가 이 층에서 내려왔다는 것을 알아차릴 수 없을 만큼 매끈한 착지였다.

도치의 시선이 천위지에게로 돌려졌다.

"형님. 내가 시비를 건 것이 아니오."

"알고 있다."

천위지는 담담한 표정으로 둔치도를 내밀었다. 자신이 뱉은 말은 무슨 일이든지 지키는 도치였다. 그가 시비를 먼저 걸었을 리가 없었다. 천위지는 아직도 의자에 몸을 기댄 채 자신을 바라보는 삼십 대의 청년에게로 시선을 돌렸다. 제법 곱상하게 생긴 것이 고생을 모르고 자란 사람 같았다.

"무슨 일이십니까?"

"당신이 이자의 형님이오? 그럼 내 부탁 좀 들어주시오."

천위지가 바닥에 내려서는 모습을 보았음에도 조금도 기가 죽지 않는 것으로 보아, 제법 실력을 갖춘 자임이 분명했다.

"말씀해 보시지요."

"우리가 조금 늦어서 방을 하나밖에 구하지 못했소. 그런데 보시다시피 우리에게는 여동생이 둘이나 있소. 그러니 방을 좀 양보해 주시오."

"여동생을 재울 곳이 마땅치 않으니 우리보고 방을 비워 달라는 말씀이시군요."

"하하! 역시 당신은 동생보다 똑똑하구려. 그렇게만 해 주면 당신의 방 값을 우리가 두 배로 내 주겠소. 어떻소?"

"미안합니다만 우리도 이곳이 아니면 잠잘 곳이 마땅치 않습니다. 그리고 무인의 세계에 뛰어든 여인이라면 잠자리에 그리 연연하지 않을 것이니 네 분이서 적당한 방법을 찾아보십시오. 그럼 저희는 도와 드릴 게 없을 것 같으니 이만 돌아가겠습니다."

콰앙!

사내가 검갑으로 탁자를 후려쳤다.

"말로 해서는 안 될 자들이군."

도치의 눈이 독사의 눈처럼 길게 찢어졌다.

"흐흐흐! 죽고 싶나?"

도치의 독기가 발동하고 있었다.

"오빠! 저분의 말씀이 맞아요. 우리는 불편하지 않아요."

사내 뒤에 앉아 있던 여인들이 그제야 사내의 손을 붙잡았다. 진작 말렸어야 했다. 청년은 이미 자존심을 구겼고 도치는 이미 독기가 올랐다.

천위지의 시선도 싸늘해졌다.

"진정 칼을 맞대야겠소?"

사내가 피식 웃었다.

"말이 필요 없을 것 같은데."

"좋소. 대신 이곳은 피를 보기 적당한 장소가 아닌 듯싶으니 밖으로 나가시오."

싸늘한 음성으로 상대의 시비를 받아들이기로 한 천위지의 시선이 도치에게로 향했다.

"칼을 든 자가 시비를 걸 때에는 죽음을 각오하는 법! 죽여라."

도치의 입가에 비릿한 미소가 떠올랐다.

목숨이 걸려 있는 무림인과의 한판 승부, 원하던 바였다.

도치는 두 손을 늘어트린 채 밖으로 향했다. 두려움도 조급함도 보이지 않았다. 지금 이 순간 도치에게서 보이는 것이라고는 날카롭게 세워진 예기, 그것뿐이었다.

천위지는 문득 예전에 구 교위가 한 말이 떠올랐다.

— 적을 상대할 때의 마음은 칼날과 같아야 한다. 적을 죽이고자 했으면 그것뿐! 약간의 주저함이나 미련, 두려움도 없는 편안한 마음으로 적을 상대해야 한다. 적을 베지 않으면 내가 죽겠다는 생각도 버려라. 그것 또한 마음의 티끌에 불과하다. 단지 적을 베겠다는 마음! 그것만 있으면 되는 것이다.

천위지는 구 교위가 바라는 모습이 지금의 도치일 거라는 생각이 들었다.

천위지는 심한 갈증이 느껴졌다.

"주인장. 술 한 병만 주시오."

천위지의 이런 여유는 곱상한 사내와 같이 앉아 있던 자들에게 왠지 모를 불안감을 안겨 주었다. 그중에 특히 시비를 건 사내 옆에 앉아 있던 이십 대의 청년은 오늘 일이 이상하게 돌아간다고 생각했다.

운가보주의 넷째 아들 운재동.

여섯 살의 나이에 종남의 문하에 들어가 십칠 년, 스물셋의 나이에 이대 제자에 오를 만큼 출중한 실력을 갖추었다. 동문의 어른들과 사형들을 제외하고는 아직까지 고개를 숙여 본 적이 없었다.

그가 종남을 떠나 이곳에 온 이유도 아버지의 부탁으로 둘째형을 조율하기 위해서였다. 평소에는 친절하기 이를 데 없는 형이지만 술만 먹으면 아무나 붙잡고 시비를 거는 통에 많은 문제를 만들었다. 오늘도 사촌 여동생이 건넨 술이 문제가 되었다.

사실 형이 시비를 걸 때만 해도 큰 걱정은 없었다. 무기도 없는 자였고 실력도 그다지 뛰어나 보이지 않았기 때문에 적당한 순간에 말리면 끝날 줄 알았다. 그런데 새로운 사람이 나타나는 순간 완전히 다른 양상으로 변했다.

무기를 건네받은 청년에게서 피의 향기가 느껴졌다. 청년은 가급적이면 조용히 지나가려고 했던 것이지, 형이 무서워서 피한 게 아니었던 것이다. 그럴 리는 없겠지만 둘째 형이 당할 수도 있겠다는 생각이 들 정도였다.

하지만 더 이상한 건 지금 눈앞에서 술을 마시는 사람이었

다. 착지할 때의 모습으로 보아 상당한 수준의 무공을 익힌 것이 분명한데도 무공을 익힌 흔적이 전혀 드러나지 않는 사람, 스승의 냄새가 나는 사람이었다.

운재동은 지금 주루에 남아 있는 사람은 자신과 천위지뿐이라는 사실도 인식하지 못했다. 그만큼 그는 천위지에게 빠져 있었다. 이런 그를 현실로 돌아오게 만든 것은 칼이 부딪치는 소리였다.

챙챙챙!

'이것, 장난이 아니다.'

한 사람이 우세한 소리가 아니었다. 한 치도 밀리지 않는 자들끼리 내는 소리였다.

터억!

탁자에 놓여 있는 검을 집어 든 운재동은 서둘러 객잔을 빠져나갔다. 술병을 든 천위지가 천천히 운재동을 뒤따랐다.

챙! 챙! 챙!

한 치도 밀리지 않는 결투가 진행되고 있었다. 서로를 향해 다가가며 힘으로 상대를 제압하는 공격, 자신의 안위는 돌보지 않은 채 상대를 베겠다는 일념으로만 이루어진 일격필살一擊必殺의 공격이 두 사람의 손에서 똑같이 펼쳐지고 있었다.

도치와 칼을 부딪치는 운재하는 시간이 갈수록 자신이 불리하다는 것을 느꼈다. 도를 든 자를 상대로 참斬과 압壓의 무리가 깃든 광혼구검狂魂九劍을 펼친 것 자체가 실수였다. 호쾌하게 이기겠다는 헛된 생각이 만들어 낸 무리수였다.

술기운은 이미 흔적도 없이 사라졌다. 지금 이 순간도 상대보다 내공이 높기 때문에 버티는 것이지, 내공도 비슷했다면 벌써 상대의 도에 머리가 부서졌을 것이었다.

그렇다고 검법을 바꿀 수도 없었다. 검법을 바꾸기 위해 틈을 보이는 순간 상대의 도가 자신의 몸을 유린할 것이 분명했기 때문이다. 이대로 가자니 패할 것이 뻔하고, 그렇다고 검법을 바꾸자니 더 빨리 패할 것 같은, 그야말로 진퇴양난의 곤경에 빠졌다.

운재하의 어려움은 운재동에게도 보였다. 하지만 섣불리 검을 뽑을 수가 없었다. 검을 뽑는 순간 자신의 곁에서 술병을 든 채 결투를 바라보는 자가 어떻게 행동할지 알 수 없었기 때문이다. 싸워서 이길 자신도 없었다.

무인에게 한 번의 실수는 죽음이라고 하지만 이렇게 어이없게 형을 보낼 수는 없었다.

운재동은 천위지를 향해 다가갔다.

"이제 그만 하시지요. 저희가 잘못했습니다."

비록 가볍게 고개를 끄덕이는 정도였지만 동문이 아닌 사람에게 처음으로 숙이는 고개였다. 꽉 다문 입술 사이로 피가 흘러나왔다. 검을 뽑아 보지도 못하고 패배를 시인해야 하는 그의 심정이 어떨지 굳이 말을 하지 않아도 알 수 있었다.

천위지의 눈에 이채의 빛이 떠올랐다. 목숨보다 명예를 소중히 여긴다는 무림인이다. 그것도 소나무가 그려진 검을 차고 있으니 종남의 제자가 분명했다.

그런데 이제 이십 대 초반에 불과한 사내가 다른 사람을 위해서 머리를 숙인다. 아무리 형제를 살리기 위해서라지만 결코 쉽지 않은 일이었다.

'평범한 젊은이가 아니군.'

천위지는 갈증이 심해지는 것을 느꼈다. 만약 이름난 문파의 제자들이 모두 이 청년 같으면 강호는 그야말로 용담호혈일 것이다.

천위지는 이 청년과의 인연이 계속 이어질 것 같은 느낌을 받았다. 좋은 인연일지 악연일지는 나중에 밝혀지겠지만 말이다. 천위지는 점점 더 기세를 높이는 도치에게로 시선을 돌렸다.

"도치야! 그만 하면 되었다. 가자."

카앙!

큰 소리와 함께 운재하와 도치가 갈라섰다.

"헤헤. 다음에는 조심하쇼."

운재하의 눈초리가 올라갔다. 이제 다시 싸우면 이길 자신이 있었다. 하지만 동생이 종남의 명예를 버리면서까지 구해 준 목숨이었다. 돌아가는 상대를 붙잡고 다시 싸워 이긴다고 해도 이미 체면은 구겨질 대로 구겨진 다음이었다.

"후우!"

나오는 것은 한숨뿐이었다.

"재동아, 미안하다. 이제 다시는 술을 마시지 않으마."

천위지에게서 시선을 떼지 못하던 운재동이 그제야 운재하에게로 고개를 돌렸다.

"형님. 이곳은 우리가 끼어들 곳이 아닌 것 같으니 이제 그만 돌아갑시다."

"그러자꾸나. 아버님의 꾸지람은 내가 받으마."

"하하하! 꼭 그래야 하오."

운재하와 운재동은 비웃는 시선 속에서도 거침없이 웃음을 토해 내고 있었다. 오늘 싸움을 본 사람들은 대부분 운가보를 우습게 생각할 것이다.

하지만 그들은 모르고 있었다. 패배를 당하고도 환하게 웃을 수 있는 사람은 세상에 그리 많지 않다는 사실을 말이다.

"헤헤헤."

방으로 돌아온 도치는 웃음을 그치지 않았다.

"그렇게 좋냐?"

"당연하지 않소. 무림인이라고 뻐기는 놈이 살려 달라고 비는 꼴이라니… 크크크!"

"도치야."

천위지가 차분한 음성으로 도치를 불렀다.

"왜 그러시오, 형님!"

"나에게 고개를 숙인 사내를 어떻게 평가하느냐?"

"그거야 볼 것도 없이 치졸한 놈 아니오. 무인이라는 작자가 싸워 보지도 않고 고개를 숙이다니, 에이!"

도치는 진짜로 상대의 행동이 마음에 들지 않는 것 같았다.

"그자와 싸우면 이길 수 있겠느냐?"

"그것을 말이라고 하시오? 그깟 놈들은 열 명이 달려들어도 이길 수 있소."

"진짜로?"

"에이. 형님. 지금 나를 어찌 보고……."

천위지는 손을 들어 도치의 말을 막았다.

"한번 싸워 봐라. 진짜로 이길 수 있는 상대인지."

도치는 가부좌의 자세를 취한 후 곧바로 눈을 감았다.

가상의 공간에서 미지의 적과 싸우는 것, 천위지가 ≪전신결≫에서 찾아낸 수련 방법이었다. 실전을 할 수 없는 그에게는 그야말로 최고의 수련 방법이었다.

천위지는 그 방법을 도치에게 가르쳤다. 도치는 그동안 수많은 사람과 싸웠다. 이길 때도 있었고 질 때도 있었다.

하지만 진 상대와는 다시 싸웠고 이기고 나서야 눈을 떴다. 천위지는 그가 노력하면 이길 수 있는 상대를 선택해 주었던 것이다.

이번에도 도치는 곧바로 미소를 떠올렸다. 아마 가상의

공간에서 운재동은 죽었을 것이다. 그러나 그것은 잠시뿐이었다.

시간이 지나면서 도치의 얼굴이 일그러지고 있었다. 처음에는 곤란을 겪더라도 시간이 갈수록 여유를 찾아가던 지금까지와는 완전히 다른 모습이었다.

"으윽!"

신음 소리도 흘러나왔다.

천위지는 도치의 어깨에 손을 올려놓았다.

"그만 하면 됐다."

"후우!"

도치가 긴 한숨 소리와 함께 눈을 떴다.

"어떠냐? 이길 수 있겠느냐?"

도치가 어깨를 늘어트리며 고개를 흔들었다.

천위지는 빙긋이 웃었다.

"조금 전의 실전에서 너는 일초와 이초만 사용했다. 어째서 그랬느냐?"

"내가 가장 좋아하는 방법으로 싸우자고 하는데 내가 피할 이유가 없지 않소."

"또 싸워도 이길 수 있겠느냐?"

"당연하지 않소."

"그가 다른 방법으로 싸워도?"

"처음에는 조금 어렵겠지만 결국에는 내가 이길 것이오."

천위지는 고개를 끄덕였다.

"그럼 이번 가상에서의 싸움은 어땠느냐? 이번에도 실전처럼 싸웠느냐?"

도치가 고개를 끄덕였다. 살을 내주고 뼈를 취하는 기존의 방법을 고수했다는 말이었다.

"하하하!"

천위지는 웃음이 절로 나왔다. 자기와 대련할 때도 뒤로 물러서지 않는 도치의 투지가 생각났던 것이다.

"도치야. 네가 배운 초식이 도법이 아니라 도결刀訣로 불리는 이유가 무엇이냐?"

"도법뿐이 아니라 검법, 권법으로도 쓸 수 있기 때문이 아니요?"

"그럼 구초까지 있는 이유는 무엇이냐?"

"그거야 도결에는 여러 가지 무공의 이치가……."

대답을 하던 도치가 입을 다물었다. 자신이 무엇을 잊어버리고 있었는지 알게 된 것이다.

천위지는 입가에 떠 있던 미소를 지웠다.

"파극도결을 완성한다면 일초에도 모든 무리를 담을 수 있다. 하지만 너는 아직 그런 수준에 도달하지 못했다. 그럼에도 너는 고집만을 앞세워 칼을 휘두른다."

천위지는 냉혹하다 싶을 정도로 도치의 맹점을 꾸짖었다.

"무인들의 생과 사는 반 초식 만에도 갈라진다. 그런데도 너는 마음에 드는 초식이라 해서 일초식과 이초식만을 고집한다. 세상은 넓다. 세상의 무인들이 모두 너의 그 절름발이 무공에 당할 것이라 생각한다면 오산이다.”

도치는 고개를 숙였다.

“이곳으로 오면서 가르쳐 준 구천비운종九天飛雲宗과 파극도결破極刀訣을 합칠 방법을 찾아라. 그리고 그 속에서 초식의 숨결을 느껴라. 그러지 않으면 너는 영원히 그를 이길 수 없다.”

매몰찬 지적이었지만 하나도 틀린 말이 없었다. 도치는 입술을 깨물며 그 자세 그대로 눈을 감았다. 이기기 전까지는 자리에서 일어나지 않을 표정이었다.

천위지는 그제야 굳어 있는 표정을 풀었다.

‘이곳에서 며칠 더 묵어야겠군!’

천위지는 화령초보다 도치의 안전을 더 중요하게 생각했다. 화령초를 구하지 못하더라도 도치를 억지로 일으킬 생각은 없었다.

천위지는 바랑에서 ≪三(삼)≫이라고 적힌 책을 꺼내 창가에 놓인 의자에 앉았다. 이곳으로 오면서 구한 ≪약초편람藥草便覽≫이란 책으로, 총 여섯 권으로 구성되어 있으며 약초와 독초를 그림과 함께 설명해 놓아 매우 쉽게 읽을 수 있었다.

천위지는 이제 도치가 일어나기 전까지는 이 자세를 유지할 것이다. 이곳으로 오는 도중 쭉 그래 왔듯이 말이다.

야오타는 특별한 능력이 있었다.

무당이었던 아버지에게 물려받은 것인지 아니면 신성한 여인으로 불렸던 어머니에게서 물려받은 것인지는 알 수 없지만 아무튼 기의 변화에 민감했다. 삼십 년이 넘게 용병 생활을 하면서도 아직까지 살아 있는 힘이기도 했다.

그런데 오늘 그 능력이 그를 자꾸 불안하게 만들고 있었다. 겉으로 드러난 요인은 출발이 이틀이나 늦어진 점이었다. 그러나 야오타가 불안을 느끼는 이유는 정작 다른 곳에 있었다.

사흘 전만 해도 날카롭고 폭렬한 기만 뿜어내던 도치가 운남에서 가장 큰 나무, 신이 머무는 장소라 불리는 마하랏트를 연상시키는 것이 문제였다.

'안 좋다.'

마하랏트와 같은 자를 만나면 절대 싸우지 말라는 어머니의 말이 아니더라도 위험하다는 느낌이 온몸으로 전해졌다. 칼도 없이 우거진 나무 사이를 자유롭게 헤집고 다니는 도치의 움직임은 그런 위험을 더욱 증폭시켰다.

도치는 보법의 효용에 푹 빠져 있었다. 한 가지에 몰입하면 다른 것에는 전혀 신경을 쓰지 않는 그의 집중력은 오늘도 변함이 없었다.

'착提, 회回, 둔遯…….'

도치는 보법의 묘리가 하나 둘 몸에 스며드는 것을 실감하고 있었다. 지겹고 따분하게 느껴지던 운남의 밀림이 이렇듯 기분 좋게 다가올지는 그도 몰랐다.

"번쩍."

흥에 겨운 소리와 함께 도치의 몸이 허공에서 뒤집히며 좌로 움직였다.

그때였다.

"조심하시오."

야오타의 입에서 나직한 음성이 흘러나왔다.

도치가 미끄러지듯 뒤로 움직이며 천위지의 곁에 섰다. 조금의 군더더기도 없이 매끄럽게 이어지는 동작, 구천비운종이 오 성에 접어들었다는 증거였다.

"무슨 일이오? 형님!"

천위지는 손을 들어 한 곳을 가리켰다. 사람의 해골로 만들어진 탑이었다.

"와족의 영토다."

"식인종이라는 놈들 말이오?"

천위지는 고개를 끄덕였다.

스르르렁!

도치는 폭렬한 기세를 내뿜으며 둔치도를 뽑아 들었다.

"만나는 족족 목을 잘라 버릴 것이오. 말리지 마시오."

천위지는 피식 웃었다.

"쉽게 눈에 띄지 않을 것이다."

"그게 무슨 말이오?"

"네가 이곳 사람이라면 어떻게 싸우겠느냐?"

도치는 주변을 둘러보았다. 우거진 숲과 험난한 지형, 햇빛조차 쉽게 스며들지 못하는 정글의 모습이 하나씩 눈에 들어왔다.

'은신, 매복, 암살… 살수다.'

실질적인 살수는 아니었지만 살수의 형태를 띤 싸움을 벌일 것이 분명했다.

"살수구려."

"그렇다. 아마 멀리서는 독화살을 쏘고 가까이에서는 은신해서 공격할 것이다. 가장 까다로운 적이지."

아직까지 한 번도 싸워 본 적이 없는 형태의 적이었다. 예전 같았으면 그냥 무작정 싸웠겠지만 이제 배움이 무엇인지 아는 도치다. 배우는 일에 쪽팔리는 것은 없다는 게 요즘 그의 신조였다.

도치는 고개를 돌려 천위지를 바라보았다.

"어떻게 싸워야 하는 것이오?"

"이런 싸움은 누가 더 잘 숨느냐가 승리의 관건이다. 내가 제일 처음에 가르쳐 준 말을 기억하고 있느냐?"

"침잠 말이오?"

천위지는 고개를 끄덕였다.

"이번 싸움에서는 그것을 생각하고 또 생각해라. 얻는 것이 있을 것이다."

천위지와 도치가 대화를 나누는 사이, 야오타를 제외한 용병은 모두 모습을 감추었다.

천위지는 등 뒤에 꽂힌 두 개의 비수를 뽑아 들었다.

"가자."

천위지의 움직임이 은밀해졌다. 발소리는 물론 나무를 건드리는 소리도 내지 않았다. 그 뒤를 따르는 도치의 움직임도 은밀해졌다. 천위지의 자연스러움에는 비할 바가 못 되지만 구천비운종의 요결들은 그를 감춰 주기에 충분했다.

서걱!

온몸에 문신이 가득한 와족의 목이 공중으로 떠올랐다.

그 모습을 보고 소리를 지르려는 와족은 등 뒤에서 파고드는 비수에 몸을 내주었다.

푸욱!

순간적으로 찾아온 암흑은 와족 사내를 영원의 세계로 이끌었다.

쓰우욱!

등 뒤로 들어가 허파에 구멍을 낸 비수가 조용히 등을 빠져나왔다.

잡고 있던 와족을 소리 나지 않게 바닥에 누인 천위지는 전면에 보이는 숲을 가리킨 후 손가락 세 개를 폈다.

그의 뒤를 따르는 야오타와 도치가 고개를 끄덕였다.

언제부터인가 야오타는 가는 방향만 가리키고 천위지가 선두에서 길을 안내하고 있었다. 너무도 자연스럽게 이루어 진 변화라서 그런지, 아무도 지금의 행동을 이상하게 생각하 지 않았다.

세 명이 움직였다. 잠시 후 와족 사내 세 명이 소리도 지 르지 못한 채 숨을 거두었다.

천위지는 이동 경로에 있는 자들만 죽였다. 조금만 옆으 로 가면 더 많은 와족을 죽일 수 있음에도 그들은 쳐다보지 도 않았다.

'이들에게는 이들 나름대로의 삶이 있다. 설령 그것이 내 가 알고 있는 것과 어긋나더라도 이들의 삶까지 바꿀 권리는 없다.'

천위지가 와족 전체를 상대로 칼을 들지 않은 이유였다.

"크아아악!"

벌써 세 번째 들려오는 비명 소리다. 와족의 비명이 갓난 아기의 울음소리와 비슷하다는 점을 감안하면 지금의 비명 소리는 남만 용병이 내는 소리였다.

천위지는 비명 소리에 연연하지 않았다. 자신이 요구한 것은 한 명의 안내인이었지, 자신의 목숨을 노리는 자들이 아니었기 때문이다.

잔인해지기로 마음먹는다면 마을 하나 정도는 눈 한 번 깜 짝이지 않고 몰살시킬 수 있는 사람이 천위지였다. 그런 그에게 별다른 감정이 없는 남만 용병의 비명 소리는 그저 그런 소리에 지나지 않았다. 지금 그가 보호해야 할 사람은 길을 안내해 줄 야오타와 도치뿐이었다.

"전력 이동!"

파바박!

세 사람이 멀리 보이는 바위를 향해 전력으로 달리기 시작했다.

야오타는 뒷짐을 진 채 란창강을 바라보는 검은 무복의 사내를 바라보았다.

모든 일에 능숙한 사람!

살인까지도 능숙해 직업이 살수가 아닌지 의심스럽기까지 한 사람이다.

야오타는 와족과 싸운 지난 육 일 동안 독안초옹의 꿈이 얼마나 허망한 것인지를 몸으로 느꼈다. 검은 무복의 사내는 절대 싸워서는 안 되는 사람이었다. 그런데 그의 물건을 노리다니.

"후후후!"

절로 웃음이 나왔다. 곤정루의 사람 전부가 동원된다고 해도 이긴다고 자신할 수 없는 사람을 상대로 칼을 뽑은 독안초옹이 불쌍해 보이기까지 했다.

의미심장한 미소를 짓는 야오타의 곁으로 도치가 다가왔다.

"이제 와족의 영토는 다 빠져나온 것이오?"

"그렇소. 이제 강족의 영토만 지나면 등충이오."

"혹시 그곳에서도 싸워야 하는 것이오?"

야오타는 대답을 할 수가 없었다. 싸워야 한다고 말하면 배신자가 되는 것이고, 그렇지 않다고 대답하면 자신도 검은 무복의 사내를 적으로 돌리는 것이었기 때문이었다.

도치는 그런 줄도 모르고 대답을 재촉했다.

"당신도 모르는 것이오?"

야오타는 이번에도 역시 대답을 하지 못했다.

이런 야오타를 구해 준 사람은 천위지였다.

"며칠이나 기다려야 합니까?"

"저희들은 보통 십 일이 걸렸습니다."

야오타는 공손히 대답했다. 강호는 실력이 모든 것을 말해 주는 곳, 야오타의 행동이 이상하게 보이지 않는 이유였다.

"꼭 기다려야 하는 겁니까?"

"아닙니다. 굳이 그러시지 않으셔도 됩니다."

"좋습니다. 내일 아침에 출발하겠습니다."

그것으로 끝이었다.

야오타는 검은 무복의 사내를 바라보았다.

담담한 표정과 자연스러운 태도!

도대체 무슨 생각을 하는지 통 알 수가 없었다. 야오타를 두렵게 만드는 것이기도 했다.

'어떻게 한다.'

계획대로라면 이쯤에서 북쪽으로 이동해야 했다. 예정보다 조금 빠르게 도착하겠지만 지금쯤이면 모든 준비를 끝마쳤을 것이니 함정에 몰아넣기도 충분했다. 문제는 이들을 기다리는 랑자의와 강족이 자신의 친구이고 친구의 아들이라는 것이었다.

'돌아서 가자.'

독안초옹과 랑자의는 목숨을 구해 준 줄도 모르고 자신을 배신자라고 욕할 것이다. 그러나 그것은 나중 문제였다. 우선은 검은 무복의 사내와 랑자의를 만나지 못하게 만들어야 했다.

'나를 안내자로 선택해 준 초옹에게 고맙다고 해야겠군.'

야오타는 피식 웃었다.

이동을 시작한 야오타는 한시도 긴장을 늦추지 않았다. 조금이라도 의심되는 지역이 있으면 멀리 돌아갔으며 란창강을 건널 때도 강족이 절대 사용하지 않은 길을 이용했다. 평탄한 지형은 아예 처음부터 발을 들여놓지 않았다.

야오타의 이런 노력은 등충으로 들어가는 입구라고 부를 수 있는 노강怒江에 도착할 때까지 강족과 마주치지 않는 성과를 이뤄 냈다.

'이제 이곳만 넘으면 되는군.'

발밑에 있는 협곡을 따라 노강이란 이름을 만들어 낸 성난 물결이 흐르고 있었다. 협곡을 따라 양쪽에 늘어선 높은 산들과 정감이 물씬 풍기는 폭포, 신비감을 주는 안개와 수풀들까지 한눈에 들어왔다.

'아름답다.'

오 년 전만 해도 일 년에 두세 차례는 꼭 오던 곳이었다. 하지만 한 번도 이곳이 아름답다고 느낀 적이 없었다. 그런데 오늘 갑자기 이곳의 풍경이 젊었을 때 보았던 아름다운 여인의 얼굴처럼 그의 가슴 깊숙한 곳에 틀어박혔다.

— 용병은 아름다움을 느끼면 끝장이야.

예전에 누군가가 했던 말이 문득 야오타의 뇌리를 스치고 지나갔다.

'진짜로 용병 생활을 끝내야겠군.'

야오타는 처음 느껴 보는 묘한 감정을 애써 지우며 몸을 돌렸다.

"가시지요."

"그럴 수 없을 것 같군요."

"무슨 말씀이신지……?"

천위지가 대답 대신 손을 들어 북쪽을 가리켰다. 육십여 명의 남만인이 떼를 지어 몰려오는 것이 보였다. 길을 안내하던 자들까지 포함된 랑자의 일행이었다.

'너무 멀리 돌았다.'

쫓아올 거라 생각하지 못한 것이 화근이었다.

"야오타! 네놈이 혼자 먹으려 들지는 몰랐다."

몸이 온통 흉터투성이인 랑자의의 목소리가 멀리서 들려왔다. 그의 흉터는 열두 살 때 세 마리의 늑대와 싸워 이긴 영광의 흔적이었다. 그는 용맹했고 물러설 줄을 몰랐다. 누구보다 용맹하다고 자신했던 야오타조차도 그에게는 상대가 되지 않았다.

야오타는 그래서 부족을 떠났다. 고개를 숙이기에는 자존심이 상했고, 그렇다고 족장의 자리를 놓고 다투기에는 자신의 힘이 부족했기 때문이다. 그런데 지금 그가 살기를 드러낸 채 자신을 향해 다가오고 있었다.

아름답다고 느낀 조금 전의 감정이 마치 숙명처럼 다가왔다.

"후후!"

괜히 웃음이 흘러나왔다. 지금 저들에게는 어떤 변명도 통하지 않을 것이다. 살려고 한다면 두 사람에게 맡기고 뒤로 물러서기만 해도 충분할 것이지만 왠지 그러고 싶지 않았다.

'이렇게 죽을 줄 알았으면 결혼이나 할 걸 그랬군.'

야오타의 눈빛이 초연해졌다. 삶에 대한 애착을 버리니 그동안의 세월이 모두 덧없어 보였다.

야오타는 시선을 돌려 천위지를 바라보았다.

"그냥 떠나 주시겠습니까?"

"독안초옹이 꾸민 일입니까?"

야오타는 대답을 하지 않았다. 대신 그는 손을 들어 협곡 건너편 산등성이에 있는 길을 가리켰다.

"저곳을 따라가면 등충입니다. 가는 길에 니족을 만나시면 '싸왓디 캅'이라고 하시고 그들이 알아들은 것 같으면 '탄 마이'라고 하십시오. 니족에게 선생으로 추앙받는 유덕이라는 사람을 만날 수 있을 것입니다."

천위지는 직감적으로 유덕이라는 사람이 객잔 주인이 말한 중원인이라는 사실을 알 수 있었다.

"그의 도움을 받는 것이 쉽지는 않겠지만 받기만 한다면 쉽게 목적을 이루실 수 있을 것입니다. 참! 무력으로 니족을 제압하려는 생각은 하지 마십시오. 니족의 도움이 없으면 절대 등충에 들어갈 수 없습니다."

강족이 오 년 동안이나 니족을 약탈하지 못한 이유가 밝혀졌다. 그들은 약탈을 안 한 것이 아니라 못 했던 것이다.

"저는 여기서 헤어져야 할 것 같습니다. 부디 목적을 이루십시오."

천위지는 야오타를 바라보았다. 사람이 다니지 않는 길로만 안내할 때부터 뭔가 이상하다고 생각했다. 그런데 죽음을 각오한 자에게서나 볼 수 있는 초연한 눈빛이라니……

천위지는 직감적으로 야오타가 무엇을 생각하는지 알 수 있었다. 하지만 자신이 참견할 일은 아니었다.

"그동안 고마웠습니다."

천위지는 미련 없이 몸을 돌렸다.

"도치야! 가자."

"하앗!"

콰앙!

땅을 구르는 소리와 함께 천위지가 공중으로 치솟아 오르더니, 귀신처럼 허공을 자유롭게 움직인 후 벼락처럼 협곡을 향해 내리 꽂혔다. 귀령초현鬼靈初現, 귀령진천鬼靈振天, 귀령제하鬼靈啼河로 이어지는 귀령유보가 오랜 세월을 뚫고 세상에 모습을 드러냈다.

천위지는 강족이 이 모습을 보고 두려워하기를 바랐다. 야오타의 마음을 이해해 주길 바란 것이다. 귀령유보는 천위지가 야오타에게 주는 선물이었다.

푸쉬익! 쉬이익!

크고 작은 온천에서 생겨난 수증기가 마치 안개처럼 지표면을 덮고 있었다. 바람에 따라 좌우로 움직이는 수증기는 주변의 모습을 감추기도 하고 드러내기도 하며 풍경을 신비롭게 만들었다.

터벅터벅!

도치와 함께 화산 지대를 통과하는 천위지의 얼굴에 긴장된 기색이 역력했다.

'태허말살진太虛抹殺陣.'

들어오는 자는 모두 죽이는 '입자필살入者必殺'의 봉쇄진이다.

'이런 진을 사람이 드나들 수 있게 고치다니…….'

중간에 가끔 허점이 보이기는 했지만 그것도 자세히 보면 사람이 드나들게 하기 위해서는 불가피한 것이었다. 자신조차도 일인지문인 축기문을 잇지 못했다면 진이 펼쳐져 있다는 사실도 알아차리지 못했을 정도로 이곳은 신비로움 속에 위험을 감춘 절대 험지였다.

독안초옹과 야오타의 말이 문득 떠올랐다.

― 죽음만이 넘을 수 있다는 화산 지대를 통과해야 하네.

― 니족의 도움이 없으면 절대 등충으로 들어갈 수 없습니다.

'이곳이 그곳이군.'

이곳에 갇힌다면 결국에는 빠져나갈 것이다. 하지만 시간이 얼마나 걸릴지는 알 수 없었다. 인정하기는 싫지만 이 진을 설치한 사람은 자신보다 실력이 뛰어난 사람이었다. 천위지는 한시도 긴장을 풀 수가 없었다.

도치는 천위지와 달리 연신 하품을 하고 있었다. 천위지에게서 위험한 곳이라는 말을 듣기는 했지만 실제로 느끼지 못하기 때문에 계속적으로 이어지는 똑같은 풍경이 따분하기만 했다. 하긴 같은 풍경을 반나절을 넘게 보고 있으니 그럴 법도 했다.

"얼마나 더 가야 할까요?"

"글쎄다."

말이 통하지 않으니 길을 안내하는 자에게 물어볼 수도 없었다. 천위지와 도치는 묵묵히 앞서 가는 자를 따라서 걸음을 옮겼다. 그들의 걱정은 다행스럽게도 얼마 지나지 않아 끝을 맺었다. 수증기가 사라지며 거대한 산이 나타났던 것이다.

"히야! 끝내 주네."

도치의 탄성이 아니더라도 천위지는 산의 정경에 넋을 잃었다. 곧게 뻗은 산등성이와 구름에 가려진 산 정상, 겨울임에도 곳곳에 피어 있는 이름 모를 꽃과 꽃을 감싸듯이 병풍처럼 서 있는 거대한 나무들, 그야말로 도원경이 따로 없었다.

"빠이! 빠이!"

툭툭!

뒤에 서 있던 니족들이 들고 있던 창으로 천위지와 도치의 옆구리를 쳤다.

"이런 니기미!"

도치의 손이 둔치도에 닿았다.

"그냥 가자."

"아이구! 진짜……."

도치는 말을 잇지 못하고 있었다. 진짜 한주먹 감도 안 되는 것들이 까부니 속이 다 뒤집혔다.

하지만 어쩌겠는가! 천위지가 앞서 가고 있으니 따를 수밖에…….

천위지와 도치는 니족의 재촉을 받으며 한 시진을 더 걸은 후에야 숲 속에 있는 자그마한 집에 도착했다.

"탄 마이! 탄 마이!"

천위지와 도치를 안내한 니족들이 집을 향해 머리를 숙였다. 울타리도 넘지 않은 채 밖에서 고개를 숙이는 것으로 보아 집 안에 있는 사람을 얼마나 공경하는지 알 수 있었다.

'이곳이군.'

천위지는 직감적으로 이곳이 야오타가 말한 유덕의 집이란 사실을 알 수 있었다.

"천위지가 유덕선생을 뵙고자 합니다."

천위지는 태허말살진을 펼친 사람이 유덕일 것이라 확신했다. 그런 자라면 선생이란 칭호도 부족하지만 지금 당장은 달리 부를 호칭이 없었다.

"용께서 하찮은 소생에게 선생이라 부르시니 몸 둘 바를 모르겠습니다. 그냥 유덕이라고 불러 주십시오."

청아한 음성과 함께 이십 대 중반의 청년이 문을 열고 밖으로 나왔다. 밋밋한 태양혈에 백색 유삼, 상투를 틀어 용잠을 꽂은 모습이 영락없이 문사였다.

'젊다.'

유덕이라는 사람이 최소한 오십은 넘을 것으로 생각했던 천위지로서는 뜻밖의 사실에 놀랐다.

"들고 온 보따리는 저들에게 주시고 안으로 드시지요."

마치 천위지가 찾아올 것이라는 사실을 미리 알고 있던 사람처럼 유덕의 행동은 자연스러웠다.

도치가 천위지를 바라보았다.

"그깟 무겁기만 한 것, 들고 있어서 뭐 하겠느냐? 줘 버려라."

천위지의 말이 의외였는지 도치의 얼굴에 의아한 표정이 떠올랐다.

천위지는 빙긋이 웃었다.

"나머지는 유덕선생이 알아서 하지 않겠느냐?"

도치는 그제야 피식 웃었다. 하긴 소금을 가지고 거래를 하러 왔으니 소금을 주고 화령초를 받으면 그뿐이었다.

"알았소. 형님."

도치는 메고 있던 바랑을 니족에게 넘기고는 천위지를 따라 안으로 걸음을 옮겼다.

형제로서 평생을
함께하고 싶다

자그마한 탁자와 몇 권의 책!

탁자 위에 이름 모를 꽃이 꽂혀 있는 꽃병조차 없었다면 참으로 삭막한 느낌이 들 방 안에 천위지와 도치가 앉아 있었다.

"형님! 이곳에서의 일이 끝나면 그냥 단주로 사실 생각이오?"

"할아버지와 할머니를 생각하면 그래야겠지만 할 일이 있으니 그렇게 되기는 어려울 것 같다."

"헤헤! 그러니까 강호에 나선다는 말이지요?"

도치가 환하게 웃었다.

"그 말이 그렇게 좋으냐?"

"내 어릴 적 꿈이 칼을 비껴 차고 강호를 활보하는 것이었소."

천위지는 피식 웃었다.

"남자라면 그런 꿈을 꾸는 것도 나쁘지 않지. 하지만 강호는 수시로 생명이 사라지는 곳이다. 수련을 게을리 하지 마라. 나는 너를 잃고 싶지 않다."

"걱정 마시오. 형님이 죽으라고 하기 전에는 죽지도 않을 테니 말이오."

천위지의 미소가 진해졌다.

드르르르!

방문이 열리는 소리와 함께 주전자와 찻잔을 든 유덕이 안으로 들어왔다.

천위지의 눈동자에 놀라움의 빛이 스치고 지나갔다.

'발소리를 듣지 못했다.'

아무리 경계심을 풀었다고 해도 무공을 익히지 않은 자의 발소리조차 듣지 못할 정도는 아니었다.

'무공을 익히고 있군. 그것도 도치 이상으로.'

하긴 운남은 지혜만으로 존경을 얻을 수 있는 곳이 아니었다. 그럼에도 처음 보는 사람을 문사로 단정 지은 것은 자신의 실수였다.

"저 혼자 사는 곳이라 대접이 시원치 않습니다."

"무슨 말씀을요. 선생께서 대접하는 차 한 잔이 어찌 작다

고 하겠습니까."

여러 가지 의미가 담긴 말이었지만 유덕은 별다른 표정 변화 없이 차를 따라 앞으로 내밀었다. 찻잔을 받아 든 도치의 표정이 시큰둥해졌다.

"이거 말고 술 없소? 떨떠름한 이것을 왜 마시는지……."

"하하하! 호걸이 계신 줄 모르고 실수했습니다. 지금 당장 가지고 오지요."

유덕이 환하게 웃으며 자리에서 일어났다.

"형님! 저 사람, 괜찮은 사람 같지 않소?"

자신보다 강한 인물을 판단하는 기준이 한 잔 술이라… 천위지는 빙긋이 웃었다.

"그나저나 저런 사람이 어째서 이런 외지에서 살고 있는 것일까요?"

"글쎄다. 나도 궁금하구나."

"내가 한번 물어볼까요?"

"그래라. 대신 예의를 갖추어야 한다."

"걱정 마시오. 내가 한두 살 먹은 어린애요?"

천위지는 다시 미소를 지었다.

평소에도 미소를 자주 짓는 천위지였지만 오늘은 유난히 더 미소가 많아 보였다.

유덕이 제법 큰 술병과 커다란 대접 그리고 죽순으로 만든 안주를 들고 안으로 들어왔다.

"가끔 제가 마시던 술인데 입맛에 맞으실지 모르겠습니다."

"걱정 마시오. 나는 술의 종류를 가리지 않소."

"하하! 역시 호걸이시군요."

유덕은 들고 온 것을 도치의 앞에 내려놓고는 자신의 자리로 돌아가 식은 찻잔을 집어 들었다.

차분한 몸가짐과 단정한 태도!

무슨 사연으로 이곳에 왔는지는 모르지만 분명 이곳에 어울리는 사람은 아니었다.

쭈우욱!

도치는 대접 가득 담긴 술을 단숨에 들이켰다.

"카아! 죽이는군. 형님! 형님도 한 잔 마셔 보실라우? 이것 진짜 명주요."

"괜찮다. 너나 마시도록 해라."

"후회하실 텐데……."

도치의 넉살에 유덕이 빙긋이 웃었다.

"호걸께서 마실 양은 충분히 있습니다. 맘껏 마시도록 하십시오."

"정말이오?"

"예."

"역시! 첫눈에 당신이 좋은 사람인지 알았다니까."

"하하하!"

유덕이 큰 소리로 웃었다.

"그나저나 당신은 어째서 이곳에 있는 것이오?"

단도직입적인 질문! 과연 도치다웠다.

"스승님의 지시입니다."

"몹쓸 사람이네. 제자를 이런 오지에 처박아 놓다니……."

"저를 구하기 위한 불가피한 선택이었습니다."

스승을 모욕하는 말임에도 유덕은 담담하게 도치의 말을 받아넘기고 있었다.

"죄송한데 스승의 이름을 알 수 있겠습니까?"

천위지가 앞으로 나섰다. 도치에게 맡겨 놓기에는 너무 위험했던 것이다.

천위지는 질문을 하면서도 솔직히 대답을 기대하지는 않았다. 몇 마디 말만으로도 그가 위험에 처해 있다는 사실을 알 수 있었기 때문이다.

유덕은 천위지의 예측과는 달리 순순히 스승의 이름을 밝혔다.

"사심마뇌邪心魔腦이십니다."

천위지의 눈이 커졌다.

사심마뇌 낙진후!

죽이고자 하는 자는 무슨 수를 쓰든지 죽였기에 사심邪心이요, 너무 뛰어난 머리를 가졌기에 마뇌魔腦였다. 천기를 엿본다는 희대의 책사로 무너져 가는 철기맹鐵騎盟을 다시 일으켜 세운 인물이기도 했다.

"마뇌께서는 아직도 철기맹에 계십니까?"

"죄송하게도 못난 제자를 살리기 위해 육 년 전에 돌아가셨습니다."

유덕의 얼굴에 그리운 표정이 가득했다.

"죄송합니다. 제가 쓸데없는 것을 물었군요."

"아닙니다. 어차피 말씀드려야 하는 일이었으니까요."

"무슨 말씀이신지……?"

천위지는 의아한 얼굴로 유덕을 바라보았다.

유덕의 시선이 천위지의 눈동자에 꽂혔다.

"지금부터 제가 하는 말은 한 치의 거짓도 없는 진실입니다. 제 말을 곡해하지 않고 들어 주실 수 있겠습니까?"

천위지는 아무런 대답도 하지 않은 채 유덕을 쳐다보았다.

신중해진 표정에 굳은 음성! 중요한 이야기를 할 것이라는 암시였다.

천위지는 고개를 끄덕였다.

"좋습니다. 말씀해 보십시오."

"감사합니다. 그럼 스승님께서 철기맹에 몸을 숨기게 된 사연부터 말씀드리겠습니다."

사심마뇌가 철기맹에 들어간 것이 몸을 숨기기 위해서라는 뜻밖의 사실이 이야기를 시작하기도 전에 밝혀졌다.

앞으로의 이야기가 얼마나 큰 파란을 몰고 올지 짐작도 할 수 없었다.

"스승님께서는 원래 황태자를 가르치는 시강侍講의 관직에 계셨습니다. 그런데 어느 날 소담선생과 이임보의 만남을 우연히 목격했습니다. 황사와 재상의 만남이니 만남 자체는 문제될 것이 없습니다. 그러나 그들의 대화에서 열여덟째 아드님이신 수왕 이모李瑁의 아내 양옥환의 이름이 거론된 것이 문제였습니다."

소담선생! 스승이지만 배신의 아픔을 느끼게 한 사람이기에 은혜와 원한을 동시에 가진 이름이었다. 천위지의 미간이 살짝 찌푸려졌다.

그런 변화를 느껴서인지 아니면 목이 타기 때문인지는 모르지만 유덕은 말을 중단하고 차를 한 모금 마셨다.

"신하들이 왕자에 대해 이야기할 수도 있는 거지, 그것이 어째서 문제가 되는 것이오?"

도치는 시큰둥한 표정으로 참견을 하고 나섰다.

유덕은 별다른 표정 변화 없이 도치의 질문에 대한 답을 내놓았다.

"그 당시 황제는 총해하던 무혜비를 잃은 상태였습니다."

천위지의 얼굴에 놀라움이 떠올랐다.

"며느리인 양옥환을 귀비로 맞아들이도록 수작을 부린 사람이 그 둘이란 말씀이십니까?"

유덕은 고개를 끄덕였다.

"예. 그렇습니다."

"이런 후레자식들이 있나? 신하라는 놈들이 인륜을 무너트리는 수작이나 하고! 에이, 더러운 놈들!"

도치는 그제야 전후 사정을 이해한 듯 두 손을 부르르 떨었다.

그런 도치와 달리 천위지는 차분하게 질문을 이어 나갔다.

"마뇌께서는 그 일 때문에 황궁을 떠나신 것이군요?"

"아닙니다. 그 일로 인해 황궁에 염증이 나신 것은 맞지만 황궁을 떠나게 된 것은 다른 일 때문이었습니다. 강호에 알려지지는 않았지만 사실 스승님은 상당한 무공을 지니고 계셨습니다."

천위지는 고개를 끄덕였다. 유덕을 길러 낸 사람이니 무공을 지니지 않았다고 했다면 오히려 이상하게 생각했을 것이다.

"스승님은 그 무공을 이용해 소담선생을 감시하기 시작했습니다. 뭔가 비밀이 있다고 생각했던 것이지요. 스승님의 예상은 적중했습니다. 석 달 뒤 소담선생과 위지대운이 십마련 소속이라는 것을 알아냈으니까요."

소담선생과 위지대운! 둘 다 자신의 삶과 이어진 사람이었다. 천위지는 떨리는 손을 억지로 붙잡았다.

유덕의 말이 이어졌다.

"더욱 놀라운 것은 위지대운이 무량제 대신 새로 십마가 되었다는 사실입니다."

천위지의 떨림이 일순 멈추었다.

무량제가 누구인가!

삼십여 년 전 혼자서 강호를 휩쓴 절대자가 아닌가. 그런데 그런 그가 제일 말석인 십마라니…….

천위지는 십마련이 거대하게 다가오는 것을 느꼈다.

"확실한 것입니까?"

"예. 확실합니다. 스승님이 황궁을 떠난 결정적인 이유니까요."

꿀꺽!

천위지는 자신도 모르게 침을 삼켰다. 그 소리가 너무 컸는지 순식간에 방이 고요해졌다. 이런 고요함을 깨트린 사람은 다름 아닌 천위지였다.

"그럼 그때 철기맹으로 가신 것입니까?"

"예. 스승님은 그들의 정체를 안 이상 가만히 계실 수가 없었습니다. 하지만 위지대운의 세력이 미치는 정파에 들어갈 수도 없었고 그렇다고 사파에 몸을 담글 수도 없었습니다. 그래서 선택한 곳이 패도를 추구하는 철기맹이었습니다. 정파도 아니고 사파도 아니니 이념 싸움에 휘말리지도 않을 것이고, 구성원 대부분이 고아이니 가족들의 안전을 위해 적과 야합하지도 않을 것이라 판단하신 것이지요."

사람들은 흔히 살신성인이라는 말을 한다. 하지만 그것을 실행에 옮길 수 있는 사람은 그리 많지 않다.

사심마뇌! 인의를 아는 문사로서 패도를 추구하는 곳에 몸을 담기는 그리 쉽지 않았을 것이다.

그럼에도 그는 그곳에 들어섰다. 자신을 위해서가 아니라 다른 사람을 위해서 말이다.

"좋은 스승님을 잃으셨군요."

"아닙니다. 스승님은 이곳에 살아 계십니다."

유덕은 손을 자신의 가슴에 얹었다.

천위지는 유덕의 마음을 알 수 있었다. 자신도 가슴에 할아버지와 부모님을 묻고 있었기 때문이다.

"스승님을 만나신 곳이 철기맹이었습니까?"

"예. 스승님께서는 서동이었던 저를 제자로 삼아 주셨습니다."

도치가 방금 마신 술잔을 탁자에 소리 나게 내려놓았다.

타악!

"허 참! 그런 이야기들 말고 십마련에 대해 이야기 좀 합시다. 내가 보기에는 그놈들 때문에 이곳에 있는 것 같은데, 대체 십마련이 어떤 단체요?"

"죄송합니다. 이야기의 중심이 빗나갔군요. 아무튼 스승님은 철기맹을 키우는 동시에 십마련의 실체를 알기 위해 노력했습니다. 하지만 십 년 노력에도 불구하고 실체를 밝히는 일은 실패했습니다. 단지 알아낸 것이라고는 그들이 열 명으로 구성되어 있고, 그들 모두가 뛰어난 인물이라는 정도에 불과했습니다."

"다른 구성원도 알아내지 못한 것입니까?"

"예. 스승님께서 돌아가시기 전 혈사련의 부련주 마심참도魔心斬刀 단수기斷授期가 의심스럽다고 하신 것이 전부였습니다."

마심참도 단수기!

단가방이라는 별로 크지 않은 세력의 방주. 단가방이 있는 복건에서조차 별로 이름이 알려지지 않은 인물이었다. 그가 혈사련의 부련주 자리에 올랐을 때 사람들이 혈사련이 끝났다고 말했을 정도로 그의 부련주 등극은 의외였다.

하나 그는 다른 신분을 가지고 있었다. 복건성의 염전을 장악한 염마해鹽魔海의 해주이며 혈사련 내에서 다섯 손가락 안에 드는 고수였다. 그의 부련주 등극은 혈사련에 엄청난 자금력을 갖게 했고, 그 결과 지금 그는 정파에서 가장 두려워하는 거물 중의 한 명이 되었다.

그런 그가 십마련 소속이라면 드러난 사람만으로 판단해도 십마련은 정과 사, 황궁을 아우르는 세력이었다. 유덕의 말이 사실이라면 실로 중대한 일이 아닐 수 없었다.

"염마해! 정말 무서운 곳인데……."

복건성만큼이나 소금을 많이 취급하는 곳이 강소성인지라 도치는 염마해에 대해 누구보다도 잘 알고 있었다. 이권을 위해서는 어떠한 짓도 할 수 있는 놈들, 도치가 알고 있는 염마해였다.

"이곳으로 피신한 것이 염마해 때문입니까?"

"꼭 그렇다고 할 수는 없지만 아니라고 할 수도 없습니다. 스승님의 목숨을 노린 곳이 혈사련이었으니까요. 하지만 저는 스승님의 죽음에 십마련이 관련되었다고 생각하고 있습니다."

천위지는 고개를 끄덕였다. 자신도 유덕의 입장이었다면 십마련을 의심했을 것이기 때문이다.

유덕의 말이 이어졌다.

"스승님은 두 가지 일을 하면서도 시간이 날 때마다 기묘천서를 연구하셨습니다. 일반적인 힘으로는 십마련을 막을 수 없다고 생각하셨던 것이지요. 그리고 칠 년 전 스승님은 약간의 성과를 이루셨습니다."

기묘천서奇妙天書!

천기를 엿볼 수 있는 능력을 키워 준다는 희대의 기서이지만 소문만 무성할 뿐 한 번도 세상에 나온 적이 없었다. 당연히 사람들은 기묘천서가 소문이 만들어 낸 허상이라고 생각했다. 그런데 그 책을 연구하고 약간이나마 성과를 이룬 사람이 있다니……

천위지는 사심마뇌의 능력에 두려움이 느껴질 정도였다.

유덕은 천위지의 이런 마음을 아는지 모르는지 자신의 말을 차분하게 이어 나갈 뿐이었다.

"그런데 그것이 문제였습니다. 십마련에 대항할 수 있는 사람은 오직 한 사람! 폭풍의 힘을 가진 잠룡뿐이라는 사실을 알게 되었던 것입니다. 그리고 스승님과 저, 둘 중의 한 명이 죽어야지만 기묘천서를 감출 수 있다는 것과 철기맹이 극심한 변화를 겪는다는 것도 알게 되었습니다."

천위지는 유덕이 말하는 사람이 누구인지 알 수 있었다. 그가 어째서 자신에게 이 모든 이야기를 해 준지도 알게 되었다.

천하제일 위지세가로 불리기 전, 위지세가의 이름은 폭풍 위지세가였다.

폭풍의 힘을 가진 잠룡!

자신을 뜻하는 말이었다.

사심마뇌는 육 년 전에 이미 자신이 이곳으로 올 것을 알고 있었던 것이다.

천위지는 온몸에 소름이 돋는 것을 느꼈다.

"그날 이후 스승님께서는 내일을 준비하셨습니다. 저에게 지식을 전수하시고 철기맹의 인재 백 명을 뽑아 황산의 소요곡에 감추었습니다. 그리고 마지막으로 저에게 본신의 진기를 모두 넘기신 후 제 품에서 조용히 숨을 거두셨습니다. 저를 구하기 위해서 스스로 독을 마셨던 것입니다."

유덕이 두 손을 움켜쥔 채 몸을 떨었다.

"그럼에도 저는 스승님의 유언에 따라 유체를 거두지도

못했습니다. 그저 숨어서 검은 복면을 쓴 자들이 스승님의 유체를 훼손하는 장면을 지켜볼 수밖에 없었습니다. 이 원수를 갚아 주십시오. 목숨이 다하는 날까지 주군으로 모시겠습니다.”

유덕이 자리에서 일어나 무릎을 꿇었다. 그의 눈에서 맑고 강한 서기가 뿜어져 나왔다.

“저를 따르는 것이 스승님의 뜻입니까? 아니면 본인의 뜻입니까?”

“스승님의 뜻이자 저의 뜻입니다.”

천위지는 대답 대신 눈을 감았다.

사심마뇌처럼 세상을 위해 헌신한다! 웃기는 소리였다. 글을 읽었으니 사람의 도리가 무엇인지 알고 그것을 거스를 생각도 해 본 적이 없다.

하지만 얼굴도 모르는 사람을 위해 자신의 삶을 바치고 싶은 생각은 눈곱만큼도 없었다.

그럼에도 천위지가 ‘부否’를 외치지 못하는 것은 위지대운과 십마련이 자신의 적일 가능성이 높기 때문이었다. 그런 자들과 상대하기 위해서는 유덕 같은 자가 필요했다.

그러나 그것도 쉽게 결정할 사안이 아니었다. 유덕을 받아들이면 그는 물론 그와 연결된 사람들이 자신의 식구가 되는 것이었다.

목숨을 걸고 서로를 보호해야 할 식구 말이다. 천위지는 고민에 고민을 거듭했다.

'결국 부딪칠 수밖에 없는 것인가!'

무거운 침묵 속에서 짧지만 무척이나 길게 느껴지는 시간이 조용히 흘러갔다.

넉살 좋은 도치조차도 이 순간만큼은 끼어들 수가 없었는지 괜히 술잔만 만지작거렸다.

천위지는 눈을 떴다.

"좋다. 그대를 받아들이지. 하지만 주종 관계가 아닌 형제로서 평생을 함께하고 싶다. 유덕! 내 의견에 따르겠느냐?"

유덕이 땅에 머리를 댔다.

"목숨을 걸고 대형을 보필하겠습니다."

한두 살 정도 더 먹어 보이는 유덕이었다. 하지만 그는 천위지를 대형으로 불렀고 천위지도 당연하다는 듯 그 사실을 받아들였다.

"둘째 형님! 잘 부탁드리오."

외롭게 살아온 유덕이었다. 고개를 들어 도치를 바라보는 유덕의 눈에 정이 가득 고여 있었다.

유덕은 천위지의 손에 이끌려 자신의 자리에 앉았다.

"대형에 대해서 알고 싶습니다."

천위지는 고개를 끄덕였다. 유덕을 형제로 받아들인 이상 자신에 대해서 알려 주는 게 당연하다고 생각했던 것이다. 천위지는 차분한 음성으로 분지에서의 생활 같은 몇 가지 개인적인 일을 제외하고는 거의 모든 사실을 유덕에게 말해 주었다.

천위지의 이야기에 유덕보다 더 깊이 빠진 사람은 도치였다.

그도 대부분의 이야기가 처음인지라 어려움에 빠진 대목이라든가, 좋은 일이 일어난 대목에서는 고개를 끄덕이거나 감탄사를 흘리며 천위지의 이야기에 몰두했다.

방 안에 고요한 침묵이 흘렀다. 천위지의 이야기가 모두 끝난 것이다.

도치가 천위지를 바라보았다.

자신도 배신을 당해 보았다. 친구처럼 어울려 다니던 놈에게도 당했고, 믿어도 될 줄 알았던 여인에게서도 당했다. 그중에 제일은 형처럼 믿고 따랐던 하후회주에게 당한 배신이었다.

그러나 스승이라고 생각한 사람에게서는 사랑을 받았고 은혜를 베푼 자에게서는 도움을 받았다.

하후회주와의 관계도 사실은 서로가 필요해서 만난 사이이니 지금 생각해 보면 은혜니 원수니 하는 것조차 우스웠다.

그런데 뭔가! 대형은 스승에게서 배신당하고 은혜를 베푼 자에게서 죽음을 강요받지 않았는가! 참으로 답답한 인생이었다.

"에이, 바보같이……."

도치의 입에서 볼멘소리가 흘러나왔다.

유덕도 도치와 같은 심정인 듯 한동안 말없이 천위지를 바라보았다.

이런 답답한 침묵의 방향을 돌린 사람은 유덕이었다.

"화령초는 걱정할 것이 없습니다. 지난 오 년 동안 모은 것을 제가 가지고 있으니까요. 하지만 대형의 거처로 대천 상단은 적당하지 않습니다. 이십여 년 전부터 위축된 모습을 보이는 위지세가지만 그래도 천하제일세가입니다. 일부만 움직여도 대천 상단 정도는 하루아침에 풍비박산이 됩니다. 대형의 외조부님도 위험하고요."

천위지는 고개를 끄덕였다.

"위지세가로 돌아가십시오. 그리고 그곳을 대형의 세력으로 만드십시오."

도치가 놀란 얼굴로 유덕을 쳐다보았다.

"이보시오. 둘째 형님! 조금 전에 그들이 대형을 노린다는 말도 못 들었소? 그런데 어찌 그곳으로 돌아가라고 한단 말이오?"

도치도 대형이란 칭호가 어울린다고 생각했는지 천위지를 대형으로 부르고 있었다.

"세상의 눈을 대형에게 모으면 된다. 그럼 저들도 대형을 쉽게 공격할 수 없다. 그리고 위지세가에는 대형을 위해하려는 자들만 있는 것이 아니다. 위지세가는 큰아들로 가주를 잇게 하는 가법이 있고, 그 가법을 지키는 호법원이 있으며,

정통 가주가 위험에 처하기 전에는 모습을 드러내지 않는 은밀원도 있다. 정통성을 주장하는 장로들도 대형이 돌아가면 대형의 편에 설 것이다."

"형님 말이 다 맞다고 칩시다. 하지만 은밀원이라는 곳은 믿지 못하겠소. 정통 가주가 위험에 처하면 나타난다는 그들이 강했다면 대형의 할아버지가 왜 돌아가셨겠소? 나는 그들이 이름만 그럴싸한 약골이거나 아니면 허울뿐인 이름으로 생각하오. 해서 나는 대형이 세가로 돌아가는 것을 반대하오."

실리에 강한 도치다운 해석이었다.

"네 말이 맞을 수도 있다. 하지만 나는 다르게 생각한다. 대형을 만박서원으로 보낼 때 검현 어르신께서는 죽음을 각오하셨을 것이다. 그럼 그분이 대형을 위해서 할 수 있는 것이 무엇일까? 나는 그것이 은밀원의 보존이라고 생각한다."

"그렇게 생각하는 이유라도 있소?"

"스승님은 나를 위해 스스로 독약을 마시고 철기맹의 인재들을 감추었다. 그리고 나도 검현 어르신과 같은 입장이었다면 은밀원을 드러내느니 차라리 목숨을 끊어 그들을 감추었을 것이다."

도치의 눈이 커졌다.

"형님께서는 검현 어르신께서 자살하셨다고 생각하신 것이오?"

"내가 직접 본 것이 아니기 때문에 확신할 수는 없지만 대형을 완벽히 감추고 은밀원을 드러나지 않게 하는 방법은 그것뿐이다."

확신할 수 없다고 했지만 사실 그의 말은 확신에 가까웠다. 몇 마디 말만으로 검현이 자살했을 것이라 유추해 낸 유덕의 능력은 천위지가 보기에도 무서울 정도였다.

도치도 더 이상 꼬투리를 잡을 수 없는지 시선을 천위지에게 돌렸다.

"대형이 결정하시오. 어떻게 하시겠소?"

지금까지 두 사람의 이야기만 듣고 있던 천위지가 입을 열었다.

"세상의 눈을 모으는 방법이 무엇이냐?"

천위지가 마침내 칼을 뽑았다. 위지대운과의 싸움을 피할 수 없다면 위지세가로 돌아가지 않을 이유가 없었기에 천위지는 돌아가는 것을 선택했다.

"태산 무령곡에 숨어서 약탈을 일삼는 창귀槍鬼 도치원과 그의 수하를 죽이십시오. 그리고 황보세가의 권절拳絕 황보융과 비무를 하십시오. 황보세가의 가주에게 비무 신청을 하시면 그가 나설 것입니다."

창귀 도치원과 권절 황보융!

강호의 최고 실력자라 평가받는 십칠존 중의 두 명이었다. 그럼에도 유덕은 담담한 표정으로 그들을 죽이거나 상대하라고 말하고 있었다.

도치의 얼굴이 위지세가로 돌아가라는 말을 들을 때보다 더욱 누렇게 변했다. 유덕을 바라보는 도치의 시선이 싸늘해졌다.

"진짜 대형을 죽일 생각……."

천위지는 손을 들어 도치의 말을 막았다.

"그것이면 되느냐?"

유덕이 빙긋이 웃었다.

"충분합니다."

"좋아. 그렇게 하지."

도치는 멍한 얼굴로 천위지를 바라보았다.

유덕의 말이 이어졌다.

"위지세가로 떠나시기 전에 몇 가지 하실 일이 있습니다."

"무언가?"

"믿을 수 있는 사람에게 대천 상단을 맡기십시오. 그리고 구청진이라는 분을 모셔 왔으면 좋겠습니다. 이정기 장군과 검귀 육정기도 만나 보십시오. 세가로 들어가기 전에 만나는 것이 좋지만 만약 그것이 안 된다면 나중에라도 시간을 내서 꼭 만나 보십시오."

"그들을 왜 만나라는 것이냐?"

"작은 싸움은 혼자서도 할 수 있지만 큰 싸움은 절대로 혼자서 할 수 없는 법입니다. 이정기 장군은 관부의 참견을 막

고 필요할 때 관부의 도움을 받을 수 있게 해 줄 사람이고, 검귀는 대형께 힘을 실어 줄 사람입니다. 특히 검귀는 무슨 일이 있어도 대형의 사람으로 만드셔야 합니다. 그는 대형을 도와 십마련과 싸울 수 있는 몇 안 되는 사람입니다."

천위지는 고개를 끄덕였다.

"대천 상단과 이정기 장군, 검귀는 이해가 간다. 하지만 구 교위 아니! 구청진 어르신은 어째서 필요한 것이냐?"

"대형이 위지세가를 되찾는 동안 저는 철기맹을 불러내 진강鎭江에 자리를 잡고 강소성을 장악할 생각입니다. 그러기 위해서는 군대의 전략과 전술에 능하고 마상 전투에도 능통한 전술 사범이 필요합니다. 저는 그 자리에 구청진이란 분이 적격이라고 생각합니다."

철기맹은 일곱 자 길이의 대창을 주 무기로 사용하는 곳이다.

그런 곳에 군대의 마상 전투가 접목된다면 엄청난 진보를 이룰 것은 불을 보듯 명확했다. 이름만 철기맹이 아니라 실제로 말을 탄 철혈의 투사들이 모인 곳이 되는 것이다.

진강이란 위치도 탁월한 선택이었다.

큰 도시는 아니지만 항주와 낙양을 잇는 대운하와 대륙 남부를 흐르는 양자강으로 인해 진강은 강남 수상 교통의 중심지였다.

강소성을 휘어잡을 문파가 들어서기에는 최고의 자리였다.

"그 정도로 갖추려면 상당한 돈이 들어갈 텐데……."

"돈 문제는 걱정하지 않으셔도 됩니다. 스승님이 남겨 놓으신 재산이 꽤 되니까요. 저, 이래 봬도 상당한 재산가입니다."

천위지가 피식 웃었다.

"알았다. 하지만 돈이 필요하면 언제든지 윤 총관에게 이야기하도록 해라."

"예. 그렇게 하겠습니다."

천위지는 만족스러운 표정으로 고개를 끄덕였다.

"네 말대로 구청진 어르신과 검귀는 최선을 다해 설득해 보마. 그나저나 소요곡에 있는 자들을 우리가 데려오면 말썽이 생기지 않겠느냐?"

"무슨 말썽 말입니까?"

"철기맹 말이다. 그들이 이런 상황을 안다면 허락하지 않을 것 아니냐?"

유덕이 고개를 가로저었다.

"그들의 허락은 필요 없습니다. 지금의 철기맹은 누군가 만들어 낸 가짜니까요. 스승님께 숨겨 놓은 제자가 있을지 몰라서 만들어 놓은 것 같은데, 저는 철기맹이 스승님과 함께 사라지는 것을 두 눈으로 목격한 사람입니다. 지금 철기맹의 이름을 쓰는 자들은 제 손에 죽어야 할 자들에 지나지 않습니다."

"알고 보니 그들도 개새끼들이었군. 어떻게 된 것이 죄다

나쁜 놈들뿐이야!"

"그러게 말이다."

도치의 말에 맞장구를 친 유덕이 자리에서 일어났다.

"도치야! 나하고 좀 나가자."

"왜요?"

"저녁 먹기 전에 화령초를 부대에 담아야 할 것 같다."

"알았소."

"나도 돕도록 하지."

도치와 함께 천위지가 자리에서 일어났다.

"대형은 이곳에 계십시오. 저와 도치면 충분합니다."

"그래도……."

"아닙니다. 이미 정리를 해 놓았으니 저와 도치면 충분합니다."

─따로 말씀드릴 것이 있으니 이곳에서 기다려 주십시오.

말과 전음을 동시에 구사하는 것은 일류고수라고 해도 쉽지 않은 일이었다. 그럼에도 유덕은 자연스럽게 구사하고 있었다.

유덕의 무공은 천위지의 예상치를 웃돌았던 것이다.

천위지는 고개를 끄덕였다.

"알았다. 이곳에서 기다리도록 하지."

"잠시만 기다리시면 될 것입니다."

유덕은 몸을 돌렸다.

대략 반 각 정도의 시간이 흘렀을까!

드르르륵!

잘 포장된 상자를 든 유덕이 안으로 들어왔다.

"이것을 드시고 운기조식하십시오. 대략 이틀이면 될 것입니다."

"무엇이냐?"

"음양령과陰陽穎果입니다."

음양령과!

화산의 열기와 설산의 추위가 공존하는 곳에서만 열리는 과일로, 백 년에 한 번 결실을 맺으며, 두 개를 같이 먹었을 경우 일 갑자의 내공을 얻을 수 있다고 알려진 희대의 영과였다.

하지만 단점도 있어서 한 개만 먹었을 경우 어떤 약으로도 치료할 수 없는 독과가 되기도 하는 과일이었다.

"이것을 어째서……."

"스승님께서 이 날이 오면 전해 주라고 하셨습니다. 그리고 세가에 들어가시면 땅과 비를 얻고 바람을 조심하라는 말씀도 계셨습니다."

"그것이 무슨 얘기냐?"

"제 배움이 얕아 스승님의 말씀이 무슨 뜻인지 알지 못합니다. 다만 세가에 들어가시면 저절로 알게 되실 거라 했습니다.”

“땅과 비를 얻고 바람을 조심하라! 알았다. 명심하지.”

“그럼 저는 이만 나가 보겠습니다.”

“잠깐! 물어볼 게 있다.”

천위지는 나가려는 유덕을 돌려세웠다.

“이것을 하나씩 먹으면 위험하다는 것을 알고 있다. 하지
만 빙령주와 화령주의 도움을 받으면 하나씩 먹어도 별다른
위험 없이 음양령과의 기운을 흡수할 수 있다고 하던데, 내
말이 맞느냐?”

“예. 맞습니다.”

“그럼 한 가지만 더 물어보자. 지금 너의 내공이 얼마나
되느냐?”

“대략 일 갑자 반 정도 됩니다. 한데 그것은 어째서 물으
십니까?”

“일 갑자 반이라…….”

천위지는 대답 대신 자그맣게 중얼거렸다.

일 갑자 반!

스물여섯이란 나이를 생각한다면 엄청난 내공이었다. 하
지만 절정고수를 상대하기에는 분명 무리가 있었다.

“빙백주의 도움을 받아 음영과를 복용한다면 대략 어느
정도의 내공을 얻을 수 있느냐?”

“빙백주가 음영과의 기운을 촉발시키고 다스릴 것이니 대

략 오십 년 정도의 내공을 얻을 수 있을 것입니다. 그 이상일 수도 있고요."

"오십 년 이상이라……."

유덕은 이 갑자가 넘는 내공을 가지게 되고, 도치는 지금 사십 년의 내공을 가지고 있으니 일 갑자 반의 내공을 가지게 되는 것이었다.

"좋군. 나가서 도치를 데려와라."

"대형!"

유덕의 얼굴이 굳어졌다. 천위지가 무슨 생각을 하는지 알 수 있었기 때문이다.

"지금까지 이것을 간직해 준 마음은 고맙다. 하지만 나는 이미 이런 것에 도움을 받을 단계를 지났다. 아마 마뇌께서는 그런 사실을 알고 계셨을 것이다. 그러니 그냥 나에게 전해 주라고 하신 것이겠지. 참! 돌아올 때 철기맹의 무공이나 네 무공이 적힌 비급이 있으면 같이 가져오도록 해라."

"그것은 또 어디다 쓰시게요."

"손볼 곳이 있는지 살펴봐야겠다. 너와 철기맹이 강해야 내가 마음 놓고 활보할 것 아니냐."

천위지가 빙긋이 웃었다.

먹어도 별로 도움이 되지 않는 것이었다면 영과로 불리지도 않을 것이다.

그런 영과를 남에게 허심탄회하게 넘겨준다!

강호인이라면 천하제일을 꿈꾸는 것이 당연할 터. 아무리 내공에 자신이 있다 해도 결코 쉽지 않은 일이었다.

유덕은 이런 사람을 대형으로 모시게 되었다는 사실이 자랑스럽기까지 했다.

"대형!"

천위지의 미소가 진해졌다.

"어서 데려와라. 너희들이 빨리 수련을 끝내야 그만큼 빨리 세상으로 나갈 것이 아니냐!"

유덕이 공손히 머리를 숙였다.

"감사합니다."

"감사하기는. 형제끼리는 그런 말을 하는 것이 아니지."

유덕은 천위지의 입가에 걸린 미소가 참으로 넉넉하게 보인다고 생각했다.

"알겠습니다. 지금 바로 데려오도록 하겠습니다."

유덕이 나가자 천위지는 곧바로 빙백인氷白印과 화적인火赤印이 적힌 종이를 품속에서 꺼냈다. 조혈수에서 찾아낸 한빙수와 열양수를 수정해서 만든 것으로, 죽음으로 이끄는 극단적인 폐해를 없애고 아홉 개의 초식도 첨부해 박투에도 사용할 수 있게 만든 새로운 무공이었다.

'음양령과의 도움을 받는다면 빙백인과 화적인을 펼칠 손은 완성된다. 일 갑자 반이 넘는 내공에 빙백인과 화적인! 초식만 받쳐 준다면 어떠한 경우에도 목숨은 지켜 줄 것이다.'

두 장의 종이를 탁자에 내려놓은 천위지는 다시 품속으로 손을 집어넣어 빙령주와 화령주를 꺼냈다.

"이것이 이렇게 쓰일 줄 몰랐군."

빙령주와 화령주까지 탁자에 내려놓은 천위지는 상자를 열었다. 자두만 한 크기를 가진 하얀 색과 붉은 색의 과일이 눈에 들어왔다.

"예쁘군!"

천위지는 과일이라기보다는 보석처럼 보이는 두 개의 과일 옆에 빙령주와 화령주 그리고 빙백인과 화적인을 차례로 늘어놓았다.

드르르륵!

문이 열리는 소리와 함께 십여 권의 책을 든 유덕과 도치가 안으로 들어왔다.

"대체 무슨 일이기에 오라고 한 것이오? 어? 저건 뭐요?"

도치가 탁자에 놓인 음양령과를 가리켰다.

"우선 좀 앉아라."

"그것 참 예쁘네."

도치는 자리에 앉고서도 음양령과를 향한 시선을 거두지 않았다.

천위지는 그런 도치를 보며 피식 웃고는 빙백인과 화적인의 구결이 적힌 종이를 유덕과 도치에게 각각 건넸다.

"이것을 먼저 외우도록 해라."

종이를 받아 든 유덕과 도치의 행동이 달랐다.

　도치는 받아 들기가 무섭게 환한 얼굴로 구결에 몰입하는 반면, 유덕은 의아한 얼굴로 천위지를 바라보았다.

　"이것이 무엇입니까?"

　"박투술이자 장법이다. 대신 십 성에 오르기 전까지는 박투술로밖에 사용할 수 없다. 그렇다고 우습게보지는 마라. 장담하건데 팔 성만 이룬다면 맨손으로 너희들을 상대할 자는 강호에서 채 백 명도 넘지 않을 것이다."

　"대형! 정말……."

　유덕은 말을 잇지 못했다.

　그런 유덕을 보며 빙긋이 미소를 지어 보인 천위지는 아주 자그마한 음성으로 말을 이었다. 벌써 자신만의 세계에 빠진 도치를 배려하는 행동일 것이다.

　"너에게 음양령과가 없고, 나에게 빙령주와 화령주가 없었다면 시도하지도 못했을 일이다. 그러니 모두 인연이라 생각해라. 너와 도치의 능력이면 늦어도 일 년 안에 십 성에 오를 수 있을 것이다."

　"이것을 저희에게 주시면 형님은……."

　천위지는 손을 들어 유덕의 말을 막았다.

　"내가 말하지 않았느냐! 나는 이미 영과 같은 것에 도움받을 단계를 넘어섰다고."

　"그렇다면……."

천위지는 빙긋이 웃으며 고개를 가로저었다.

"익히지는 않았다. 하지만 익히려고 한다면 언제든지 익힐 수 있다."

유덕의 눈이 커졌다. 설명만으로도 천위지가 건네준 무공의 위력을 알 수 있었다. 그런데 그런 무공을 영물이나 영과의 도움 없이 익힐 수 있다는 사실이 믿기지 않았던 것이다.

그러나 그런 놀라움은 잠시뿐! 초절정의 무공을 자신도 익히지 않은 상태에서 선뜻 내준 천위지의 행동에 유덕은 절로 고개가 숙여졌다. 자신은 절대 따라 할 수 없는 것이었다.

"최선을 다하겠습니다."

유덕은 이 말밖에 할 말이 없었다.

"그것이면 충분하다."

유덕은 천위지의 미소를 보며 자신이 들고 온 책을 앞으로 내밀었다.

"위에 있는 네 권은 저만 익힌 무공이고 나머지 열 권은 철기맹과 함께 익힌 무공입니다. 참 내공은 스승님의 명에 따라 제일 위의 것만 익혔습니다."

≪무량신공無量神功≫!

투박하지만 힘이 실린 글씨체가 눈에 들어왔다. 글을 쓴 사람의 성품이 곧고 우직함을 알 수 있었다.

"마뇌께서 만드신 비급이냐?"

"예. 나머지 비급도 모두 스승님께서 만드신 것입니다."

"역시⋯⋯."

천위지는 고개를 끄덕였다.

"이제 나머지는 내가 알아서 볼 것이니 너도 어서 구결을 살펴봐라. 최소한 이 성은 이루어야 혼자 수련할 수 있으니, 이곳을 빨리 나가려면 서둘러 이 성에 도달해야 할 것이다. 그리고 도치가 저래 봬도 무공 익히는 것 하나는 끝내 준다."

유덕이 피식 웃었다.

"저도 꽤 빠릅니다."

"그래. 그럼 누가 이기는지 보자."

유덕이 다시 한 번 빙긋이 웃더니 구결이 적힌 종이로 시선을 돌렸다.

천위지도 시선을 비급으로 돌렸다.

천위지는 제일 먼저 비급을 종류별로 나누었다.

열네 권의 비급은 내공심법 세 권, 선법扇法 한 권, 수법手法 한 권, 보법步法 세 권, 창법 두 권, 권법 두 권, 도법 두 권으로 나뉘었다. 유덕이 혼자 익힌 것을 제외하면 전부 두 권씩으로 구성되어 있는 것이 두드러진 특징이었다.

천위지는 제일 먼저 창법을 살펴보았다. 철기맹의 주 무기가 창이니만치 창법을 보는 것이 제일 확실하다고 판단했던 것이다. 두 권의 창법서를 대충 훑어본 천위지는 각각의 비급이 두 권씩인 이유를 알 수 있었다. 한 권은 기초, 다른 한 권은 실전 무공이었다.

'좋군!'

기초를 위해 비급을 만들 정도면 기초를 중요하게 생각했다는 것이었다. 천위지는 만족스러운 표정으로 다섯 권의 기초 비급을 꼼꼼히 살폈다. 그다음으로 그가 읽은 것은 ≪무량심법≫이었다. 자신이 무공을 만든다면 기초와 내공심법에 모든 것을 불어넣을 것이기 때문이다.

천위지의 예상은 정확했다. 기초와 ≪무량심법≫에는 사심마뇌의 모든 것이 녹아 있었다.

이러는 사이 유덕은 음영과를 삼키고 빙령주를 입에 물었다. 역시 외우는 것에는 유덕이 월등했다. 하지만 무공이라는 것이 외우는 것만이 전부가 아니니 최종 승자는 지켜볼 일이었다.

천위지는 계속해서 유덕이 혼자 익혔다는 ≪무팔선법武捌扇法≫과 ≪뇌영신수雷影神手≫를 읽은 후 철기맹의 주력 심법인 ≪돈오심공頓悟心功≫을 살펴보기 시작했다.

도치도 이때쯤 양령과를 먹고 화령주를 입에 물었다. 시간상으로 대략 두 시진 정도가 차이 나고 있었다. 도치가 과연 이 차이를 극복할 수 있을지는 나중에 알게 될 일이었다.

천위지는 서둘러 비급을 검토했다. 유덕과 도치의 수련을 끝내기 전에 자신도 수정을 끝마칠 생각인 것이다. 철기맹의 실전 무공인 대파산창大破散槍과 분광십팔도紛光十八刀, 분혼마권忿魂魔拳과 팔괘잠형八卦潛形이 빠른 속도로 천위지의 뇌리에 기록됐다.

천위지가 자리에서 일어난 것은 다음 날 늦은 오후가 되어서였다.

꼬르륵!

"훗!"

배 속에서 나는 소리에 피식 웃은 천위지는 무아지경에 빠진 유덕과 도치를 바라보았다.

유덕이 운공에 들어간 지 대략 열 시진 정도가 흘렀으니 그의 능력으로 보아 잠시 후면 깨어날 것이다. 그런데 중요한 것은 지금 당장 허기를 채워 줄 사람이 자신밖에 없다는 것이었다.

천위지는 조심스럽게 문을 열고 부엌으로 향했다. 군대에서도 그는 음식을 잘 만드는 사람이 아니었다. 하지만 지금 당장은 어쩔 수가 없었다.

천위지는 눈에 보이는 말린 고기와 먹을 수 있는 야채를 대충 찢거나 잘라서 그릇에 넣고 끓였다. 양념이라고는 약간의 소금이 전부인, 그야말로 맛과는 전혀 별개의 음식이었다. 그러나 고기와 야채가 어울린 냄새만큼은 최고급의 음식과 별다를 것이 없었다.

콰앙!

부엌문이 활짝 열리며 도치가 안으로 들어왔다.

"대형! 나도 한 그릇 주시오."

분명 유덕보다 늦게 운공에 들어간 도치였다. 그런데 두 시진이라는 시간 차이를 깨트리고 천위지의 앞에 서 있었다. 천재성까지도 별것 아닌 것으로 만들어 버리는 도치의 행동에 천위지는 절로 웃음이 흘러나왔다.

　"하하하."

　앞으로 내민 도치의 손은 평범하기 그지없었다. 화적인을 펼칠 수 있는 손, 화적수를 완성한 것이다. 화적수가 완성되지 않았다면 붉은 기운이 감돌았을 것이니 잘못 볼 리도 없었다.

　천위지는 자신이 먹기 위해 떠 놓은 그릇을 도치에게 내밀었다.

　"별 맛은 없을 것이다."

　"나는 지금 쇳덩이도 삼킬 판이오. 그깟 맛이 무슨 문제요."

　후루룩! 쩝쩝!

　도치는 아주 맛있게 먹기 시작했다. 얼마나 맛있게 먹는지 옆에서 보던 천위지까지도 자신의 음식 솜씨를 의심할 정도였다.

　'진짜 맛있나?'

　천위지는 고개를 갸웃거리며 음식을 떠서 입에 넣었다.

　"윽!"

　고기는 딱딱했고 음식은 싱거웠으며 야채도 어떤 것은 무르고 어떤 것은 아직 익지도 않은, 그야말로 자신이 만든 음식 중에서도 최악이었다. 그런데도 맛있게 먹는 도치를 바라보며 천위지는 감탄을 표시할 수밖에 없었다.

"너 정말 굉장하다."

"내가 원래 맛을 따지지 않소."

천위지는 멍한 얼굴로 도치를 바라보았다. 아무튼 그날 이후 천위지의 주방 출입은 전면 금지되었다.

붓을 내려놓은 천위지의 눈앞에 '분혼마권憤魂魔拳'이란 글자가 선명했다. 무량신공은 손대지 않기로 마음먹었으니 이제 비급의 수정은 모두 끝난 것이었다. 유덕과 도치도 이미 삼 성을 넘어섰으니 떠날 준비는 완벽했다.

"내가 제일 늦었군!"

유덕과 도치의 대결에서는 도치가 조금 앞섰다. 운기조식으로 두 시진을 따라잡더니 수련에서 약 반나절 정도 앞서 목표를 이루었다.

유덕도 그런 도치를 보며 놀라움을 금치 못했다. 아무리 쉬운 무공이라도 육 일만에 기초를 잡는 것은 무리였다. 하지만 자신은 그것을 해냈다. 그런데 도치는 자신보다 반나절이나 먼저 목표에 도달했으니 놀라지 않을 수가 없었던 것이다.

탁탁탁탁!

아직 이른 새벽이지만 밖에서는 벌써부터 비무하는 소리가 들려왔다. 같은 류의 무공을 배운 도치의 호승심이 만들어 낸 비무였다.

어제까지의 결과는 도치의 연패! 아무리 뛰어난 능력을 지녔다고 해도 십 년이 넘도록 수련했고 내공도 높은 유덕을 이길 수는 없었다.

천위지는 그들의 비무를 긍정적으로 보았다. 처음 비무할 때만 해도 갑자기 늘어난 내공 때문에 곤란을 겪던 그들이 시간이 갈수록 안정된 내공 운영을 보여 주었기 때문이다. 초식의 숙련까지 부수적으로 높이고 있으니 오히려 권장해야 할 입장이었다.

또 하나 즐거운 일은 도치가 임독양맥을 타통하여 파극심법을 구 성의 경지까지 끌어올린 일이었다.

천위지는 자리에서 일어났다.

드르르륵!

천위지의 입에서 조용하지만 힘이 실린 음성이 멀리까지 울려 퍼졌다.

"기다리느라 고생했다. 이제 그만 떠나자."

네놈 따위에게……

따사로운 햇빛이 가득한 늦은 아침!

수증기로 뒤덮인 화산 지대를 내려다보는 포산공 공진후의 얼굴이 굳어 있었다.

이곳에 도착한 지 오 일, 네 개 조 이십 명을 투입했다. 이런 곳에 진법이 펼쳐져 있을 거라 예상하지 못한 탓에 계속해서 사람을 투입하는 실수를 범했지만 들어간 자들은 결코 만만한 자들이 아니었다. 열 명이면 자그마한 중소 문파 하나 정도는 지워 버릴 수 있는 힘이었다.

그런데 그런 자들이 들어가는 족족 흔적도 없이 사라져 버리니 당황스러운 일이 아닐 수 없었다. 이제 남은 자는 고작 열 명, 들어간 자들 중 살아 있는 자도 있을 수 있지만 모두 죽었다고 가정한다면, 지난 십 년간 아무도 모르게 키워 낸 힘이 하찮은 곳에서 삼 분의 일로 줄어 버린 것이었다. 참으로 미치고 환장할 노릇이었다.

공진후가 자리에서 벌떡 일어섰다.

"준비해라. 우리가 직접 들어간다."

"어르신!"

공진후의 뒤에 서 있던 십여 명의 무인 중 매부리코를 가진 사내가 공진후를 불렀다.

"왜?"

"잠시만 더 기다려 보시지요. 마지막 조가 들어간 지 이제 겨우 두 시진이 흘렀을 뿐입니다."

"너에게는 겨우 두 시진일지 모르지만 나에게는 두 시진이나 되는 시간이다. 더 이상 말은 필요 없다. 모두 준비하도록."

"하지만 어르신!"

공진후가 고개를 돌려 매부리코 사내를 바라보았다. 독안 초옹에게 당한 상처로 인해 곰보로 변한 공진후의 시선에서 싸늘한 빛이 감돌았다.

매부리코 사내의 눈에 두려운 빛이 스치고 지나갔다.

장강에서 수적 생활을 하던 그가 공진후를 만난 것이 십 년 전! 그 뒤로 장강십살長江十殺 중 일살一殺이라는 외호도 얻고 꽤나 많은 부도 얻었지만 공진후를 만날 때마다 느끼는 것은 과연 그를 따르기로 한 게 잘한 일인가 하는 것이었다.

오늘도 그런 의문은 여지없이 그의 머리를 휘저었다. 그러나 이성보다는 가슴을 억누르는 공포가 더욱 큰 법, 장강일살은 수적 때부터 자신을 따르던 동생들을 향해 몸을 돌렸다.

"안으로 들어간다. 모두 준비하도록."

일살의 지시를 들은 자들 중 몇 명의 얼굴에 두려움이 떠올랐다. 하긴 화산 지대로 들어간 사람들 중 아직까지 나온 사람이 하나도 없으니 두려울 만도 했다. 그러나 그들 또한 막연한 두려움보다는 실체적으로 느껴지는 두려움이 더욱 컸다.

장강십살 중 일살을 제외한 나머지 구살의 움직임이 빨라졌다.

그때였다.

화산 지대를 바라보는 일살의 눈에 수증기 사이로 사람이 움직이는 것이 보였다. 분명 밖으로 나오는 모습이었다.

"어르신!"

공진후는 짜증 섞인 시선으로 일살을 바라보았다.

"뭐냐?"

"나오는 사람이 있습니다."

공진후의 시선이 수증기로 뒤덮인 곳으로 향했다. 사람이었다. 그것도 진법을 아는 자가 분명했다.

"동작 그만! 밖으로 나오는 자부터 잡는다."

바랑을 집어 들던 아홉 명이 바랑 대신 분수자分水刺를 뽑아 들었다.

차앙!

수적의 탈을 벗어 버린 그들이지만 아직도 그들은 물속에서도 자유롭게 쓸 수 있는 분수자를 무기로 사용하고 있었다. 뾰족한 쇠꼬챙이와 별다른 것이 없어 보이는 네 치 길이의 분수자들이 햇빛 속에서 날카롭게 빛나기 시작했다.

삼십 대 중반의 사내가 군데군데 흙이 묻은 모습으로 천위지를 따르고 있었다. 추레한 옷차림과는 달리 매우 뛰어난 외모를 가진 그가 바로 천위지와 함께 단주 자리를 다투는 해단정이었다.

유덕이 구해 주기 전, 이틀이나 진법에 갇혀 있었으니 그의 옷차림은 당연한 것이었다. 그래도 다행인 것은 그가 진법에 조예가 깊어 휴문에 몸을 숨겼다는 것이었다. 만약 그러지 않았다면 이곳으로 오는 도중에 발견한 다른 사람들처럼 싸늘한 시체로 변해 있었을 것이다.

"도련님!"

천위지가 몸을 돌려 해단정을 바라보았다.

"왜 그러십니까?"

"감사합니다."

해단정이 깊숙이 고개를 숙였다. 구해 주었을 때만 해도

정신이 없었는지 그저 멍하니 따라오기만 하던 그가 이제야 정신을 차린 듯싶었다.

"이제 괜찮으십니까?"

"예. 많이 나아졌습니다."

해단정은 고개를 들어 천위지를 바라보았다.

그동안 몇 번 보기는 했지만 약간 큰 키에 평범한 얼굴, 그다지 뛰어나 보이지 않는 무공 실력에 이제 겨우 일 년 남짓 상인 생활을 한 애송이, 어디서든지 흔히 볼 수 있는 그런 사람에 불과했다.

그러나 이자는 적이라고 불러도 하등 이상할 것이 없는 자신을 살려 주었다. 그것도 아무런 조건도 제시하지 않은 채 말이다. 인정하기는 싫지만 그것만큼은 결코 자신이 넘을 수 없는 벽이었다. 자신이라면 절대 살려 주지 않았을 것이기 때문이다.

뚫어지게 자신을 쳐다보는 해단정의 시선이 거북했던지 천위지가 머쓱한 표정으로 입을 열었다.

"제 얼굴에 뭐가 묻었습니까?"

"아닙니다. 도련님!"

조금 전까지만 해도 어색하던 도련님이라는 발음이 이번에는 무척이나 자연스럽게 흘러나왔다.

"그나저나 옥상께서는 앞으로 어떻게 하실 생각이십니까?"

삼절옥상三絶玉商, 시와 그림, 악기에 뛰어난 잘생긴 상인이라는 뜻의 외호였다. 화산에서 무공을 수련한 자에게는 어울리지 않는 외호였지만, 해단정을 아는 사람이라면 삼절옥상만큼 그를 잘 표현한 외호가 없다는 것에 공감할 것이다.

해단정은 곧바로 대답을 하지 못했다. 아직 젊은 그인지라 단주에 대한 미련을 쉽게 버릴 수가 없었던 것이다. 하지만 천위지의 등 뒤로 보이는 두 사람이 짊어진 것은 화령초가 분명했다. 단주 자리는 이제 꿈에 불과했다.

해단정은 씁쓸한 표정을 감추지 않은 채 가볍게 고개를 숙였다.

"미약한 힘이나마 도련님을 도울까 합니다."

"그렇다면 제 부탁 하나만 들어주시겠습니까?"

해단정의 뇌리에 불현듯 아버지가 매일 말씀하시던 '얻을 것이 있거든 고개를 굽히게 만들어라.' 라는 말이 떠올랐다.

'이것이었군!'

상대는 애송이 상인이 아니었다. 이런 상황에서도 이익을 추구하는 것이 역겹게 느껴졌지만 상인이라면 당연한 것이었다. 다만 지금까지 가졌던 좋은 감정이 일순간에 사라진 것이 조금 아쉬울 뿐이었다.

"제 목숨을 구해 주신 분인데 무슨 일인들 못 하겠습니까. 말씀만 하십시오. 무엇이든지 따르겠습니다."

식어 버린 감정만큼이나 무뚝뚝한 대답이었다.

"부단주를 맡아 주십시오."

해단정의 눈이 더 이상 커질 수 없을 정도로 커졌다.

부단주! 이름만 보면 단주를 보좌하는 역할에 불과할 것 같지만 사실 안을 들여다보면 그것과는 전혀 달랐다. 대천 상단의 부단주는 단주가 건강상의 이유로 일선에서 물러날 때나 가능한 자리였다. 이름만 부단주지 사실 단주나 마찬가지인 자리였다.

마음만 먹는다면 언제든지 단주를 갈아치울 수 있는 자리, 부단주에 대한 정확한 설명이었다. 그런데 그런 자리를 제안하다니…….

해단정은 미심쩍은 눈으로 천위지를 바라보았다.

천위지의 말이 이어졌다.

"한동안 제가 상단을 떠나 있어야 할 것 같습니다. 그러니 옥상께서 부단주의 자리를 맡아 주십시오. 물론 제가 상단으로 돌아온다고 해도 부단주의 자리는 사라지지 않을 것입니다. 확인이 필요하시다면 서류로 만들어 드릴 용의도 있습니다."

"이러시는 이유가 무엇입니까? 저는 도련님과 단주 자리를 놓고 다투던 사람입니다."

천위지가 빙긋이 웃었다.

"그러니까 더 잘하시지 않겠습니까! 저보다 경험도 많으시고요."

작은 상인은 한 푼에 목숨을 걸고 큰 상인은 사람에게 목숨을 건다고 했던가!

해단정은 허탈한 표정으로 천위지를 바라보았다. 둘만의 시간이 조용히 흘러갔다.

"후우!"

해단정의 입에서 긴 한숨 소리가 흘러나왔다. 천위지가 몇 마디 말만으로 자신의 마음을 샀다는 것을 인정하는 항복의 소리였다. 해단정은 천위지를 향해 깊숙이 고개를 숙였다.

"해단정! 단주께 인사 올립니다."

"많이 도와주세요."

"몸과 마음을 다하겠습니다."

"잘하시리라 믿습니다. 이제 그만 가죠. 갈 길이 멉니다."

"예. 단주."

고개를 드는 해단정의 얼굴에는 그늘진 구석이 조금도 보이지 않았다.

이런 모습을 보고 천위지만큼 환하게 웃는 사람이 있었다. 겉으로 드러내지는 않았지만 사실 유덕은 대천 상단이 제일 큰 걱정이었다. 그런데 뜻하지 않은 곳에서 적절한 인물을 얻었으니 더 이상 바랄 것이 없었다.

믿을 수 있는 사람인가에 대해서는 아직 뭐라 말할 수 없었다. 유덕은 천위지와 자신을 믿었다. 믿을 수 없는 사람이었다면 천위지가 받아들이지 않았을 것이고, 만약 나중에라도 배신한다면 자신이 처리하면 될 일이었다.

"조금 빨리 이동하겠습니다."

유덕은 해단정 때문에 지체한 시간을 보충이라도 하려는 듯 걸음을 빨리했다. 그러나 그의 의도는 화산 지대를 벗어난 순간 쓸데없는 것이 되어 버렸다.

"이런! 한꺼번에 두 마리가 걸려 버렸네."

"포사인!"

"포산공 공진후!"

해단정과 유덕의 입에서 동시에 이름이 흘러나왔다. 그러나 두 사람이 내뱉는 이름은 전혀 다른 것이었다. 해단정과 유덕 모두 의아한 표정으로 서로의 얼굴을 바라보았다.

천위지는 유덕에게로 고개를 돌렸다.

"공진후가 확실한 것이냐?"

유덕의 시선이 자연스럽게 공진후의 손을 향했다. 먹물에 담갔다 뺀 것 같은 새까만 손, 공진후가 확실했다.

"확실합니다."

─혹시 공진후의 뒤에 서 있는 자들도 알아볼 수 있겠느냐?

─예. 열 명 중 아홉 명이 분수자를 사용하는 것으로 보아 장강에서 수적질을 하던 장강십살이 분명합니다.

전음으로 대화를 나누던 천위지의 시선이 반짝였다.

'아무리 위지세가 변했다고 해도 수적질을 하던 자들까지 받아들이지는 않았을 것이다. 그렇다면 공진후가 개인적

으로 나를 노린다는 것인데… 설마 내 정체를 모르고 있다는 말인가!'

그럴 가능성도 있었다. 공진후가 나타난 것은 자신의 신분 때문이 아니라 순전히 단주 자리를 노리기 때문에 일어난 일일 수가 있었다. 하지만 상대가 위지세가 사람인 이상 방심은 금물이었다.

"포산공께서 하찮은 사람을 위해 너무 수고가 많으시군요. 그나저나 이 일을 위지세가에서 알면 어떻게 될지 궁금합니다."

공진후는 피식 웃었다.

"네가 걱정할 일이 아니다."

간단한 대답이었지만 이번 일에 위지세가는 관련이 없다는 사실을 확인할 수 있었다. 다행스럽게도 이번 일은 공진후가 개인적으로 벌인 일이었다. 그렇다면 이제 남은 것은 공진후가 자신의 정체를 아는가 하는 것과 만약 안다면 위지세가에 알렸느냐 하는 것이었다.

"그나저나 저희들의 안전 때문에 오신 것은 아닌 것 같은데… 혹시 저희들의 목숨이 필요하신 것입니까?"

"그렇다고 할 수 있지. 그나저나 이름만으로 내가 위지세가의 사람인 줄 알아차리는 것을 보니 꽤 공부를 열심히 했구나."

"상인이라면 당연한 것 아니겠습니까?"

"당연하다. 그렇지. 당연한 것이지. 하하하하!"

공진후는 진짜로 기쁜 모양이었다. 하긴 들어갈 방법을 찾지 못해 전전긍긍하던 그에게 제 발로 먹이로 나타났으니 기쁘지 않을 이유가 없었다.

임독양맥을 타통한 후 두려운 것이 없어진 도치가 공진후의 이런 행동을 그냥 넘어갈 리 없었다.

"둘째 형님! 내 귀에는 저 곰보 새끼가 대형을 죽이러 왔다고 말하는 것처럼 들리는데, 형님 귀에는 어떻게 들리시오?"

"네 귀가 정확하다. 미친놈이지."

대천 상단의 사대상인으로 활약하던 공진후가 도치를 모를 리가 없었다.

공진후의 눈이 붉어졌다. 벌레로 생각했던 독안초옹에게 당해 곰보로 변한 것도 수치스러운데, 이제는 벌레보다 못한 놈과 생판 처음 보는 놈이 자신을 비웃으니 참으로 미칠 지경이었다.

공진후의 몸에서 사나운 기세가 뿜어져 나오며 손에 검은 기운이 어리기 시작했다.

그러나 상대는 겁을 상실한 도치였다.

"니기미! 이름이나 바꾸고 배신이나 때리는 새끼가 폼을 잡기는. 그깟 폼에 죽을 나였다면 세상에 태어나지도 않았다, 이 개새끼야!"

툭!

도치가 등에 메고 있던 바랑을 땅에 던지더니 손을 뒤로 돌려 둔치도를 잡았다. 도치의 몸에서 투박하지만 사납기 그지없는 기세가 일어나기 시작했다. 패를 추구하겠다는 말마따나 그의 몸에서 피어오른 기운은 패를 향하고 있었다.

도치도 임독양맥을 타통하면서 기세를 형상화할 수 있는 단계에 접어들었던 것이다.

"덤벼! 이 새끼야. 똥만 가득 들은 머리통을 쪼개 줄 테니까."

천위지는 고개를 흔들었다. 이제 싸움은 피할 수 없게 되었다. 아직 공진후에게서 알아낼 것이 남았지만 도치의 목숨과는 비교할 수 없는 것이었다.

십일 대 사!

해단정이 한 명도 제대로 상대할 수 없다는 점을 생각하면 십일 대 삼, 거기서 다시 자신이 공진후를 상대한다면 유덕과 도치 둘이서 열 명을 상대해야 한다는 것이었다. 숫자를 줄일 필요가 있었다.

—왼쪽의 하나, 오른쪽의 둘을 제거하겠다. 그것을 신호로 왼쪽은 유덕, 오른쪽은 도치가 맡아라. 공진후는 내가 맡는다. 옥상은 공격이 시작되는 것과 동시에 뒤로 물러서라.

천위지의 전음이 세 사람의 귀에 동시에 들려왔다.

—걱정 마십시오.

유덕의 대답과 함께 도치의 불만 섞인 시선이 천위지를 향했다. 전음술과 같은 기본 무공을 가르쳐 주지 않아서인지 아니면 공진후를 천위지가 맡겠다고 해서인지는 그만이 알 일이었다.

천위지는 앞으로 한 걸음 나서며 공진후를 막아섰다.

"상대가 저라는 사실을 잊으신 것 같습니다."

공진후는 이제 어이가 없다 못해 허탈하기까지 했다. 성질을 돋운 놈은 그래도 강해 보이기라도 했다. 그런데 이제는 무공도 익히지 않은 놈이 도발을 하니 헛웃음밖에 안 나왔다.

"허허!"

천위지의 손이 등 뒤로 감춰졌다.

공진후의 입술이 비틀렸다.

'어디서 괜찮은 암기를 하나 얻었나 보군.'

가끔 돌아다니다 보면 저런 놈들이 꼭 하나씩 있다. 어디서 암기 나부랭이나 하나 얻어 자신이 무슨 고수나 된 양 설치지만, 절정이란 이름은 아무에게나 붙는 것이 아니었다. 천하제일 암기라고 해도 그것을 쓰는 사람이 절정고수가 아닌 이상 천하제일 암기는 그저 그런 암기에 불과하다는 것을 사람들은 몰랐다.

공진후는 검은 기운이 어린 손을 들어 올렸다. 암기라는 것이 얼마나 허망한지 가르쳐 주고 싶은 생각도 없었다. 그냥 뭉개 버리고 싶은 마음뿐이었다.

"짐승의 먹이로 만들어 주마."

공진후는 앞으로 한 걸음 더 나아갔다.

천위지의 두 손이 등 뒤에서 빠져나왔다.

번쩍! 피리리링!

햇빛조차 무색하게 만드는 섬광의 뒤를 이어 열네 개의 비수가 허공으로 떠올랐다.

공진후의 왼발이 미끄러지듯 앞으로 나아가며 순간적으로 양쪽 다리가 모두 땅에 닿았다. 순간적으로 몸을 낮추어 비수의 범위를 벗어나는 행동은 절정고수다운 유연한 대처였다. 그러나 비수는 원래부터 그를 노린 것이 아니었다.

퍼억!

왼쪽 중앙에 서 있던 삼살이 이마에 비수가 꽂힌 채 힘없이 넘어갔다. 섬광을 뿌리며 날아간 비수가 만들어 낸 죽음이었다.

공진후의 오른쪽에 서 있는 자들도 분수자를 치켜세웠다. 공진후의 곁을 통과한 열네 개의 비수가 그들을 향해 이빨을 드러내고 있었기 때문이다. 그러나 일월비도술의 이초 월환은 뾰족한 분수자로 막을 수 있는 것이 아니었다.

피리리링!

묘한 곡선을 그리며 분수자 사이를 통과한 비수 중의 하나가 팔살의 목에 가느다란 선을 그린 후 육살의 관자놀이에 박혔다.

퍼억! 스르르르!

힘없이 뒤로 넘어가는 육살을 바라보는 팔살의 목에서 피가 솟구치고 있었다. 손가락 하나 굵기로 벌어진 목, 살아날 가능성은 없어 보였다.

"타핫!"

도치의 외침이 터져 나온 것도 그 순간이었다.

구천비운종의 이초 섬전閃電을 이용해 이살과의 거리를 순식간에 좁힌 도치는 손에 들린 둔치도를 힘차게 내리그었다. 그냥 위에서 아래로 내려 긋는 단순한 초식이지만 실린 힘만큼은 태산까지 잘게 부술 수 있다 해서 태산파쇄泰山破碎라는 이름이 붙은 절대강의 초식이었다.

부우욱!

기다란 천을 찢는 것과 같은 소리를 만들어 내는 둔치도와 분수자가 이살의 머리 위에서 부딪쳤다.

파삭!

이런 상황에서 썩은 나뭇가지를 들고 싸움에 임하는 사람은 없을 것이다. 하지만 이 순간 둔치도에 의해 부서지는 분수자는 썩은 나뭇가지와 다를 것이 없었다.

도치의 둔치도는 만도의 형태이니 단병기에 속했다. 그러나 손가락 두 개가 넘는 두께로 인해 무게만큼은 대도에 버금가는 무기였다. 그런 둔치도를 쇠꼬챙이와 별다른 것이 없는 분수자로 막았으니 어찌 보면 지금의 결과는 당연한 것이었다.

퍼억!

분수자를 부수고도 남은 파괴력으로 이살의 머리를 반으로 가른 도치는 남은 두 사람을 향해 몸을 돌렸다. 왼발을 반보 정도 내밀고 둔치도를 끝부분만 살짝 들어 올린 모습이 금방이라도 앞으로 달려 나갈 것 같은 묘한 자세였다.

"하여튼 실력 없는 것들이 꼭 폼은 그럴싸하다니까. 덤벼. 이 허접 쓰레기들아."

사실 장강십살은 이런 대접을 받을 사람들이 아니었다. 도치가 대리에서 싸운 운재하 정도는 장강십살 중 누가 나서도 이길 수 있는 수준에 올라 있는 사람들이었다. 하지만 임독양맥을 타통하면서 내력 운용이 자유로워진 도치는 초식 싸움을 위주로 하는 장강십살에게 천적이나 마찬가지였다.

적을 압도하는 이런 상황은 유덕도 다를 것이 없었다. 한 자루 섭선만으로 네 개의 분수자를 상대하고 있지만 전혀 밀리는 기색이 보이지 않았다. 아니 네 명을 무섭게 몰아친다는 표현이 더 적당했다.

내공이 이 갑자를 넘어가면서 그동안 펼치기 어려웠던 칠초와 팔초를 자유자재로 구사할 수 있게 된 것이 큰 힘이 되었다. 무를 깨트린다는 이름만큼이나 날카로운 무팔선법이 허공을 가득 메웠다.

천위지는 한결 가벼워진 마음으로 공진후에게 시선을 고

정했다.

상대는 절정의 고수! 그동안 가상 공간에서 무수한 적을 상대해 봤다고는 하지만 절정고수와의 실전은 처음이었다. 아무리 자신감이 있다고 해도 실수는 곧바로 죽음으로 연결될 수 있었다.

천위지는 뛰는 가슴을 진정시키며 차분하게 상대를 응시했다.

"쓸데없이 움직이게 해서 죄송합니다."

자기에게 날아오지도 않는 비수에 놀라 몸을 피한 공진후로서는 그야말로 체면 구겨진 말이었다.

"너를 잘못 보았구나?"

"그러셨습니까? 그럼 이곳에 오신 게 실수란 것을 아시겠군요."

공진후의 왼쪽 눈이 실룩거렸다. 천위지의 말에 비위가 상한 것이다. 하지만 무수한 시련과 고난을 겪고 지금의 자리에 오른 그다. 공진후의 입에서 커다란 웃음소리가 흘러나왔다.

"크하하하! 그동안 내가 너무 많이 놀기는 놀았구나. 나를 조롱하는 놈도 생기고."

"내 말을 어떻게 받아들이든 그것은 당신의 자유입니다. 하지만 당신은 분명히 이곳에 온 것을 후회하게 될 것입니다. 나는 당신을 살려 보내지 않을 테니까요."

천위지는 두 손을 들어 올렸다.

"오시죠."

공진후의 인상이 구겨질 대로 구겨졌다. 수공 하나만으로 이십 년 동안 강호를 누볐던 자신이다. 그런데 새파란 애송이가 맨손으로 도발을 하니 침착함을 유지하기가 힘들었다. 공진후의 양손에 검은 기운이 회오리치기 시작했다. 오 성 이상의 내공을 끌어 올린 것이 분명했다.

"살려 달라고 빌게 해 주마."

"그럴 일은 없을 것입니다."

왼발을 조금 앞으로 내민 천위지는 허리를 낮춰 허보의 자세를 취했다. 몸을 사선으로 세워 상대에게 급소를 노출함을 막는 것과 동시에 우측 발에 중심을 세워 언제든지 뒤로 물러설 수 있는 탄력을 만들었다.

공진후는 두 손을 늘어트린 채 천위지를 향해 천천히 다가왔다.

이 장!

약간의 움직임만으로도 충분히 공격이 가능한 거리였다. 하지만 공진후는 여전히 두 손을 늘어트린 채 천위지를 향해 다가왔다. 천위지도 별다른 표정 변화 없이 공진후를 바라보고만 있을 뿐이었다.

일 장!

둘이 손만 뻗어도 닿을 수 있는 거리였다.

공진후의 왼쪽 어깨가 꿈틀거렸다.

슈육!

어깨가 꿈틀거린다고 느낀 순간 눈앞으로 다가오는 주먹!
역시 위지세가의 육대빈객다운 솜씨였다.

투웅!

천위지는 자세를 유지한 채 오른손만 우측으로 비틀어 다
가오는 주먹을 튕겨 냈다.

공진후의 왼쪽 눈이 실룩거렸다. 비록 가볍게 내뻗은 주
먹이지만 소리에서도 알 수 있듯이 쉽게 막힐 주먹이 아니었
다. 그럼에도 상대는 다리조차 움직이지 않은 채 자신의 주
먹을 막아 냈다.

"이놈이……."

공진후의 허리가 비틀리며 왼발에 힘이 실렸다. 첫 주먹
이 가볍게 막힌 것에 자존심이 상했던 것이다.

쿠웅!

진각 소리와 함께 검은 기운이 회오리치는 오른쪽 주먹이
천위지의 얼굴에 향했다. 상당한 경력이 실려 있는 주먹이었
다. 제대로 맞는다면 생명이 위험할 것이다.

천위지는 뒤로 물러서지 않았다. 대신 중심이 되는 축을
왼발로 바꾸며 허리를 비틀어 허보를 궁보로 바꾸었다. 몸의
중심만을 이동해 만든 힘이니만치 진각이 동반된 공진후의
주먹에 비해 한 수 떨어질 것은 분명했다.

천위지는 벽파수를 믿었다. 비록 외공이지만 어떤 힘에도 무너지지 않을 거라는 확신이 있었다. 천위지는 힘차게 오른손을 뻗었다.

"후후후!"

공진후의 입에서 자신도 모르는 사이에 웃음소리가 흘러나왔다. 어지간한 것은 닿기만 해도 부숴 버리는 철수공이었다. 그런데 손바닥으로 부딪쳐 오다니…….

'다시는 손을 쓰지 못하게 해 주마.'

주먹에 실린 내공이 칠 성에서 팔 성으로 올라갔다. 주먹에 어린 검은 기운이 조금 짙어졌다.

파앙!

강한 것만 따지자면 강호 일, 이 위를 다투는 공진후의 철수공과 평범해 보이는 천위지의 벽파수가 정면으로 부딪쳤다.

주루룩!

'크윽!'

두 걸음 정도 뒤로 밀려난 천위지는 터져 나오는 신음 소리를 안으로 삼켰다. 특별히 어디가 아픈 것은 아니었다. 다만 진각에 실린 상대의 경력이 예상보다 훨씬 강해 자신도 모르게 신음 소리가 흘러나오려 했던 것이다.

'역시 강하군!'

천위지는 공진후의 파괴력을 인정할 수밖에 없었다.

벽파수는 예상보다 훨씬 훌륭했다. 하지만 실전에서의 경

험과 내공을 운용하는 능력은 상대에 비해 형편없이 뒤처졌다. 상대가 내공을 올리는 것을 보면서도 속수무책으로 손을 부딪친 것은 지금 생각해도 아찔했다.

천위지는 철수공과 부딪치면서 내부로 스며든 경력의 여파를 우렁찬 기합 소리와 함께 밖으로 배출했다.

"하앗!"

강과 유의 조화! 지금부터 그가 이루어야 할 것이었다.

천위지를 바라보는 공진후의 표정이 신중해졌다.

'우습게볼 놈이 아니다.'

표현하고 있지는 않지만 사실 그는 오른팔 팔꿈치가 시큰거렸다. 주먹을 완전히 뻗지 못한 상태에서 부딪친 것이 원인이었다. 하지만 아무리 그렇다고 해도 자신에게 통증을 느끼게 할 사람은 강호에서 채 이백 명이 넘지 않았다. 인정하기는 싫지만 상대는 이백 위권 내에 드는 고수였다.

공진후는 양손을 가슴 부위로 들어 올렸다. 두 손을 늘어트린 채 앞으로 걸어가던 처음과는 완전히 다른 자세였다.

"타앗!"

파박!

공진후는 우렁찬 기합 소리와 함께 땅을 박찼다. 그의 몸이 튕겨지듯 앞으로 튀어나왔다.

타악!

왼발이 땅에 닿는 순간 뒤따라온 오른발이 왼발 뒤에 놓이며 좌측으로 비틀렸다. 힘없이 들린 왼발이 공중으로 떠오르는가 싶더니 이내 직각으로 꺾이며 강하게 내리꽂혔다.

콰앙!

처음과는 비교도 안 되는 진각 소리가 그의 발밑에서 울려 퍼졌다.

천위지가 미끄러지듯 왼쪽으로 움직인 것은 그 순간이었다. 옆구리를 향해 날아오는 공진후의 주먹을 가볍게 무위로 만들어 버린 천위지는 오른발을 축으로 회전하며 상대와 마주 섰다.

"타앗!"

공진후가 기다렸다는 듯 앞으로 튀어나오며 주먹을 내질렀다.

휘리릭!

그 순간 천위지의 왼손이 기묘한 움직임을 그리며 가슴을 노리는 공진후의 손을 잡아 갔다.

그러나 상대는 수많은 싸움을 거친 백전의 노장 공진후였다. 천위지의 가슴을 향해 직선으로 날아가던 손이 무거운 추를 올려놓은 저울처럼 순간적으로 아래로 툭 떨어지더니 이내 독이 오른 독사처럼 위로 솟구쳤다.

공진후의 손을 노리고 달려든 천위지의 손이 이제는 반대로 공진후의 공격에 노출되었다. 가슴을 보호하고 있던 왼손도 조(爪)의 형태로 바뀌어 천위지의 가슴을 향해 날아갔다.

우측으로 몸을 절반쯤 구부린 기묘한 자세였지만 천위지의 팔꿈치와 가슴을 무방비 상태로 만들기에는 충분했다.

그때였다. 천위지가 주저앉듯 그대로 밑으로 쑤욱 빠지더니 그 자세 그대로 회전했다. 바닥에 중심을 둔 하륜회축이 순간적으로 일어난 것이다.

덜컥!

바닥을 쓸어 가던 천위지의 다리에 공진후의 발목이 걸렸다.

휘청!

공진후의 몸이 크게 흔들렸다. 기묘한 자세를 취함으로써 공격의 범위는 넓어졌지만, 그만큼 하체가 불안정해진다는 것을 간과한 결과였다. 공진후는 서둘러 몸을 뺐다.

"타앗!"

우렁찬 기합 소리와 함께 천위지가 공중으로 뛰어올랐다.

팡! 팡! 파앙!

천위지에게서 연속적으로 뻗어 나온 주먹은 엄청난 속도로 공진후를 몰아붙였다. 머리로 날아오는가 싶으면 어느새 가슴을 향했고, 가슴으로 날아오는 것을 막으면 또다시 아랫배의 빈틈을 노리고 주먹이 날아왔다.

작렬하는 번개와 같은 천위지의 공격과 굳건한 대지와 같은 공진후의 절대 방어가 연속적으로 이뤄졌다.

주루룩!

"이놈이!"

천위지의 공격에 의해 뒤로 물러나기만 하던 공진후의 두 발이 굳건히 땅에 뿌리를 내렸다. 순식간에 마보 형태를 취한 공진후는 양손을 허리춤으로 올렸다. 양손으로 번갈아 공격하는 철수공의 절초 양타진천兩打振天을 펼치려는 것이다.

파밧!

천위지가 또다시 땅을 박차며 공중으로 뛰어오르더니 허공을 밟으며 커다랗게 회전했다. 쭉 뻗은 상태로 반원을 그리며 내려오는 두 발, 회전력이 가미되었기에 파괴력만큼은 절대 무시할 수 없었다.

공진후는 재빨리 자세를 풀었다. 양타진천을 펼칠 수만 있다면 지금의 전세를 단숨에 역전시킬 수 있었다. 하지만 양타진천은 시전 시간이 오래 걸리는 초식이었다. 몸을 돌리며 펼치기에는 적절하지 않은 초식인 것이다.

서둘러 몸을 돌린 공진후는 자신의 머리를 노리는 천위지의 두 발을 양손으로 막았다.

타다다닥!

허공에 몸을 띄운 채 연속적으로 이어지는 네 번의 발길질! 매서우면서도 강했다.

'크흑!'

신음 소리를 입 밖으로 흘리지는 않았지만 팔목과 팔꿈치에서 상당한 통증이 느껴졌다. 특히 이번 공격과 아무런 상

관도 없는 오른쪽 팔꿈치의 통증은 부상을 걱정해야 할 정도로 심각했다.

'이대로 가다가는 당한다.'

본 실력을 펼쳐 보인 것은 아니지만 그것은 상대도 마찬가지였다. 천위지의 말대로 이곳에 온 것 자체가 실수일지도 몰랐다.

"제기랄!"

저절로 욕이 흘러나왔다.

공진후는 식지와 중지가 앞으로 튀어나온 쌍봉안雙鳳眼의 형태로 왼손을 움켜쥐었다. 바닥에 내려선 천위지가 곧바로 땅을 박차며 자신을 향해 달려오는 모습이 공진후의 눈에 들어왔다.

"타앗!"

축이 되는 뒷발에 힘을 실은 공진후의 주먹이 정면을 향해 뿌려졌다.

철수공 사초식 고월투암孤月穿暗!

'외로운 달이 암흑을 꿰뚫는다.' 는 이름에서 알 수 있듯이 쾌와 탄을 중시한 일격필살의 초식이다. 검은 기운에 휩싸인 공진후의 주먹이 구름을 뚫고 나온 달빛처럼 천위지의 가슴을 향해 날아갔다.

쌔애액!

바람을 가르면서 날아가는 공진후의 주먹은 지금까지와는

전혀 다른 기세와 파괴력을 담고 있었다. 공진후의 진짜 실력이 발휘되고 있는 것이다.

씨익!

천위지의 입가에 가느다란 미소가 그려졌다. 이런 싸움을 원했다. 강과 유의 조화를 위해서는 단순히 치고받는 싸움이 아니라 지금처럼 한 수에 피가 튀고 뼈가 부러지는 싸움이 필요했다.

터억!

보이지 않는 벽에 부딪친 사람처럼 그 자리에 멈춰 선 천위지는 두 무릎을 교차하며 자세를 낮추었다. 정보에서 허보로 이어지는 수비식이 자연스럽게 이루어졌다.

파앙! 주루룩!

공기의 파열음과 함께 천위지의 관자놀이 부근에서 피가 흘러내렸다. 공진후의 고월투암은 상당한 거리를 두고 스쳐 보냈음에도 상처를 만들어 낼 정도로 위력적이었던 것이다.

천위지도 당하고 있지만은 않았다. 공진후의 팔이 관자놀이를 스치고 가는 순간 깊숙이 가라앉은 두 팔이 독사처럼 위로 날아올랐다. 천위지의 왼팔이 기묘하게 움직이며 공진후의 팔을 타고 위로 올라갔다.

"허억!"

다급한 신음 소리와 함께 공진후의 팔이 직각으로 꺾이며 좌에서 우로 움직였다.

투웅!

공진후의 어깨를 향해 가던 천위지의 왼팔이 공진후의 팔꿈치에 막혀 튕겨 났다. 하지만 그도 밑에서부터 치고 올라오는 또 하나의 손만큼은 어찌할 수가 없었다.

파앙!

"꺼억!"

왼쪽 옆구리를 정통으로 맞은 공진후가 주춤주춤 뒤로 물러났다.

천위지의 입가에 회심의 미소가 스쳐 지나갔다. 순간적으로 내공을 삼 성으로 낮췄으니 큰 내상을 입거나 장이 파열되지는 않았을 것이다. 갈비뼈가 몇 개 부서지는 것은 어쩔 수 없겠지만 말이다.

지금 공격을 이어 간다면 승부를 결정지을 수 있을 절호의 기회였다. 그러나 천위지는 볼을 타고 흐르는 피를 닦아 낼 뿐 공진후를 뒤따르지는 않았다. 아직 그에게서 들을 말이 남아 있었던 것이다.

천위지가 따라오지 않는 틈을 이용해 재빨리 거리를 넓힌 공진후는 선 채로 내공을 끌어 올렸다. 단전에서 일어난 뜨거운 기운이 혈도를 따라 천천히 움직이기 시작했다.

'으음!'

대맥혈帶脈血에서 약한 통증이 느껴졌다. 심한 내상은 아니었다. 약간의 시간만 주어진다면 입공만으로도 충분히 치료할 수 있는 가벼운 내상에 불과했다.

그렇다고 방치할 수는 없었다. 지금과 같은 상황에서는 가벼운 내상이라도 엄청난 결과를 초래할 수 있기 때문이다. 어떻게 해서든 내상을 치료할 시간을 벌어야 했다.

공진후는 겉으로 드러나지 않도록 조심스럽게 내공을 운용하며 평상시와 똑같은 시선으로 천위지를 바라보았다.

"밀문密問과는 어떤 사이냐?"

질문을 하려던 천위지의 시선에 의혹이 떠올랐다. 회복할 수 있는 순간을 만들어 주면서까지 공진후가 알고 있는 것을 알아내려고 했던 천위지의 의도가 한순간에 날아가 버리는 순간이었다.

공진후는 말 한마디로 천위지의 관심을 다른 곳으로 돌려 버리고 필요한 시간을 자신의 것으로 만들고 있었다. 역시 경험은 그냥 만들어지는 게 아니었던 것이다.

밀문! 그곳을 말하기 위해서는 먼저 하오문下午問을 논해야 했다.

염상, 소매치기, 도둑질, 매춘업 등 그야말로 밑바닥 인생을 사는 자들로 이루어진 문파!

엄청난 인원이 속해 있는 탓에 방대한 정보를 빠르게 유통시킬 수 있는 조직을 갖추었지만, 구성원 대부분이 치졸한 무예를 익히거나 익히지 않은 자들이었기에 정파, 사파 그 어느 쪽에서도 제대로 대접을 받지 못하는 곳이었다.

그러나 그들에게도 무림인들이 두려워하는 조직은 있었다. 바로 하오문을 다스리는 최상위 조직 밀문이었다.

동료의 죽음조차 웃음으로 털어 내야 하는 하오문과 달리, 동료의 죽음은 무슨 일이 있어도 복수한다는 밀문은 구성원이 몇 명인지, 누구인지조차도 전혀 알려진 것이 없는, 그야말로 무림 최대의 비밀 조직이었다.

그처럼 완벽하게 감추어진 조직이지만 오랜 세월이 흐르는 동안 그들에 대해서도 알려진 것이 있었다. 그들이 사용하는 무공 중에 상대의 몸을 뱀처럼 타고 흐르는 공령십팔수空靈十八手가 있다는 것이었다.

천위지는 물론 밀문을 알고 있었다. 하지만 공진후가 어째서 자신을 밀문과 연관 짓는지는 알 수 없었다. 당연히 그의 얼굴에는 의아한 표정만이 가득했다.

"대체 무슨 말을 하는 것이오?"

시체마저 녹여 버렸기에 소문이 나지는 않았지만 사실 공진후는 십여 년 전 밀문의 사람과 싸운 적이 있었다. 물론 공령십팔수도 경험해 보았다. 그런데 그런 자신을 속이려 들다니…….

"흐흐흐!"

공진후는 이빨을 드러냈다.

공진후는 특별한 목적이 있어서 밀문에 대해 물어본 것이 아니었다. 밀문은 그저 약간의 시간만 벌어 주면 충분했다.

그런데 천위지가 그 사실을 숨기려 하자 공진후의 시선에 의혹이 자리 잡았다.

"공령십팔수를 사용하고도 모른다고 할 셈이냐?"

천위지는 공진후의 표정을 유심히 살폈다. 거기에는 조소와 의혹만 있을 뿐 거짓은 보이지 않았다.

천위지는 권법을 따로 익히지 않았다. 익힐 만한 권법을 몰라서가 아니라 이미 초식의 형태를 벗어 버리고 움직임으로만 기억되는 기본 초식들과 ≪전신결≫에 들어 있는 산타의 구결이면 충분하다고 생각했기 때문이다. 그런데 공령십팔수라니…….

공진후가 공령십팔수로 착각할 만한 것은 조금 전에 그의 팔을 타고 올랐던 왼팔의 움직임뿐이었다. 하지만 그것도 ≪전신결≫에 있는 구결 중 하나를 상황에 맞게 응용한 것일 뿐 특별한 초식은 아니었다.

'혹시…….'

천위지의 뇌리를 스치고 지나가는 글귀가 있었다.

'나에게서 몇 가지 초식을 전수받은 놈들과 나를 따르고자 했던 놈들이 모여서 조직을 만들었다고 한다. 혹시라도 그들을 만나면…….'

풍마삼은 소매치기, 염상 같은 최하류층 사람들과 어울리던 사람이었다. 그런 그에게 상류층 사람들이 배움을 청했을 리는 없었다. 그렇다면 그에게서 초식을 전수받은 사람들은

대부분 최하류층 사람들일 것이다.

　그런데 그런 자들로 이루어진 문파를 거느리는 조직이 밀문이었다. 그냥 넘겨 버리기에는 뭔가 석연치 않은 구석이 있었다. 그러나 그것은 그것이고 밀문과 상관없는 것은 없는 것이었다.

　"나는 공령십팔수가 무엇인지 모르오. 그리고 당신에게 거짓말을 할 이유가 없소."

　천위지의 말은 틀린 것이 없었다. 지금도 상대를 몰아세우고 있는데 굳이 거짓말을 할 필요가 없는 것이다.

　이제 의아한 표정을 짓는 사람은 공진후였다.

　'잘못 보았단 말인가.'

　그러고 보니 예전에 보았던 공령십팔수와 천위지가 보인 움직임이 약간 다른 것 같기도 했다.

　'다른 곳에서 배운…….'

　공진후는 고개를 가로저었다. 하나의 초식을 만들기 위해서는 수많은 세월과 연구가 필요했다. 게다가 공령십팔수는 절정의 초식이 아닌가. 결코 다른 곳에서 가르칠 수 있는 것이 아니었다. 공령십팔수를 배운 사람이 약간 고쳐서 가르치면 몰라도…….

　공진후의 시선이 번쩍였다.

　'위지수현답군. 밀문에 감출 생각을 하다니……. 하긴, 사람 감추는 데 그곳만큼 좋은 곳은 없지.'

아무튼 착각은 자유였다.

진실과는 전혀 다른 방향이지만 어쨌든 나름대로 공령십 팔수에 대한 의문을 털어 버린 공진후는 내상이 완치된 것을 깨닫고는 조심스럽게 왼쪽 손을 들어 올렸다. 숨을 못 쉴 정 도는 아니었지만 팔을 움직일 때마다 통증이 느껴지는 것으 로 보아 갈비뼈가 부러진 것 같았다.

평소 같았으면 철수공의 여섯 가지 초식만 가지고도 수백 가지의 연환 초식을 만들었을 그였다. 하지만 육살이 피투성 이가 된 채 겨우겨우 버티는 지금의 현실에서 그에게 허락된 시간은 오초 양타진천과 육초 암흑난변暗黑亂變을 펼칠 정도 에 불과했다. 지금도 수세인데 육살을 상대하던 자들까지 합 류한다면 결과는 보지 않아도 알 수 있었기 때문이다.

'두 초식 중 하나라도 성공한다면 살 것이고 그렇지 않으 면 죽을 것이다.'

공진후는 천천히 두 손을 들어 올렸다.

"흐흡!"

깊이 들이마시는 숨소리와 함께 그의 독문내공인 금강벽 공金剛壁功이 온몸을 휘감아 돌기 시작했다. 검은 기운이 넘 실거리는 두 손이 그의 허리춤에 걸렸다.

'우욱!'

왼쪽 옆구리에서 시작된 찌릿한 통증이 온몸을 관통했다. 일반인이라면 그대로 주저앉을 통증이었다. 하지만 공진후는 입술을 깨물고 자세를 갖추었다. 이기심과 잔인함으로 뭉쳐진 그이지만 그도 역시 무림인이었던 것이다.

"타앗!"

공진후는 우렁찬 기합 소리와 함께 주먹을 내질렀다. 십이 성의 내공이 주먹에 실려 공중으로 날아올랐다.

부우우욱!

검은 기운이 정면을 향해 날아가며 묵직한 소음을 만들어냈다. 아직 주먹의 형태를 이루지 못한 것으로 보아 권강拳剛은 아니었다. 하지만 무형의 기운을 유형의 단계로까지 끌어올린 극한의 권기拳氣였다.

육대빈객 중에서 제일 약한 것으로 알려진 공진후는 소문과 달리 권기의 마지막 단계에 도달해 있었던 것이다.

"타앗!"

다른 기합 소리와 함께 또 하나의 권기가 허공을 향해 날아올랐다. 그리고 이어지는 주먹질!

파파파방!

하나가 두 개가 되고 두 개가 네 개로 되며 또다시 네 개가 여섯 개로 늘어나는 변화가 시작되었다. 허공을 가르는 검은 기운은 뒤의 것이 앞의 것을 앞지르고 또 다른 것이 그 뒤를 따랐다. 마치 그물처럼 전면을 가득 메우며 날아가는 모습이 가히 장관이라 할 만했다.

쉽게 보지 못할 모습이지만 천위지에게는 자신을 위협하

는 공격일 뿐이었다. 천위지는 두 손을 앞으로 모으며 내공을 일으켰다. 뜻을 일으키자 자연스럽게 중단전이 열리며 자연과 하나가 되었다.

하단전의 기운은 순식간에 온몸으로 퍼졌고, 자유롭게 돌아다니던 혈룡기 또한 하단전의 기운과 합쳐지며 무극혈룡지기로 변해 양손과 양발로 향했다. 밖으로 드러난 손과 신발 속에 감춰진 발이 붉게 타올랐다.

"하앗!"

권기로 만들어진 그물을 향해 달려든 천위지의 몸에서 전신결의 또 다른 구결이 춤을 추기 시작했다. 앞으로 뻗은 손은 권기를 사그라지게 하고, 돌아서며 차올린 발은 권기를 부수었다.

팡! 팡! 파바방!

권기의 여파로 소맷자락은 찢어지고 신발은 터졌지만 묵묵히 전진하는 천위지의 움직임은 가히 전신이라고 해도 과언이 아니었다. 권기의 그물은 힘없이 찢어졌고 손과 발에 걸리는 것들은 힘없이 사그라지거나 부서졌다.

한순간의 실수가 회복할 수 없는 상처로 이어질 수 있는 짜릿한 전율 속에서 천위지의 걸음은 계속되었다.

천위지의 입가에 저절로 미소가 떠올랐다.

부우욱!

땅은 진각에 놀라 껍질을 일으키고 바람은 힘에 눌려 묵직

한 소음만 발했다. 자연의 흐름에 따라 움직이는 손과 발은 파도가 되기도 하고 소용돌이가 되기도 하면서 앞으로 나아 갔다.

그때였다.

쌔애액! 휘리릭!

반듯하게 날아오던 권기가 곡선과 사선으로 변화했다. 철 수공의 마지막 초식 암흑난변이 시작된 것이다.

그 순간, 천위지의 움직임도 다른 구결로 변화했다.

기다란 호흡으로 이어지는 부드러운 동작!

끊어질 듯 이어지는 실바람이었다가 어느 순간 거센 바람 으로 변하는 움직임!

걸음을 살짝살짝 내디디며 부드러운 몸짓으로 변칙적인 움직임을 보이는 권기를 소리 없이 받아넘기는 천위지의 움 직임은 아름다운 춤이었다.

신발 끝에서 소매 끝으로 이어지는 선은 격렬하면서도 우 아함을 느끼게 했고 발은 부드러우면서도 매끄러웠다. 검은 무복이 아니라 백색의 유삼을 입고 있었으면 하는 아쉬움을 자아내는 순간이기도 했다.

시간이 흐름에 따라 두 사람의 거리는 점차 가까워졌고, 공 진후의 손발은 더욱 어지러워져만 갔다. 마치 허깨비처럼 다 가오는 천위지의 움직임에 대응할 방법을 찾지 못한 것이다.

어느덧 두 사람의 거리는 일 장!

천위지가 갑자기 두 발을 현란하게 움직여 가슴과 얼굴을 노리는 두 개의 권기를 피하더니 곧바로 공진후의 왼쪽 옆구리에 몸을 붙였다. 눈으로 보면서도 믿기지 않을 정도의 빠른 움직임이었다.

순식간에 공간을 뛰어넘는 귀신의 움직임, 귀령유보의 네 번째 초식 귀령월간鬼靈越干이 세상에 첫 선을 보이는 순간이었다.

뻐억!

"커헉!"

천위지의 붉은 손이 공진후에 옆구리에 닿았다. 일 촌의 움직임이었지만 내공이 실린 손은 충격을 주기에 충분했다.

"푸하학!"

공진후는 피를 토해 냈다. 피가 붉은색인 것으로 보아 내상이 분명했다. 그러나 그것은 공격의 시작이었다.

빠각!

뒤로 물러서며 공진후의 왼쪽 다리를 강하게 찬 천위지는 상대가 중심을 잡기도 전에 반대편으로 돌아 오른쪽 어깨를 내리쳤다.

우지끈!

"끄으윽!"

공진후가 오른쪽 어깨를 늘어트리며 심하게 몸을 비틀거렸다. 왼쪽 옆구리와 오른쪽 어깨 그리고 왼쪽 다리 부상!

굳이 내상을 말하지 않더라도 공진후는 반격할 수 없는 몸이 되었다.

질문을 하려다가 실패한 조금 전의 상황만 없었다면 천위지는 공격을 멈추고 질문을 했을 것이다. 하지만 지금은 온전한 상태에서 대화를 하면 상대의 의도에 끌려갈 수도 있다는 것을 알고 난 다음이었다. 질문을 하기 위해 공격을 멈출 이유가 없는 것이다.

제압한 후에 물어보는 것! 천위지가 선택한 방법이었다.

천위지는 주저앉듯이 몸을 낮추며 오른발에 맞춰진 중심을 이용해 왼발로 바닥을 쓸어 갔다.

투웅!

"꺼억!"

뒤축을 얻어맞은 공진후가 고통스러운 신음 소리와 함께 허공으로 떠올랐다.

되돌아온 발을 그대로 감아 바닥에 세운 천위지는 몸을 일으키며 빙글 돌았고, 돌아온 발이 땅에 닿자마자 곧바로 반대쪽으로 회전했다. 회전하는 내내 공중에 떠 있던 오른발과 교차된 왼발이 바람을 가르며 허공을 갈랐다.

휘리리릭!

엄청난 파괴력을 가진 무극혈룡지기가 아니더라도 두 번의 회전과 역회전으로 이어지는 회전력을 고스란히 담은 왼발이었다. 바위라도 단숨에 부숴 버릴 그런 왼발이 허공을 돌아 공진후의 가슴에 내리꽂혔다.

퍼억!

허공에 떠 있던 공진후가 그대로 땅에 처박혔다.

콰앙!

"꺼억! 쿨럭!"

몸의 절반이 땅에 묻힌 공진후의 입에서 피가 뭉글뭉글 솟구쳤다.

떨어질 때의 충격으로 뼈는 모두 부서졌고, 머리도 푹 들어간 땅의 부축을 받으며 겨우 하늘을 바라볼 수 있을 정도로 심하게 망가졌다. 마지막 공격 때 내공을 절반으로 줄이지 않았으면 볼 것도 없이 즉사였다.

"커헉!"

"끄어억!"

유덕과 싸우고 있던 네 명 중 두 명이 목과 가슴을 움켜쥔 채 쓰러졌다. 공진후가 쓰러지자마자 당한 것으로 보아 공진후의 패배에 적잖은 영향을 받은 것 같았다. 남은 두 명도 손발이 어지러워지고 있었다. 막바지를 향해 가고 있는 것이다.

타앙! 타앙!

짤막한 만도의 형태지만 무겁기로 따지면 어떤 도보다도 무거운 둔치도를 휘두르는 도치도 살아남은 한 명을 무섭게 몰아붙이고 있었다.

"이얏! 아라차차!"

연신 이상한 함성을 외치는 것으로 보아 이런 상황을 즐기
는 것이 아닌가 하는 생각이 들 정도로 도치는 여유가 있었다.

천위지는 공진후를 내려다보았다. 아무런 감정도 느껴지
지 않는 시선, 죽어 가는 자를 쳐다보는 시선치고는 너무나
차가웠다.

"내가 누구인지 알고 있소?"

"네놈 따위에게… 쿨럭!"

솟구치는 피로 인해 말을 잇지 못하는 공진후의 얼굴이 고
통으로 인해 찡그려졌다.

"사실대로 말해 주면 고통 없이 보내 주겠소."

"크흐흐… 쿨럭! 흐흐흐… 쿨럭!"

천위지는 비릿한 미소를 흘리는 공진후의 태도에서 진실
한 대답을 듣기는 틀렸다는 사실을 깨달았다. 어차피 싸우기
로 마음먹었을 때부터 대답을 기대하지 않았으니 그다지 크
게 실망할 것도 없었다.

천위지는 미련 없이 손목을 비틀었다.

차아앙!

아무리 적이지만 고통 속에서 죽어 가는 모습을 바라볼 수
만은 없었던 것이다.

"당신이 내 정체를 알든 모르든 대천 상단을 노렸다는 것
만으로 나는 당신을 살려 줄 수 없소. 잘 가시오."

푸욱!

조혈수는 한 치의 오차도 없이 공진후의 가슴에 꽂혔다.

"위지…천! 저승에……."

툭!

말을 끝내지 못한 공진후가 힘없이 고개를 떨어뜨렸다.

천위지의 얼굴이 굳었다.

'알고 있었다.'

위지세가의 육대빈객이 노린다는 것만으로도 대천 상단은 충분히 위험한 상황이었다. 그런데 자신의 정체까지 알고 있다니…….

자신의 정체가 위지세가에 알려졌을 최악의 사태까지 고려해야 하는 상황이 되어 버렸다.

양쪽에서 들려오는 비명 소리!

"크허억!"

"꺼억!"

서걱!

장강십살 중 나머지가 모두 정리되는 소리였다.

"괜찮으십니까?"

서둘러 천위지의 곁으로 다가온 유덕의 입에서 걱정스러운 음성이 흘러나왔다.

소매와 신발은 갈기갈기 찢긴 상태이고 관자놀이에서는 피까지 흐르는 모습을 보이는 천위지이니 그의 걱정도 무리는 아니었다.

천위지는 대답 대신 조혈수를 거두고 자리에서 일어났다.

"유덕!"

"예. 대형!"

"아무래도 외할아버지와 외할머니를 진강으로 모셔야 할 것 같다."

죽은 자의 몸에서 찾은 월환비를 들고 털레털레 걸어오던 도치가 재빨리 천위지의 곁으로 다가왔다.

"무슨 일이 있는 것이오?"

도치의 질문과 동시에 유덕의 입에서도 질문이 흘러나왔다.

"정체가 발각된 것입니까?"

걱정스러운 기색이 역력한 도치의 광범위한 질문과 냉철한 표정으로 정확히 맥을 짚는 유덕의 질문, 두 사람의 차이를 극명하게 보여 주는 순간이었다.

"확실한 것은 모르겠다. 하지만 최악의 상황까지 염두에 두어야 할 것 같다."

유덕은 더 이상 질문하지 않았다. 대신 굳은 표정으로 대답했다.

"알겠습니다. 두 분의 안전은 걱정하지 마십시오. 목숨을 걸고 지켜 드리겠습니다."

눈치만큼은 누구에게도 뒤떨어지지 않는 도치가 두 사람의 대화에서 심상치 않다는 것을 느끼지 못할 리가 없었다.

"나도 둘째 형님을 따라가겠소."

유덕이 고개를 가로저었다.

"그분들을 지키는 일은 나와 윤 총관이면 충분하다. 너는 따로 할 일이 있다."

"무엇이오?"

"양주와 남경, 진강 일대의 하오 패들을 장악해라."

"하후회주와 흑회주를 두드려 패는 일이라면 언제든지 환영이오만, 지금 상황에서 그것이 무슨 도움이 되오?"

도치의 얼굴에는 의아한 기색이 역력했다.

"세 곳만 점령한다면 강소성의 정보를 모두 손에 틀어쥐게 된다. 게다가 언제든지 빠르게 소식을 전할 수 있는 정보망도 구축하게 되지."

도치가 환하게 웃었다. 그제야 유덕이 무슨 생각을 하고 있는지 알게 된 것이다.

"그러니까 누가 언제 공격할 것인지, 어디로 공격할 것인지를 알 수 있다는 말이구려."

"그렇다. 매우 중요한 일이지. 하지만 중요한 만큼 어려운 일이다. 상단과 염상 등 하오 패를 거느리는 자들과 하오문의 반발이 만만치 않을 테니 말이다. 그중에 특히 밀문 사람들은 조심해야 한다."

씨익!

도치의 입가에 가느다란 미소가 그려졌다.

"그것은 걱정하지 마시오."

그가 누구인가! 어렸을 때부터 하오 패에 몸담았고 열두 살의 어린 나이에 하후회에 들어가 하오 패의 모든 것을 경험한 그가 아닌가!

그런 그이니만치 아직도 하오 패에는 많은 인연이 남아 있고, 그중에는 쉽게 보기 힘든 실력자도 몇 명 끼어 있었다. 게다가 언제고 기회만 되면 손봐 주려고 했던 하후회주를 만나는 일이었다. 도치의 미소가 갈수록 진해졌다.

유덕의 시선이 천위지에게로 돌려졌다.

"조급한 마음에 대형의 허락도 없이 지시를……."

천위지가 손을 들어 유덕의 말을 막았다.

"유덕! 너는 나의 형제이자 군사이다. 어찌 네 뜻과 내 뜻이 다르다 하겠느냐! 나는 너를 믿는다."

전폭적인 지지! 유덕의 지위가 확고해지는 순간이었다.

자신을 믿어 주는 사람에게 정이 가는 것은 사람이면 누구나 가지는 마음이었다. 그런데 그 대상자가 평생 모시고자 하는 사람이면 그 마음은 더욱 커지는 법이다.

유덕은 입술을 굳게 깨물었다.

'누구도 대형의 위에 서지 못할 것이다. 내가 꼭 그렇게 만들고 말겠다.'

최소한 심심하지는 않겠구나

녹야원綠野院!

항주 최대의 청루이자 하후회주 노둔오가 머무는 곳! 하후회의 본거지라고 불러도 하등 이상할 것이 없는 곳이다.

초저녁부터 이른 새벽까지 여인들의 교성과 남성들의 질펀한 신음 소리가 울려 퍼지는 곳이기에 사람들 사이에서는 백야원白夜院으로 불리는 곳이기도 한 이곳이 오늘따라 무척이나 조용했다.

해시亥時를 앞두고 있으니 평상시 같으면 기녀들이 곳곳을 활보하고 방마다 왁자지껄한 술판이 벌어지고 있어야 했다. 하지만 그 어디에서도 기녀들의 모습은커녕 술판도 보이지 않았다.

녹야원이 문을 닫은 것은 아니었다. 평소보다 더 많은 등이 녹야원 전체를 환하게 밝히고 있었고, 오십 명에 가까운 사람들이 정문이 내려다보이는 계단 위에 모여 있었다. 문제는 그들이 나긋나긋한 기녀들이 아니라 험상궂게 생긴 사내들이라는 것이었지만 말이다.

그런 사내들 틈에 훤칠한 용모의 사십 대 사내가 앉아 있었다. 일반 의자도 아닌 호피가 깔린 의자에 곰의 가죽으로 만든 털외투, 푸른빛이 감도는 최고급 비단 장삼과 가죽 신발 등 그야말로 왕족이나 갖출 수 있는 옷차림이었다.

관원들에게 걸리면 치도곤을 면치 못할 것 같은 이런 옷차림을 한 사내가 바로 하후회의 일인자 노둔오였다.

"분명히 오늘이라고 했지?"

노둔오의 곁에 서 있던 문사 차림의 오십 대 사내가 서둘러 고개를 숙였다.

"예. 회주!"

"그런데 왜 안 와?"

문사는 대답을 하지 못했다. 대신 그의 얼굴에는 곤혹스러운 표정만이 가득했다.

노둔오가 시선을 돌려 문사를 보았다.

"지금 나를 놀리자는 것이냐?"

훤칠한 외모와는 전혀 다른 차가운 음성, 하오 패치고는 거창한 외호라고 할 수 있는 옥면야차玉面夜叉라는 이름을 가

지게 만든 노둔오의 성격이 고개를 들고 있었다.

"아닙니다. 회주. 분명히 도치가 흑회주의 목을 자를 때 오늘 이곳으로 온다고 했습니다. 제가 몇 번이고 확인한 사실입니다."

"그런데 왜 안 오냐고?"

문사는 대답 대신 고개를 숙이며 연신 식은땀을 닦아 냈다. 이런 때는 그저 아무 말도 안 하는 것이 상책이라는 사실을 그는 경험으로 알고 있었다.

"이런 씨브랄!"

주먹을 쥐고 자리에서 일어나던 노둔오가 옷차림과는 전혀 어울리지 않는 육두문자를 내뱉고는 다시 의자에 주저앉았다.

그도 이번 사태가 문사의 책임이 아니라는 것 정도는 알고 있었다. 그럼에도 그가 문사를 붙잡고 성질을 부린 이유는 진시辰時부터 지금까지 장장 여섯 시진이나 이곳에서 도치를 기다리고 있었기 때문이다.

휘리리릭!

봄이 머지않은 2월 중순임에도 바람 소리와 함께 날아온 차가운 기운은 여지없이 노둔오의 옷깃을 파고들었다.

'진짜 춥군!'

춥고 힘들고 짜증 나는 것은 다른 사람도 마찬가지였다. 그럼에도 그들이 잠자코 서 있는 것은 어디로 튈지 모르는 노둔오의 성격을 알기 때문이다.

하지만 사람이 모인 곳에는 언제나 생각 없는 사람이 한 명씩은 끼어 있다. 그리고 그런 사람은 꼭 끼어들면 안 되는 곳에서 끼어드는 실수를 한다.

아니나 다를까! 오늘도 그런 사람은 여지없이 나타났다. 거대한 체구를 가진 삼십 대 사내가 가슴을 펴며 큰 소리로 말했다. 대들보를 뽑아서 휘두를 정도로 장사이지만 눈치가 없기로는 둘째가라면 서러워할 진번이었다.

"대빵! 그만 찢어집시다. 아무래도 오늘은 오지 않을 모양이오."

노둔오의 눈초리가 위로 올라갔다.

"대빵! 찢어집시다! 이런 씨버럴 놈이⋯⋯!"

노둔오가 자리에서 벌떡 일어났다.

퍽!

진번의 눈구덩이에 노둔오의 주먹이 정확히 꽂혔다.

"아고!"

퍽! 퍽! 퍼버벅!

"야, 이 씹 새끼야. 내가 대빵이라고 하지 말라고 그랬어? 안 그랬어? 그리고 찢어져? 뭘 찢어져. 이 새끼야!"

눈을 감싸는 진번을 향해 노둔오의 손과 발이 무차별적으로 쏟아졌다. 머리와 가슴 그리고 남자에게 가장 소중한 곳까지.

그러지 않아도 화를 풀 데가 없었던 노둔오에게 진번은 그야말로 입 안에 들어온 먹이였다.

"회주!"

"회주님! 그만 참으십시오. 그러다 죽이겠습니다."

"이런 씹 새끼는 죽여 버려야 해."

퍽! 퍽!

노둔오는 서너 차례 더 발길질을 한 후에야 사람들의 손에 이끌려 뒤로 물러섰다.

"또 할 말 있는 놈 있어?"

붉은 기운이 감도는 번들거리는 시선! 노둔오와 시선을 마주친 사람들이 서둘러 고개를 숙였다. 책사로 생활하는 문사도 다른 사람과 다를 것이 없었다.

'개새끼! 하여튼 성질이 발정 난 개새끼라니까!'

문사를 포함한 사람들이 모두 이런 생각을 하는지 알 리 없는 노둔오는 씩씩대며 호피 의자에 앉았다.

'내가 왜 이러지!'

성질이 나면 자신도 무슨 짓을 했는지 알지 못하는 그이지만 조금 전의 일까지 진번의 잘못이라고 생각할 정도로 멍청한 사람은 아니었다. 노둔오는 문득 지난 며칠간의 일들이 주마등처럼 떠올랐다.

아마 보름 전쯤, 해단정이 대천 상단의 부단주로 올라섰을 때였을 것이다. 그렇게 찾으려고 해도 보이지 않던 도치가 홀연히 양주에 나타났다. 하오 패에서 제법 이름을 날리는 다섯 명과 함께 나타났지만 그때만 해도 노둔오는 별것 아닌 일로 치부했다.

하지만 그를 찾아간 자들 중 몇몇이 병신이 되거나 죽음을 당하자 이야기는 묘하게 흘러갔다. 단지 보름 만에 하후회의 절반이 그에게 넘어갔고 흑회는 회주까지 죽으면서 아주 절단이 났다. 그야말로 단숨에 양주의 밤거리를 장악해 버린 것이다.

이제 양주에서의 도치의 영향력은 흑회의 뒷배인 염상은 물론 자신들의 배경이던 유천 상단까지 손을 내밀 정도로 막강해졌다. 유천 상단이 다른 상단들처럼 정상적인 상거래를 했으면 이렇게까지는 되지 않았을 것이다. 그러나 불행하게도 유천 상단은 밀무역을 주로 하는 단체였다. 말만 상단이지 염상과 다를 게 없었던 것이다.

이제 유천 상단에 하후회는 그야말로 거추장스러운 존재에 불과했다. 일이 이렇게 되자 도치를 죽이려고 했던 노둔오로서는 그야말로 하루하루가 바늘방석이었다.

'진짜 미치겠군.'

유천 상단이 등을 돌렸기에 죽은 듯이 몸을 사리며 새로운 뒷배를 찾으려고 했지만, 이대로 가다가는 뒷배를 찾기도 전에 도치의 등살에 말라죽을 판이었다.

노둔오는 자리에서 벌떡 일어났다.

"야, 너! 너! 지금 도치가 어디 있나 알아봐."

이곳까지 올라오기 위해 흘린 피가 아까워서라도 이대로 무너질 수는 없었다. 도치의 실력이 예전과는 비교할 수 없을 정도로 높아졌다는 소리도 들리고, 흑회주를 단칼에 베었다는 소리도 들리지만 모두 웃기는 소리였다. 몇 달 만에 그렇게 실력이 늘어난다면 자신은 지금쯤 절정고수가 되어 있어야 했다.

지명을 받은 두 사람의 얼굴에는 불안한 기색이 역력했다. 하긴 예전에 그들이 나타나면 멀리서도 쫓아와 인사를 하던 꼬마들까지 전부 도치에게 달라붙은 상황이니 그들이 불안해하는 것은 당연했다.

하지만 어쩌겠는가! 이 자리에서 맞아 죽기 싫으면 찾는 수밖에.

어그적! 어그적!

두 명은 마치 사형장에 끌려가는 사형수처럼 천천히 계단을 내려갔다.

콰앙!

정문을 부수고 날아온 커다란 바위가 정문으로 향하는 두 명의 앞길을 막았다.

"이거 너무 늦은 것 아니야?"

둔치도를 뒤춤에 매단 채 털레털레 걸어오는 도치와 함께 바위를 던진 사람처럼 보이는 거구의 사내가 부서진 문을 넘어왔다. 노둔오에게 얻어맞아 한쪽에 쭈그리고 앉아 있는 진번보다 머리 하나는 더 커 보이는 거구의 등장은 순식간에 광장을 얼어붙게 만들었다.

"초부樵夫 항적!"

초부! 나무꾼이라는 뜻이다. 하지만 뒤에 항적이라는 이름이 붙으면 이야기가 달라진다. 칼조차 튕겨 내는 신체에 맞으면 잘라지는 것이 아니라 뭉개지는 무딘 도끼! 무인에게는 어떻게 들릴지 모르지만 하오 패에는 그야말로 공포의 이름이었다.

노둔오의 수많은 초청에도 고개를 젓던 그가 도치를 따라온 것은 정말 의외였다. 그러나 그것은 시작에 불과했다.

붉은 도갑을 품에 품은 채 미끄러지듯 다가오는 중년의 사내와 허리춤에 채찍을 매단 채 독한 시선으로 노둔오를 쳐다보며 다가오는 삼십 대의 궁장 여인 그리고 커다란 전통을 등에 맨 오십 대의 사내까지 녹야원 안으로 들어왔다.

"적도赤道 몽유환! 미향호리迷香狐狸 수희연! 벽력철시霹靂鐵矢 막가위!"

노둔오의 곁에 서 있는 자 중 말처럼 하관이 길쭉한 사내의 입에서 녹야원으로 들어서는 사람들의 이름이 하나씩 흘러나왔다. 긴장한 기색이 역력한 음성, 사내는 분명 떨고 있었다.

도치를 따라 안으로 들어온 네 명과 이곳에 없는 금전귀金
錢鬼 호풍 그리고 노둔오의 곁에 서 있는 문사 천안신유天眼神
儒 각청진까지 합쳐 사람들은 양주육절이라고 불렀다. 그중
에 특히 미향호리 수희연은 녹야원의 주인이었다가 노둔오
에 의해 쫓겨난 사람이었다. 노둔오를 바라보는 시선이 곱지
않은 것은 당연했다.

사람들에 의해 양주육절로 불리는 그들이지만 사실 그들
은 별다른 왕래가 없었다. 아니! 도치가 없었다면 그들은 일
년에 한 번도 모이지 않았을 것이다. 양주육절을 이어 주는
이름, 그것은 바로 도치였다.

"금전귀는 어디에 있냐?"

초부 항적과 적도 몽유환, 벽력철시 막가위는 노둔오라도
쉽게 상대할 수 없는 인물이었다. 그럼에도 노둔오는 여전히
호피 의자에 앉아 그들을 내려다보았다. 역시 한 단체의 수
장은 아무나 하는 것이 아닌 모양이다.

그런 모습이 도치의 눈에 좋게 보일 리가 없었다.

"씹 새야! 알아서 뭐 하게. 그리고 네 눈에는 내가 아직도
네 쫄따구로 보이냐? 하여간 의리 없는 새끼는 싸가지도 없
다니까!"

노둔오는 주먹을 움켜쥐었다. 열일곱에 하오 패에 발을
들여놓은 후 이십팔 년! 수많은 싸움을 했고 죽을 고비도 여
러 번 넘겼지만, 부하였던 놈에게 욕을 들은 것은 오늘이 처

음이었다.

생각 같아서는 당장이라도 칼을 들고 나서고 싶지만 지금은 화를 가라앉혀야 할 때였다. 싸울 때 싸우더라도 우선은 상대의 전력을 정확히 파악해야 했다.

싸우면 이겨야 하는 것! 노둔오가 지금까지 살아온 방법이고 앞으로도 살아갈 방법이었다.

자신과 흑회를 버리고 도치가 만든 삼시회三市會에 붙은 놈들이 속속 안으로 들어왔다. 안으로 들어온 놈은 도치를 포함해서 삼십 명, 담장 뒤로 더 많은 놈들이 숨어 있을지는 모르지만 들어오는 줄이 끊어지는 것으로 보아 이 숫자만으로 자신을 상대하려는 것 같았다.

자신이 동원한 부하는 문사 각청진을 제외하고 47명, 도치 쪽에 상대하기 어려운 놈들이 네 명이나 있지만 초부를 제외하고는 모두 숫자로 밀어붙이면 되는 놈들이었다. 그럼 초부는 진번과 계진수가 맡아 시간을 끌고 나머지는 한 사람당 다섯 명씩 열다섯 명, 자신과 도치를 빼면 스물아홉 대 스물다섯으로 자신이 유리했다.

노둔오의 시선 깊숙한 곳에서 회심의 빛이 떠올랐다.

'이길 수 있다.'

노둔오는 팔걸이에 걸어 놓았던 도를 집어 들었다.

"진번! 계진수!"

"예. 회주."

바위가 날아온 순간 일어서기는 했지만 여전히 한쪽에서 고개를 숙이고 있던 진번과 노둔오의 바로 곁에 서 있던 삼십 대 후반의 사내가 큰 소리로 대답했다.

"초부를 맡아라."

"예. 회주."

"알았소. 대빵."

조금 전에 대빵이라고 부른 것 때문에 그렇게 맞았으면서도 여전히 대빵이라고 부르는 진번을 바라보며 계진수가 고개를 가로저었다. 하여튼 이해가 안 되는 인간이었다.

"곽치민, 옥정……."

자리에서 일어선 노둔오는 계속해서 이름을 불렀다. 도치가 공격하기 전 서둘러 인원 배치를 끝내려는 것이다.

그런 노둔오를 비웃는 표정으로 바라보던 도치가 천천히 앞으로 걸어 나왔다. 아무도 대동하지 않은 그 혼자만의 걸음이었다.

"야, 씹 새야! 쪽팔리는 짓 그만 하고 내려와라. 일대일로 붙어 보자."

한 번은 참았지만 두 번은 힘들었다. 노둔오의 번들거리는 시선이 도치를 향했다.

그러나 상대는 도치!

"쓸데없는 짓 그만 하고 내려오라고, 이 씹 새야! 하여간 실력 없는 놈들이 꼭 다구리로 붙자고 하지. 야, 노둔오! 그냥 살려 달라고 빌어라. 혹시 아냐. 내가 살려 줄지.”

적이라고 판단되면 상대방의 입장을 일절 생각해 주지 않는 도치만의 대화법은 노둔오의 이성을 날려 버리기에 충분했다.

채앵!

“크허엉!”

붉은 얼굴에 벌렁거리는 코, 번들거리는 시선! 칼을 든 채 도치를 향해 달려오는 노둔오의 모습에서 옥면야차라는 이름이 어째서 붙었는지 정확히 알 수 있었다.

타다닥!

“타핫!”

세 걸음 만에 열 개의 계단을 뛰어 내려와 기합 소리와 함께 공중으로 뛰어오른 노둔오의 얼굴에 가느다란 미소가 그려졌다.

제자리에서 꼼짝도 못 하는 도치! 이제 칼만 내리그으면 승리는 자신의 것이었다.

그때였다. 도치의 손이 둔치도의 손잡이에 닿는가 싶더니 기합 소리도 없이 공중으로 떠올랐다.

파앗!

가볍게 바닥을 긁는 소리만이 도치가 움직였다는 사실을 알려 주었다.

“허억!”

노둔오의 눈이 더 이상 커질 수 없을 만큼 커졌다. 분명히 조금 전까지만 해도 바닥에 있던 도치였다. 그런데 순식간에 자신의 눈앞에 나타나다니…….

　씨이익!

　도치의 입초리가 위로 올라갔다.

　퍽!

　"꺼억!"

　둔치도의 손잡이가 노둔오의 명치에 깊숙이 박혔다. 노둔오는 온몸이 부서지는 듯한 통증 속에서 머릿속이 하얗게 변하는 것을 느꼈다. 아무것도 떠오르지 않았다. 그저 어서 빨리 이 자리를 피하고 싶을 뿐이었다.

　그러나 상대는 그를 만나기만 학수고대하던 도치였다. 도치의 손에 들린 둔치도가 바람보다 빠르게 연거푸 공간을 갈랐다.

　번쩍!

　서걱! 서걱!

　곡선이지만 직선에 가까울 정도로 완만한 선을 그린 둔치도는 노둔오의 양팔과 머리를 공중으로 떠올렸다.

　푸수육!

　보는 사람의 가슴을 무겁게 누르는 진홍빛의 피 분수가 허공을 붉게 물들였다. 비명 소리조차 없었기에 피 분수는 더욱 붉게 사람의 가슴을 억눌렀다.

"밟아."

퍼벅! 쓰으윽!

"꺼어억!"

"죽여!"

부우욱!

"끄아아아악!"

"커헉!"

"헉헉헉헉!"

피에 젖은 자들이 내뿜는 가쁜 숨소리와 흉험한 살기는 금방이라도 숨이 끊어질 것 같은 자들이 흘려 내는 신음 소리와 비릿한 피 냄새를 먹으며 점차 커져 갔다. 피를 갈구하는 자들의 고함 소리는 광장을 집어삼켰고 이내 범위를 넓혀 녹야원 전체를 장악했다.

우두머리를 잃어버린 하후회는 그야말로 범 앞의 토끼였다. 굳게 쥐여져 있어야 할 칼과 도끼는 힘없이 바닥에 떨어졌고, 기합 소리를 내뿜어야 할 입에서는 신음 소리만 흘러나왔다. 고리채와 갈취로 악명이 드높던 하후회가 양주에서 영원히 사라지는 순간이었다.

합비合肥!

중원과 강남을 이은 교통의 요지이기에 예로부터 노주蘆州로 불리던 곳이며 도시 전체가 해자로 둘러싸여 방어에는 매우 유용한 곳이었다.

그런 이유로 삼국 시대 때 조조의 대장 장료張遼는 이곳에서 팔백의 병사로 손권의 십만 군대와 싸웠고 결국 승리해 소요진逍遙津의 전투라는 역사를 후대에 남기기도 한 곳이다.

시가지 외곽에 있는 무덕관武德館!

황제를 모시던 사람이 개장한 무관이기에 처음에 무관을 열 때만 해도 수많은 관원이 우글거렸다. 하지만 일 년이 넘도록 십팔반 병기술만 가르치자 하나 둘 무관을 떠났고 결국 지금은 동네 꼬마 몇 명만이 관원으로 남은 비운의 무관이 되어 버렸다.

그런 무관을 향해 천천히 다가가는 사내가 있었다.

다각! 다각!

말고삐를 잡은 채 천천히 걸음을 옮기는 검은 무복의 사내는 등 뒤로 두 개의 비수를 엇갈리게 꽂고 있었다. 말 허리에 매달린 날 없는 도와 그 도신에 새겨진 현호라는 글자를 굳이 확인하지 않더라도 그가 천위지라는 것을 알아보기는 그리 어렵지 않았다.

　무덕관武德館

말을 멈춘 천위지의 눈에 자유로우면서도 힘이 넘치는 세 글자가 들어왔다.

'확실하군!'

천위지는 구청진의 글을 본 적이 없다. 하지만 그의 성격은 잘 알고 있었다. 한없이 자유로우면서도 힘이 넘치는 사람! 그가 글을 쓴다면 바로 지금의 현판과 똑같을 것이었다.

삐이익!

천위지는 조심스럽게 문을 열었다.

보통의 무관이라면 우렁찬 기합 소리가 울려 퍼져야 할 것이지만 무덕관의 마당은 너무 조용해 적막감까지 감돌고 있었다. 구청진의 생활이 어떠할지는 굳이 보지 않아도 알 것 같았다.

문 옆에 박혀 있는 말뚝에 말고삐를 맨 천위지는 눈앞에 보이는 자그마한 쪽문을 향해 걸음을 옮겼다.

휘리리릭! 부우웅!

멀리서 들려오는 파공음! 분명 곤梶이나 창 같은 무기를 휘두르는 소리였다. 묵직함과 경쾌함이 적절히 가미된 것으로 보아 짧은 기간 동안 수련한 사람이 낼 수 있는 소리가 아니었다.

'어르신인가!'

파공음을 따라 걷던 천위지는 무덕관이 밖에서 보는 것과는 달리 상당히 넓다는 것을 알 수 있었다. 하늘 높이 솟아 있는 대나무들 사이로 만들어진 길을 따라 한참을 걷던 천위지의 눈앞에 제법 큰 공터가 나타났다.

휘이잉! 부우우욱!

'아니군!'

곤으로 묵직한 기음을 만들어 내는 사람을 바라보는 천위지의 얼굴에 실망스러운 표정이 스치고 지나갔다. 곤을 휘두르는 사람은 올해 스물이나 되었을 법한 청년이었던 것이다.

동문이라도 수련 장면을 훔쳐보는 것은 예의가 아니었다. 천위지는 서둘러 몸을 돌렸다.

"무슨 일로 오셨습니까?"

묵직한 기음이 멈추면서 들려오는 앳된 목소리! 곤을 휘두르던 청년의 목소리가 분명했다.

천위지는 몸을 돌렸다.

"구청진 어르신을 만나 뵈러 왔는데 소리에 이끌려 이곳까지 오게 되었습니다. 혹시라도 저 때문에 수련에 방해를 받았다면 정말 죄송합니다."

"아닙니다. 이제 끝내려고 했습니다. 그런데 아버님은 무슨 일 때문에 찾아오셨습니까?"

'아버님!'

그러고 보니 구청진 어르신에게 아들이 하나 있다고 했다. 육 척에 가까운 키에 훤칠한 이마, 갸름한 턱선, 머리를 가지런히 묶은 청년에게서 구청진의 모습을 찾는 것은 그리 어려운 일이 아니었다.

"어르신께 은혜를 입은 적이 있습니다."

청년의 얼굴에 묘한 빛이 흐르고 지나갔다.

나름대로 최고위 무관 생활을 하시던 아버지였으니 은혜를 입은 자도 원한을 품은 자도 적지 않을 것이다. 아직까지는 이정기 장군이 손님의 전부였다. 의심할 까닭이 없는 분이니 순순히 아버님께 인도했다.

하지만 이번 손님은 뭔가 이상했다. 빈틈없는 자세와 왼쪽 볼에 있는 상흔만 놓고 본다면 무관 같지만, 그에게서는 무관의 호탕함이 전혀 느껴지지 않았다. 그렇다고 문관으로 보기에는 옷차림이 어울리지 않았다.

'녹봉을 받던 자는 아니다. 그렇다면……'

청년의 시선이 천위지의 등 뒤로 살짝 드러나 보이는 비수로 향했다.

'강호인이다.'

강호인이라면 아버지와 인연이 닿을 리가 없었다. 하지만 이대로 쫓아 버리기에는 석연치 않은 점이 있었다. 상대의 표정과 태도에서 진심이 느껴지고 있었기 때문이다.

'별수 없군!'

여러 가지로 고민이 많으신 아버지이지만 이번 손님에 대한 판단은 아버지에게 맡길 수밖에 없었다.

"누구라고 전해 드리면 되겠습니까?"

천위지의 얼굴에 순간적으로 난처한 표정이 스치고 지나갔다. 목왕부와 자신의 관계를 알고 있는 분이니 자신의 이

름을 알고 있을 수도 있지만, 자기 스스로 이름을 밝힌 적이
없으니 모를 수도 있었다.

천위지의 이런 태도는 청년에게 의심을 사기 충분했다.

"이름을 알려 주기가 곤란하십니까?"

의심하는 사람이 하는 말이니 공손할 리가 없었다.

천위지 또한 청년의 말에서 적의를 느끼지 못할 리가 없었
다. 하지만 상대는 적이 아니라 은인의 아들이었다. 천위지
는 청년의 말을 한 쪽 귀로 흘려버리고는 예의 담담한 표정
으로 일섬비를 뽑아 내밀었다.

"일섬이라는 이름을 가지고 있다고 하면 아실 것입니다."

천위지는 자신을 알릴 수 있는 방법으로 일월비도술을 선
택했다. 구청진 스스로 자신의 최고 절기라고 했으니 자신
외에 따로 전한 사람은 없을 것이란 생각에서였다.

비수를 받아 든 청년의 손이 가늘게 떨렸다.

"비수의 이름을 다시 한 번 말씀해 주시겠습니까?"

조금 전의 음성과는 판이하게 다른 음성! 청년의 음성에
서 공손함이 묻어나고 있었다.

"일섬입니다."

아버지의 최고 절기가 일월비도술이고 그 첫 번째 초식이
일섬이라는 것을 모를 그가 아니었다. 아직 때가 되지 않았
다는 말로 자신에게도 전수하지 않은 아버지의 고집이 담긴
철학! 그 이름이 처음 보는 사람의 입에서 흘러나온 것이니

청년의 손이 떨리는 것도 당연했다.

곤을 쥐고 있던 손에 힘이 들어갔다.

"이곳에서 잠시만 기다려 주시겠습니까?"

천위지의 입가에 밝은 미소가 떠올랐다. 자신의 감정을 감추지 않고 그때그때 표현하는 청년의 행동은 천위지에게 순수함의 감정을 다시 떠올리게 만들고 있었던 것이다.

"그렇게 하시지요."

"그럼……."

가볍게 고개를 숙인 청년은 들고 있던 곤까지 내려놓고는 천위지가 걸어온 방향을 향해 달리기 시작했다.

피식!

청년의 행동에 다시 한 번 미소를 보인 천위지는 청년이 떨어트리고 간 곤을 집어 들었다. 가끔 금속으로 만든 곤을 사용하는 사람이 있기는 하지만 지금 천위지가 집은 것은 버드나무의 일종인 백랍白蠟으로 만든 오 척 길이의 단순한 막대기!

병장기 중 가장 만들기 쉽고 단순하기 때문에 많은 사람이 애용하는 무기이지만, 단순한 무기인 만큼 잘 다루기 어려운 것이 바로 곤이었다.

자신 때문에 애용하던 무기를 내팽개친 것 같아 미안한 마음에 곤을 집어 들었지만 오랜만에 쥔 곤과 귀 옆을 스쳐 가는 잔잔한 바람 그리고 구름 사이로 간혹 나타나는 햇살 기둥은 천위지로 하여금 흥을 느끼게 만들었다.

휘이잉!

곤을 가볍게 한 바퀴 돌린 천위지는 오른발을 앞으로 내밀며 곤두(棍頭 : 곤의 머리 부분)를 치켜들었다. 굳건히 땅에 뿌리를 내린 오른발에 힘이 실리고 왼발에 경勁이 얹어지며 곤에 힘이 실렸다.

곤심(棍諶 : 곤의 아랫부분)을 잡은 오른손에 정精이 실리고 곤삼(棍穆 : 곤의 중간 부분)을 잡은 왼손이 허虛로 바뀌는가 싶더니 곤이 울음을 토해 내기 시작했다.

우우웅!

곤명棍鳴!

사물이 곧 나이고, 내가 곧 사물이 되는 물심일여物心一如의 경지에서나 나타나는 울음소리가 고요한 대나무 숲에 울려 퍼졌다.

"타앗!"

파바밧!

기합 소리와 함께 빗살처럼 뻗어 가는 곤은 이내 몸을 휘감아 돌더니 빛을 가르고 허공을 나누었다. 웅장하면서도 힘찬 곤의 움직임을 뻗고 거두어들이며 휘젓고 가르는 동작을 이어 가며 조금씩 자연의 흐름 속으로 녹아들었다.

초식의 이름이나 흐름을 잊은 지는 이미 오래다. 그저 뻗고 싶으면 뻗고 휘두르고 싶으면 휘두를 뿐, 나아가고 멈추는 것이 마음이니 움직임에 거칠 것이 없었다.

면면히 이어지는 호흡은 내공을 북돋았고, 북돋아진 내공은 혈도를 따라 온몸으로 퍼져 갔다. 천위지의 몸에서 붉은 기운이 아지랑이처럼 피어오르고 있었다.

자그마한 방문 앞에 선 청년은 옷깃을 바로잡았다.

"사우냐?"

쓸쓸함과 묵직함이 동시에 느껴지는 음성! 방문 안쪽에서 들려온 목소리는 구청진의 음성이 분명했다.

"예. 아버님! 소자, 드릴 말씀이 있습니다."

"들어오너라."

드르르륵!

방문을 열고 안으로 들어서는 청년의 눈에 책을 펼쳐 놓고 앉아 있는 구청진의 모습이 보였다. 아침 문안을 드릴 때의 모습 그대로인 것으로 보아 책을 읽은 것 같지는 않았다. 하긴 하루 끼니를 걱정해야 하는 처지에 책이 눈에 들어올 리가 없었다.

사우라 불린 청년의 얼굴이 붉어졌다. 가세를 일으키기 위해 고심하는 아버지를 보면서도 아무런 도움이 되지 못하는 자신이 부끄러웠던 것이다.

그러나 그런 마음은 구청진도 같았다.

'불쌍한 놈!'

세상이 이토록 어지러워지지만 않았다면, 아니 자신의 무관 생활이 이토록 허무하게 끝나지만 않았다면 지금쯤 자신의 뒤를 이어 봉거 도위가 되었을 놈이었다. 구사우를 바라보는 구청진의 얼굴에 안쓰러움이 스치고 지나갔다.

"그래. 무슨 일이냐?"

구사우는 들고 온 비수를 앞으로 내밀었다.

"이것을 들고 온 손님이 있습니다."

비수를 받아서 살피던 구청진의 얼굴에 의아한 빛이 떠올랐다. 재질이 좋다는 것과 크기에 비해 상당히 무겁다는 것을 빼고는 그다지 특이한 사항이 눈에 띠지 않았던 것이다.

"이름은 밝히지 않고 이것만 준 것이냐?"

"예."

구청진은 고개를 갸웃거렸다. 아무리 생각해도 떠오른 사람이 없었다.

"기억나는 사람이 없으십니까?"

"글쎄다. 이런 비수는 처음 보는 것 같구나. 그나저나 어떻게 생긴 사람이더냐?"

"나이는 스물다섯 정도 되어 보였고, 키는 오 척 칠 촌 정도에, 왼쪽 볼에 가느다란 상흔이 있었습니다."

'스물다섯 정도에 왼쪽 볼에 상흔이라!'

언뜻 기억나는 젊은이가 있기는 했다.

하지만 그는 살아서 이곳까지 올 수 없는 사람이었다. 게

다가 그의 상흔은 굵고 깊었다.

설명과는 차이가 있는 것이다.

"다른 말은 없었느냐?"

"비수의 이름이 일섬이라고 했습니다."

구청진의 눈이 커졌다. 지금까지 단 한 명에게만 가르쳐 준 일월비도술이었다.

'그놈이다.'

그리고 보니 비수는 일섬을 펼치기에 최적의 비수였다. 하지만 섣불리 단정 지을 수 없는 구석이 있었다.

"그가 직접 일섬이라고 했느냐?"

"예."

"분명 그가 말을 했단 말이지?"

"예."

구청진은 지금의 상황을 어떻게 받아들여야 할지 난감했다.

자신의 생각이 맞다면 이 비수를 들고 온 청년은 말을 하지 못해야 했다. 얼굴의 상처는 신의를 만나 치료했다고 쳐도 폐혈된 지 한참 지난 아혈은 치료가 불가능하기 때문이다.

생각하는 사람과는 설명이 안 맞고, 설명을 들으면 생각 나는 사람이 없고.

구청진은 답답하기 이를 데가 없었다. 이런 경우에 해결 책은 하나뿐이었다.

"어디에 있느냐?"

"수련장에서 소자를 기다리고 있을 것입니다."

"그곳으로 가자."

비수를 집어 든 구청진이 자리에서 일어났다. 직접 만나보는 것! 구청진이 선택한 방법이었다.

파르르르!

천위지의 손에 들린 곤이 마치 살아 있는 듯 꿈틀거리더니 이내 정면을 향해 날아갔다.

번쩍! 푸욱!

분명 아무런 쇠붙이도 달려 있지 않은 곤이었다. 하지만 붉은 기운이 어린 곤은 대나무 숲에서 유독 커다란 덩치를 자랑하는 소나무의 몸통을 마치 두부인 양 파고들었다.

짝짝짝짝!

곤을 회수하려던 천위지를 돌려세운 것은 상당한 거리를 두고 들려오는 박수 소리였다.

"역시 네놈이구나!"

환하게 웃으며 천위지를 향해 다가오는 사람! 구청진이었다.

"어르신! 그간 안녕하셨습니까?"

천위지는 마치 옆 마을에 잠깐 다녀온 사람처럼 그렇게 인사했다.

"너도 잘 지냈느냐?"

구청진의 대답 또한 천위지와 별로 다르지 않았다. 서로를 바라보는 시선에 따스함이 조용히 흘렀다.

　말이 없는 대화를 한참 동안 나눈 그들은 누가 먼저랄 것도 없이 공터 한쪽에 있는 풀밭에 자리를 하고 앉았다.

　구청진이 들고 있던 일섬비를 앞으로 내밀었다.

　"좋은 비수더구나."

　천위지는 두 손으로 공손히 일섬비를 받았다.

　"어르신의 가르침이 없었다면 세상에 나오지도 못했을 것에 불과합니다."

　피식!

　구청진의 입가에 보일 듯 말 듯 한 미소가 스치고 지나갔다. 예전 같았으면 큰 소리로 웃음을 터트렸을 구청진이었다. 구청진을 바라보는 천위지의 시선에 안쓰러움과 씁쓸함이 동시에 스치고 지나갔다.

　'많이 약해지셨구나. 하긴 세월이 많이 흘렀지.'

　교위로 내침을 당하고도 거칠 것 없이 행동하던 구청진의 변화는 천위지로 하여금 많은 생각을 하게 했다.

　천위지의 이런 마음을 아는지 모르는지 구청진은 여전히 미소 띤 얼굴로 천위지를 바라보았다.

　"아혈은 언제 치료한 것이냐?"

　"꽤 오래 되었습니다."

　구청진을 만났을 때 이미 아혈이 치료되고 있는 상태였다고 말할 수는 없었기에 천위지는 오랜 시간이 지났다는 말로 구청진의 질문을 흘려보냈다.

암투와 음모가 판을 치는 황궁에서 생활하던 구청진이 천위지의 이런 의도를 모를 리가 없었다.

"내공까지 사용하는 것을 보니 희대의 신의를 만났나 보구나. 좋은 일이다."

천위지는 말없이 빙긋이 웃었다.

구청진의 미소가 진해졌다.

인정하든 인정하지 않든 눈앞의 청년은 자신의 하나뿐인 제자였다. 두 눈을 번쩍 뜨게 할 무공도 무공이지만 예전의 어둡고 답답하던 면을 말끔히 털어 버린 모습은 구청진을 한결 기분 좋게 만들었다.

그러나 마냥 즐거워하고 있을 수만은 없었다. 목적이 없다면 이곳까지 자신을 찾아올 리가 없었기 때문이다.

구청진은 반가움으로 들떠 있는 눈빛을 차분하게 가라앉혔다.

"그래! 이곳에는 무슨 일이냐?"

천위지도 자세를 바로 하고 앉았다.

"처음 이곳에 오기로 마음먹었을 때는 어르신을 편히 모시고 싶다는 생각뿐이었습니다."

"지금은 생각이 바뀌었다는 말이구나?"

"예."

"어떻게 바뀌었느냐?"

"전술 사범이 되어 주십시오."

전술 사범! 사병을 키우겠다는 말이었다.

안사의 난 이후 황권은 눈에 띄게 약해졌고, 지방 군권을 쥐고 있는 절도사의 영향력은 엄청날 정도로 막강해졌다. 그런 이때에 사병을 키우겠다니…….

구청진의 표정이 굳어졌다.

"천하를 노리려는 것이냐?"

"아닙니다."

"휴우!"

구청진의 입에서 안도의 한숨이 흘러나왔다. 황제의 곁을 떠났다고는 하지만 그는 아직 무관의 마음을 잊지 않았다. 만약 천위지의 입에서 천하를 노린다는 말이 나왔으면 그는 당장이라도 천위지에게 칼을 겨누었을 것이다.

구청진은 한결 편안해진 얼굴로 천위지를 바라보았다.

"그럼 목왕부와 싸우려는 것이냐?"

천위지는 다시 고개를 가로저었다.

"싸우다 보면 목왕부와 부딪칠 수도 있을 것입니다. 하지만 그들은 저의 목표가 아닙니다. 제가 싸우려는 곳은 십마련이라는 곳으로…….."

천위지의 입에서 십마련에 대한 이야기가 흘러나왔다.

이야기를 듣는 구청진의 표정은 시간이 갈수록 점점 더 어두워졌다.

하긴 소담선생과 위지세가, 혈사련이 포함된 세력에 관한 이야기를 듣는 것이니 그의 표정 변화는 당연했다.

피리리링!

천위지의 이야기가 모두 끝난 공터. 바람이 만들어 낸 청아한 대나무 소리만이 조용히 울려 퍼지고 있었다.

구청진은 움켜쥐고 있던 손을 풀었다.

"그러니까 네가 위지세가의 소가주이고, 너의 원수일지 모르는 십마련은 정과 사는 물론 황궁까지 아우르는 세력이라는 말이구나?"

"예. 어르신!"

십마련! 지금까지의 설명만으로도 충분히 두려운 조직이었다.

하지만 싸워 보고 싶었다. 황제를 위한다는 마음도 약간은 포함되었지만, 그것보다는 강한 자와 싸워 보고 싶은 무인의 욕망, 그것이 더 강했다.

사람들을 가르치며 편하게 살려고 한 것도 자신과는 어울리지 않는다는 것을 알았으니 지금의 생활을 떨쳐 버리는 것에 미련이 남지도 않았다.

이곳을 떠나려고 하니 제일 마음에 걸리는 사람이 이정기 장군이었다.

'이놈처럼 도와 달라고 했으면 어땠을까!'

아마 거절하지 못했을 것이다.

하지만 이제 한 사람과 인연을 맺었으니 그와의 인연은 다른 방법으로 이어 가야 할 것 같았다.

'미안하군!'

구청진은 자리에서 일어나 하늘을 바라보았다. 검은 구름이 서쪽에서부터 조금씩 밀려오고 있었다.

"온 세상과 싸워야 할지도 모른단 말이지."

구청진의 입가에 미소가 피어오르기 시작했다. 그가 거칠 것 없이 행동하던 시절로 돌아가고 있었다.

"최소한 심심하지는 않겠구나."

위지천입니다

늦은 오후!

쏴아아아!

번쩍! 번쩍! 우르릉 쾅쾅!

어제 저녁부터 내리던 비가 폭우가 변해 쏟아지더니, 이제는 천둥 번개까지 걸쳐 입고 세상을 청소하고 있었다.

보이는 것은 온통 회색 빗줄기!

2월 말에 내리는 비이니, 이 비가 그치고 나면 봄이 성큼 다가올 것이다. 하지만 하루 끼니를 걱정해야 하는 자들에게 이 비는 지옥의 수문장과 다를 것이 없었다.

두두두두!

풀을 엮어 만든 녹사의綠蓑衣와 대껍질을 어긋나게 엮어서

짠 청약립靑篛笠으로 우장雨裝을 갖춘 두 명의 사내가 뭐가 그리 급한지 앞도 잘 보이지 않는 폭우 속을 달리고 있었다.

"더 이상은 무리입니다."

뒤따르던 자의 음성이 빗소리를 뚫고 앞사람에게 전해졌다. 그 순간 앞서 가던 자의 속도가 줄어드는 것 같더니 문득 그의 얼굴이 드러났다. 천위지였다.

천위지는 지금 이정기 장군이 해족의 공격을 견디다 못해 영주를 떠났다는 말을 듣고 부리나케 달리는 중이다. 하지만 서둘러 영주에 도착한다고 해도 이정기 장군은 이미 그곳을 떠난 다음이니 사실 그가 도울 일은 없었다.

천위지를 태운 말의 속도가 눈에 띄게 줄어들었다.

'지금 당장은 장군을 믿을 수밖에 없다는 말인가!'

인정하기는 싫지만 지금 자신의 능력으로는 이정기 장군을 도울 수가 없었다. 게다가 우장을 타고 들어온 한기가 시간이 갈수록 점점 더 심해지고 있으니 더 이상은 무리라는 말도 틀린 것은 아니었다.

천위지는 말을 멈추었다.

"사우! 쉴 곳을 찾아라."

뒤따라 말을 멈춘 자가 고개를 숙였다.

"예. 대형!"

천위지가 맞아들인 또 하나의 동생이자 막내가 되는 구사우!

칭찬에 인색한 구청진조차 무인으로서는 자기보다 뛰어나다고 평가한 구사우가 다시금 관도를 달리기 시작했다.

마을을 지나친 지 이제 겨우 한 시진이 흘렀으니 쉴 곳을 찾기가 그리 쉽지는 않을 것이다.

하지만 구사우는 묵묵히 천위지의 지시를 따랐다. 그가 진정으로 천위지를 대형으로 생각하는지 아니면 아버지의 지시로 어쩔 수 없이 따르는 것인지는 모르겠지만 최소한 천위지의 뜻을 거스르지는 않을 것 같았다.

철퍽! 철퍽!

어느새 진흙탕 길로 변해 버린 관도를 따라 천천히 말을 모는 천위지의 표정이 심각했다.

'어떻게 한다.'

이정기 장군을 도울 수 없다는 것을 깨달은 이상 앞으로의 계획을 다시 세워야 했다. 지금 자신이 선택할 수 있는 것은 대략 세 가지 정도였다.

하나는 검귀 육정기를 만나는 일이었고, 다른 하나는 아미로 가서 정난사태를 뵙는 일 그리고 마지막은 태산 무령곡으로 가서 약탈을 일삼는 창귀槍鬼 도치원과 그의 수하를 죽이는 일이었다.

지금 자신이 서 있는 곳은 하남성의 기현 부근! 이곳에서 신강에 있는 검귀를 만나러 간다면 최소 넉 달은 소비해야 하고, 아미산도 사천에 있으니 적게 잡아도 석 달은 걸릴 거리였다. 거기에 비하면 창귀는 십 일이면 도착할 수 있는 거리에 있었다.

지금쯤이면 위지세가에서도 공진후가 사라진 것을 알게 되었을 것이다. 그렇다면 위지세가의 관심을 대천 상단에서 돌리기 위해서라도 사건은 필요했다. 검귀와 이정기 장군을 만나지 못하고 위지세가로 들어가는 것이 조금 꺼림칙하기는 하지만 지금의 상황에서는 어쩔 수 없는 일이었다.

'좋아.'

마음을 정한 천위지는 고개를 들어 하늘을 쳐다보았다. 기다란 선을 그리며 내려오는 빗줄기가 얼굴을 따갑게 두드렸다.

투두두둑!

피를 먹고 자라나는 무인의 세계! 얼마나 많은 사람을 죽여야 할지 모르는 세상이 눈앞에 펼쳐지려 하고 있었다. 수많은 사람들의 삶의 무게를 어깨로 받치고 그들의 아픔을 가슴에 담으면서 나아가야 할 길이지만 이미 목표가 되어 버린 일! 되돌아설 수는 없었다.

"하아아앗!"

가슴을 활짝 열어젖힌 천위지의 기합 소리가 빗소리를 뚫고 사방으로 퍼져 나갔다.

다그닥! 다그닥!

천위지의 기합 소리에 대답이라도 하듯 구사우가 비를 뚫

고 나타났다.

꽤 커다란 관제묘에 천위지와 구사우가 들어섰다.

문은 모두 부서지고 흙벽도 군데군데 떨어져 나갔으며 관성제군으로 추앙받는 관우의 목상까지도 부서져 사방에 널려 있는 곳이지만 지붕은 성성한지 아직 한 방울의 비도 스며들지 않았다.

"아무래도 오늘은 이곳에서 묵어야 할 것 같으니 불을 피울 만한 것이 있는지 살펴보겠습니다."

천위지는 가볍게 고개를 끄덕이고는 녹사의와 청약립에 묻은 빗물을 대충 털어 낸 후 그것들을 벗어 나무 기둥에 올려놓았다. 그러고는 바랑에서 술을 한 병 꺼내 문설주에 등을 기대고 앉았다.

세차게 내리는 비를 바라보며 마시는 한 모금의 소흥주! 안주는 없지만 지금의 풍취가 그리 싫지는 않았다.

"대형!"

어느새 불을 핀 구사우가 조심스럽게 천위지를 불렀다.

"이곳이 좋구나. 조금 있다가 불 곁으로 갈 테니 우선 너부터 말리도록 해라."

"알겠습니다. 그럼 어두워지기 전에 저녁부터 준비하겠습니다."

불을 피우고 저녁을 준비하는 구사우의 손길이 무척이나

익숙했다. 언뜻 보기에도 한두 해로 다져진 솜씨가 아니었다.

"야숙이 익숙하구나. 어르신에게 배운 것이냐?"

"예. 아버님께서 장수는 무릇 어디서든 숙식을 행할 수 있어야 한다면서 여섯 살 때부터 가르쳐 주신 것입니다."

"어쩐지! 솜씨가 뛰어나다 했다."

천위지의 칭찬에도 불구하고 구사우의 표정은 그리 밝지 않았다. 잠시 손을 멈추고 비 내리는 밖을 쳐다보는 구사우의 얼굴에서 간절히 원하던 무언가를 떨쳐 버려야 하는 사람에게서나 나타나는 그리움 같은 것이 보였다.

그런 구사우를 바라보던 천위지가 쥐고 있던 술병을 들어 한 모금의 술을 입에 부어 넣더니 시선을 밖으로 돌렸다.

쏴아아아!

세차게 내리는 비가 그의 시야에 들어왔다.

"사우야!"

잔잔하게 들리는 음성이었지만 빗소리에 묻힐 정도는 아니었기에 구사우의 시선을 돌리기에는 충분했다.

"예. 대형!"

"아버지의 뒤를 잇고 싶은 것이냐?"

구사우는 아무런 대답도 하지 않았다. 여전히 비 내리는 풍경을 바라보는 천위지와 아무런 대답도 하지 않는 구사우, 어딘지 모르게 둘은 조화를 이루지 못하고 있었다.

"네 뜻이 그쪽에 있다면 나는 말리지 않겠다. 그러니 지금

이라도 원하면…….”

“대형!”

나직한 음성으로 천위지의 말을 중간에서 자른 구사우는 조용하지만 진심이 느껴지는 음성으로 말을 이었다.

“저는 이틀 전만 해도 당연히 무관이 되어야 한다고 생각했던 사람입니다. 어렸을 때부터 꿈꾸어 온 세상에서 저는 언제나 무관이었고 거기에 맞추어 모든 것을 배우고 익혔습니다. 당연히 무관으로서의 야망도 가지고 있었습니다.”

천위지는 다시 한 모금의 술을 입에 부었다.

그런 천위지를 보며 구사우는 말을 이어 나갔다.

“하지만 이제 그것은 지나간 일입니다. 약간의 미련도 남고 아쉬움도 있지만 오늘이 지나면 다시는 이런 모습을 보이지 않겠습니다. 오늘 하루만 용서해 주십시오. 내일부터는 위지세가의 소가주 위지천의 동생으로서 절대 부끄럽지 않은 사내가 되겠습니다.”

휘이익!

천위지는 대답 대신 쥐고 있던 술병을 구사우에게 던졌다.

터억!

술병을 받아 든 구사우를 보며 천위지가 빙긋이 웃었다.

“저녁은 먹지 않아도 된다. 소낙비와 소흥주! 제법 흥취가 괜찮더구나.”

그 말을 끝으로 자리에서 일어난 천위지는 볏짚이 깔린 안쪽으로 들어가 가부좌의 자세로 눈을 감았다.

'무극無極은 상대허무相對虛無요, 태극太極은 상대시원相對始原이라……'

호흡을 통해 들어온 한 가닥 기운이 승장혈을 통과해 염천혈을 향했다. 세 살 때부터 해 오던 호흡법이 그의 어지러운 마음을 차분히 가라앉히며 머리를 깨끗하게 만들기 시작했다.

사십여 장 밖에서 다가오는 차가운 살기 그리고 피비린내!

청량한 기운이 임맥과 독맥을 돌아 백회로 스며드는 것을 느끼던 천위지가 서둘러 눈을 떴다.

내공을 사용할 수 있게 되면서 오감이 눈에 띄게 예민해진 것은 사실이었다. 하지만 사십 장까지는 아니었다. 지금도 호흡법을 끝내니 조금 전까지만 해도 손에 잡힐 듯이 느껴지던 살기와 피비린내가 언제 그랬냐는 듯이 흔적도 없이 사라졌다.

불가에 앉아 말없이 술병을 기울이는 구사우의 기척만이 감각을 자극하는 것이, 조금 전의 일이 마치 꿈처럼 느껴졌다.

피식!

꿈이라고 생각한 자신이 우스웠던 것이다.

'그나저나 호흡법이 감각을 향상시킬 줄은 몰랐군!'

무극지공을 얻고 난 후 호흡법보다는 내공에 의지하는 삶

을 살았으니 호흡법의 또 다른 효용을 이제야 깨친 것이 이상한 일은 아니었다. 다만 손에 쥐고 있으면서도 그것이 보물이라는 사실을 몰랐다는 것이 우스울 뿐이었다.

호흡법을 할 때 암송하는 것은 ≪만유형결≫ 하권에서 추린 법문이니 빼어 버려도 별 상관은 없었다. 문제는 호흡법을 할 때 꼭 필요한, 관조하는 마음가짐을 어떤 상태에서도 유지시킬 수 있느냐 하는 것이었다.

'과연 적과 상대하면서도 가능할까?'

많은 의문이 생기는 질문이었다. 하지만 무인의 세계로 들어서려는 이때에 호흡법의 또 다른 효용을 깨친 것이 우연만은 아니라는 생각이 들었다.

'좋다. 해 보자.'

아무 때나 거두어들여도 폐단이 생기지 않는 호흡법이니 설령 실패하더라도 피해는 없을 것이기에 천위지는 곧바로 호흡법에 자신의 호흡을 일치시키기 시작했다. 이십 년이 넘게 해 오던 호흡법이니, 호흡을 일치시키는 것은 그리 어렵지 않았다. 하지만 고요한 마음으로 자신의 마음을 비추어 보거나 몸의 흐름을 느끼는 관조는 결코 쉬운 일이 아니었다.

'휴우!'

처음부터 쉽지는 않을 것이라 생각했지만 자신이 얻으려는 감각이 관조를 막을지는 몰랐다. 열린 눈을 통해 들어오는 온갖 형상과 코와 귀로 전해지는 냄새와 소리는 끊임없이 새로운 느낌을 전하며 관조를 막았다.

게다가 먹고 만지지 않아서 그렇지 미각과 촉각도 죽은 것은 아니었다. 적과 손발을 맞대는 상황이 되면 새로운 느낌이 추가될 것이니 지금보다 관조가 더욱 어려워질 것은 자명한 일이었다.

'감각이 열려 있는 상태에서 오감을 느끼지 않으려면 신경을 차단하는 것뿐인데……'

천위지는 고개를 가로저었다. 지금보다 월등히 뛰어난 감각을 가지게 된다고 해도 눈을 뜬 상태로 맹인이 되고, 아무것도 듣지 못하는 귀머거리에, 손발이 잘려 나가도 고통을 모르는 사람이 되고 싶지는 않았다.

'마음을 둘로 나눌 수 있다면 모르지만 그 전에는……'

천위지의 눈이 반짝였다.

'이심결異心訣!'

《만유형결》 상권 초입에 적혀 있는 것으로 또 하나의 마음을 다스리는 방법을 설명하는 구결이었다. 누가 보더라도 마음을 다스리는 도가의 심결처럼 보였기에 천위지조차도 그냥 지나친 구결이었다.

그런 구결을 이제 와서 다시 떠올리는 것은 그 구결 안에 마음을 나누는 분심결이 포함되어 있었기 때문이었다. 천위지는 눈을 감고 이심결을 암송하기 시작했다.

'하나이나 둘이요, 둘이나 하나이다. 심心이 곧 이理이니

하나요. 성性과 정情으로 나뉘니 둘이라······.'

분심결을 찾기는 했지만 더 이상 생각을 이어 나가지는 못했다. 차가운 살기가 폭우의 장막을 뚫고 관제묘를 향해 다가오고 있었기 때문이다. 찾아낸 분심결을 뇌리에 깊숙이 각인시킨 천위지는 천천히 눈을 떴다.

이제는 이십 장 안으로 들어온 자! 분명 조금 전 사십 장 밖에서 느꼈던 바로 그자였다. 그런데 이상한 것은 피비린내가 느껴지지 않는다는 것이었다.

'폭우로 지워진 것인가?'

천위지는 고개를 저었다. 자신이 조금 전에 맡았던 냄새는 폭우로 씻어 낼 수 있는 냄새가 아니었다. 흔한 피 냄새가 아닌 심상에 새겨질 정도로 진한 피비린내였다.

'심상心象이라! 새로운 느낌이군!'

눈으로 봐야지만 읽을 수 있었던 느낌을 마음으로 느낀 것이 조금 서먹하기는 했지만, 감각이 향상된 상태에서 상대의 느낌을 읽은 것이니 그리 이상할 것은 없었다. 다만 느낌이 현실처럼 형상화되었다는 것이 조금 특이한 기분을 느끼게 했을 뿐이다.

천위지는 풀어 놓았던 현호도를 집어 들고는 모닥불 곁으로 자리를 옮겼다. 호흡법과 자신이 완전히 일치된다면 모르겠지만 아직은 느낌만으로 다가오는 자를 정확히 파악하기는 힘들었다. 아직은 눈에 의존할 게 많은 것이다.

지금 이 순간 눈으로 확인하지 않아도 알 수 있는 것은, 이곳으로 다가오는 자가 상당히 위험하다는 것뿐이었다.

"드시겠습니까?"

구사우는 아직 그런 위험을 느끼지 못하는지 천위지를 향해 술병을 내밀었다.

천위지는 대답 대신 손을 내저었다.

그때 들려오는 발소리!

철퍽! 철퍽!

무공을 익히지 않은 사람의 발소리와 전혀 다를 것이 없는 투박한 걸음걸이였다. 하지만 걸음걸이에 실려 있는 기세와 힘만큼은 감출 수 있는 것이 아니었다. 술병을 내려놓은 구사우는 바닥에 놓여 있는 창을 집었다.

오 척 길이의 단창이지만 자신의 뜻을 뿜어내기에는 충분했기에 어려서부터 들고 다니던 것이었다. 창날에 예기가 서렸다. 구사우의 공부도 결코 허튼짓이 아니었던 것이다.

입구에서 초의와 방갓을 벗은 사내는 꽤 큼직한 보따리와 멧돼지를 들고 안으로 들어왔다.

짐승 가죽으로 만든 옷에 등에는 활과 화살 통을 매고 양쪽 허리춤에 만도와 단도를 꽂은 모습이 영락없이 사냥꾼의 차림새였다. 그러나 그에게는 사냥꾼에게서 느낄 수 없는 위압감이 존재했다.

뚜벅! 뚜벅!

먼저 온 사람이 있다는 것을 알면서도 묵묵히 안으로 들어온 그는 버려진 상 하나를 들어 부서진 관우상 앞에 내려놓더니 보따리 안에 들어 있던 물건들을 하나씩 상 위에 내려놓았다. 이미 뭉개진 떡과 여러 가지 과일들 그리고 비에 젖어 퉁퉁 불어 버린 북어가 그릇도 없이 상 위에 놓여졌다.

다른 사람들을 무시하는 그의 이런 태도는 천위지와 구사우를 당혹스럽게 만들었다. 하지만 당혹도 지나치면 분노가 되는 법, 창을 쥐고 있는 구사우의 손에 조금씩 힘이 들어가기 시작했다.

그런 구사우의 손에 천위지의 손이 닿았다. 전혀 힘을 들이지 않는 것처럼 보이지만 지그시 눌러오는 천위지의 손은 그야말로 천근의 무게를 가지고 있었다.

– 그냥 보고 있어라.

천근의 무게라지만 일어서려고 한다면 못 일어설 것도 없었다. 하지만 전음까지 들려온 상황이 아닌가! 구사우는 창을 쥔 손에 힘을 풀었다.

보따리에 들어 있던 물건을 상 위에 모두 올려놓은 사내가 다음으로 한 일은 멧돼지를 손질해 굽는 것이었다.

지글지글!

구사우가 펴 놓은 모닥불 반대편에 새로 불을 지핀 사내는 그을음이라도 생기면 안 된다는 듯 아주 정성스럽게 멧돼지를 굽고 있었다.

구사우의 얼굴은 이제 붉다 못해 검게 변했다. 눈은 쭉 찢어지고 창을 쥐지 않은 손은 언제부터인지 굳게 쥐여져 있었다. 하지만 천위지는 가끔 모닥불에 부서진 나무 조각을 던져 넣을 뿐 여전히 담담한 시선으로 사내를 바라볼 뿐이었다.

밖은 이미 어두워졌지만 두 개의 모닥불은 관제묘를 환하게 밝히고 있었기에 멧돼지를 굽는 사내의 얼굴을 확인하는 것은 그리 어려운 일이 아니었다.

육 척이 조금 안 되는 키에 대충 묶은 머리. 반짝이는 눈과 나이를 알아볼 수 없을 정도로 길게 기른 수염이 얼굴 전체를 덮고 있는 모습이 불빛에 환하게 드러났다. 무뚝뚝하고 강해 보이기는 하지만 처음에 느꼈던 살인마의 느낌은 어디에서도 풍기지 않았다.

염득!

산의 제왕이라는 백호조차 두 대의 화살이면 충분한 그였지만 마을을 벗어나면 형산의 이름 없는 산골 마을에 사는 한 명의 사냥꾼에 불과했다. 그러나 염득은 그런 생활이 싫지 않았다. 그에게는 세상 누구보다도 착한 아내와 눈에 넣어도 아프지 않을 두 명의 자식이 있었기 때문이다.

그러던 그에게 어느 날 하늘이 무너지는 일이 생겼다. 이틀간의 산행을 마치고 돌아온 그의 눈에 마을이 모두 불타고 마을 사람 모두가 죽어 있는 모습이 보였던 것이다. 그의 착

한 아내와 여섯 살 된 아들, 네 살 난 딸도 예외는 아니었다.

그에게 아내와 자식은 생명과 같은 존재들이었다. 옷이 모두 찢겨진 채 사지를 벌리고 누워 있는 아내와 머리가 부서진 채 숨겨져 있는 두 자식의 모습은 그를 복수에 미친 한 마리의 짐승으로 만들기에 충분했다.

염득은 남겨진 흔적을 쫓기 시작했다. 그리고 보름이 지나지 않아 복수의 상대가 누구인지 알게 되었다. 형산의 칠십이 개 봉우리 중 가장 높은 봉우리에 속하는 자개봉에 위치한 염왕채閻王寨가 바로 범인이었다.

녹림십팔채 중 다섯 손가락 안에 든다는 그들이 무엇 때문에 삼백 리나 떨어진 곳에 있는 마을을 몰살시킨지도 알아냈다. 가끔 마을에 들러 가죽을 사 가는 상인이 우연히 염왕채가 관가의 마차를 습격하는 것을 목격했고, 그 사실을 알게 된 염왕채는 상인이 지나간 마을을 모두 불사르고 마을 사람을 죽였던 것이다.

염득의 복수는 치밀하고 잔인했다. 산채를 중심으로 수십 개의 함정이 세워졌고 지형지물을 이용해 곳곳에 무기를 설치했다. 무기라고 해 봤자 커다란 나무와 바위, 뾰족하게 깍은 나뭇가지가 대부분이었지만 맞으면 머리가 부서지고 뼈가 부러지며 몸에 구멍이 뚫렸다.

그 위력이 어느 정도였냐면, 염왕채에서 그래도 날고 긴다는 백 명이 염득을 잡으러 몰래 산채를 빠져나온 적이 있었다.

염득은 그런 그들에게 화살 한 개도 날리지 않은 채, 자연에서 쉽게 얻을 수 있는 독과 함정 그리고 곳곳에 숨겨 둔 무기만으로 백 명을 몰살시켰다. 그것도 하룻밤 만에 말이다.

염왕채 사람들은 그제야 자신들이 사신을 건드렸다는 사실을 알게 되었다. 하지만 이미 산채의 전력은 절반 이하로 줄어든 상태였다.

염득의 복수는 그 후에 더욱 잔인해졌다. 수시로 산채에 스며들어 서너 명의 목을 베어 걸어 놓는가 하면 잠자고 있던 자의 사지를 자르고 가슴에 뾰족한 나뭇가지를 꽂았다. 그의 복수는 여자와 아이를 가리지 않았기에 더욱 잔인했다.

염왕채의 사람들은 이제 잠을 잘 수가 없었다. 하긴 잠을 자는 순간 목이 베어져 대들보에 걸릴지도 모르는 상황에서 잠을 자기는 어려울 것이다. 염왕채의 사람들은 언제 끝날지도 모르는 막연한 두려움 속에서 뜬 눈으로 날을 샐 뿐이었다.

이런 생활이 이십 일쯤 지났을 때였다.

콰르르릉— 쾅! 쾅!

이른 새벽 목책의 한쪽 부분을 완전히 망가트리며 나타난 염득의 손에 활이 쥐여져 있었다.

그날 염왕채에서는 단 한 명도 살아나지 못했다. 날카로운 소리를 내며 날아간 화살은 정확히 산적들의 이마에 꽂혔고 울부짖으며 용서를 구하는 자의 목에는 만도가 스치고 지

나갔다. 특히 채주 파사곤破死棍 공묘는 온전한 부분을 찾을 수 없을 정도로 갈기갈기 찢기었다.

염왕채의 건물은 그 후 장장 이틀 동안이나 불에 탔고, 불길이 모두 꺼진 후 남은 것이라고는 타고 남은 뼈와 부러진 병장기 몇 점이 전부일 정도로 염왕채는 죽음만이 머무는 장소가 되어 버렸다.

그날 강호에 알려진 이름 궁귀 염득!

여자와 어린아이까지 모두 죽였으니 살인마라고 불러도 하등 이상할 것이 없었다. 하지만 산적과 수적이 아니면 섣불리 화살을 날리지 않으니 살인마치곤 조금 특별한 사람이었다.

세상의 산적과 수적을 모두 적으로 삼고 그들을 죽이기 위해서라면 자신의 목숨조차 서슴없이 내놓을 사람. 지금 눈앞에 보이는 사내였다.

이 월 스무 이렛날! 오늘은 그가 무슨 일이 있어도 지킨다는 그의 아내와 자식의 제삿날이었다. 지금 그가 상 위에 올려놓은 음식은 아내와 자식을 위한 제물인 것이다.

멧돼지가 잘 익자 다리 하나를 통째로 상 위에 올려놓은 염득은 그제야 보따리에서 황주를 꺼내 마시기 시작했다. 안주는 입에 대지도 않은 채 비를 보며 묵묵히 술병을 기울이는 염득의 모습은 슬프다 못해 비장하기까지 했다.

천위지는 사실 그를 처음 볼 때부터 그가 궁귀 염득이라는 것을 알았다. 하지만 성품에 대해서 전혀 아는 바가 없었기에 그저 바라보기만 했던 것이다. 그리고 지금, 그가 살인마라기보다는 슬픔에 젖은 사람임을 알게 되었다.

"사우야, 종이 한 장 주겠느냐!"

구사우가 자리에서 일어나 바랑이 있는 곳으로 걸어가더니 기름종이에 쌓인 채 곱게 모셔진 종이 뭉치 속에서 종이를 한 장 꺼내 들고 왔다. 염득의 모습에서 슬픔을 본 것인지 아니면 천위지의 지시를 따르는 것인지는 모르지만, 창을 내려놓은 채 순순히 지시를 따르는 구사우의 태도는 의외였다.

종이를 받아 든 천위지는 붓을 꺼내 무언가를 적기 시작했다.

쓱쓱쓱쓱!

천위지는 글자 몇 자가 적힌 종이를 들고 염득에게 다가갔다.

"신위神位는 있어야 할 것입니다."

염득은 고개를 돌려 천위지를 쳐다보았다.

"내가 누구인지 아는가?"

"압니다."

염득의 시선이 천위지의 눈으로 향했다. 늦은 봄, 빗물을 잔뜩 머금은 풀잎 같은 염득의 눈과 깊은 산속에 만들어진 호수 같은 천위지의 눈이 허공에서 만났다.

타다다닥!

고요한 정적! 불길 속에서 자기 몸을 불사르는 나무들이 내는 소리만이 시간이 흐르고 있음을 알려 주고 있었다.

그렇게 얼마의 시간이 흘렀을까!

염득은 천위지가 내민 종이를 받아 들더니 자리에서 일어나 제물이 차려진 상 쪽으로 걸어갔다.

탁!

상 옆에 놓인 화살 통에서 뽑아 든 화살을 이용해 지방紙榜을 벽에 고정시킨 염득은 다시 원래의 자리로 돌아와 술병을 집어 들었다.

"마실 텐가?"

투박한 음성과 함께 내미는 술병에서는 황주 특유의 시큼한 냄새가 풍기고 있었다.

천위지는 염득이 내민 술병을 받아 한 모금을 마신 후 술병을 다시 염득에게 넘겼다.

술병을 받아 든 염득이 말없이 단검을 내밀었다. 멧돼지를 먹으라는 말일 것이다. 부인과도 이런 식으로 대화했는지 알 수 없지만 참으로 말이 없는 사람이었다.

"사우야, 이리 와라. 오늘 저녁은 멧돼지 구이로 하자."

단검을 받아 든 천위지가 처음으로 내뱉은 말이었다. 말 없는 가운데 황주와 소흥주가 오가고 소리 없이 고기가 줄어드는 밤이 빠른 속도로 흘러갔다.

동이 트는 이른 시간!

비가 그친 새벽은 참으로 청명했다. 이른 새벽까지 듬뿍 빗물을 머금은 나뭇잎은 연이어 물방울을 떨어트리고, 산등성이를 타고 넘어오는 붉은 기운은 조금씩 세상을 빛으로 감싸고 있다.

옷깃으로 스며드는 바람이 차가운 한기를 느끼게 하지만, 그것은 지난 밤 늦게까지 마신 술기운을 멀리 날려 보낼 뿐 봄의 기운이 느껴지는 바람이 가져다준 상쾌한 기분을 막을 수는 없었다.

'좋구나.'

천위지가 이렇듯 새벽길을 걷는 것은 어제 우연히 알게 된 호흡법의 또 다른 효용을 자신의 것으로 만들기 위해서였다. 길을 걸으며 끊임없이 분심결을 되새겼고, 알고 있는 지식을 뒤져 필요한 구절을 찾았다. 하지만 아직 손에 쥐이는 것은 없었다. 아직은 많은 연구가 필요한 것이다.

한참 동안이나 새벽길을 거닐던 천위지가 관제묘로 돌아왔을 때 그를 맞이한 사람은, 처음 보았을 때의 옷차림 그대로 관제묘 앞에 서 있는 궁귀 염득이었다.

"이름이 무엇이냐?"

"위지천입니다."

조금도 주저하지 않은 대답. 천위지가 마침내 위지천이란 이름을 찾는 순간이었다.

"위지천!"

어떤 일로도 놀라지 않을 것 같은 염득의 얼굴에 놀라움이 떠올랐다.

"네가 사라진 위지세가의 소가주란 말이냐?"

"그렇습니다."

"크하하하하!"

놀라움이 사라진 염득의 입에서 흘러나온 것은 뜻밖의 웃음소리였다.

"이십여 년을 죽은 듯이 웅크리던 곳이지만 역시 위지세가구나. 하하하하! 강호에 바람이 불겠어. 크하하하!"

한참을 이렇게 웃던 궁귀가 웃음을 그쳤다.

"어젯밤에 고마웠다. 혹시라도 나를 찾을 일이 있거든 오태산의 모연 산장으로 연락해라."

도와주겠다는 것인지 아니면 그냥 심심하면 놀러 오라는 말인지 뜻을 알 수 없었다. 하지만 위지천은 그의 말에서 진심을 읽었다. 만약 도와 달라고 한다면 그는 목숨이라도 내놓을 사람이었다.

"감사합니다."

"그럼 다음에 보자."

위지천의 인사를 뒤로하고 궁귀 염득은 그렇게 떠나갔다.

터벅터벅!

두 발로 세상을 걸어서 말이다.

궁귀 염득이 사라지는 모습을 묵묵히 바라보는 위지천의 뒤로 구사우가 다가섰다.

"강해 보이던데 누구입니까?"

십칠존 중의 한 명인 궁귀가 강해 보인다니…….

위지천은 피식 웃었다. 궁귀를 강해 보인다고 말할 수 있는 사람이 세상에 과연 몇 명이나 될지 궁금했다.

"그는 궁귀 염득이다."

구사우의 입이 벌어졌다. 비록 무관의 길을 염원한 그이지만 십칠존에 대한 소문을 듣지 못했을 리가 없었다.

"궁귀 염득이었다니……."

구사우는 멍한 얼굴로 이렇게 중얼거리고만 있었다. 하긴 어제 저녁에 그를 향해 창을 내밀려고 했던 구사우이니 놀라움은 더욱 클 것이었다.

탁탁!

"우리도 그만 떠나자."

구사우의 어깨를 가볍게 두드린 위지천은 관제묘 안으로 걸음을 옮겼다. 자신의 물건 정도는 자신이 챙기려는 것이다.

동악東岳 태산泰山.

웅장한 산세와 아름다운 풍경으로 인해 오악 중의 으뜸으로 취급받는 태산은 산둥성을 가로지르는 태산 산맥의 주봉이며, 제왕의 자리에 오른 사람이 산꼭대기와 산기슭에서 봉

선 의식을 행할 정도로 도교의 성지가 되는 곳이다.

그런 명산의 남쪽에 위치한 태안현泰安縣의 우선주루遇仙
酒樓!

신선을 만난다는 이름처럼 이곳에서 파는 분주는 독하기
로 유명했다. 하지만 뒤끝이 없고 맛 또한 매우 뛰어나기에
이곳의 문턱은 언제나 분주했다. 오늘도 수많은 사람이 오가
는 주루의 입구에 장사꾼 차림을 한 세 명의 사내가 앉아 있
었다.

"그나저나 오늘 이곳에 무슨 일이 있는가?"

안쪽에 앉아 있는 뚱뚱한 사내의 말에 턱이 뾰족한 사내가
고개를 끄덕였다.

"그러게 말일세. 우리가 이 주루에 들어온 지 반 시진도
안 지났는데 벌써 주루 앞을 지나가는 무림인이 백 명은 되
어 보이니 이거 어디 불안해서 술을 먹겠나."

같이 술을 마시던 매부리코 사내가 피식 웃었다.

"사람들이 쓸데없는 걱정은. 절대 자네들에게는 피해가
없을 것이니 술이나 마시게."

걱정스러운 표정으로 술잔을 기울이던 두 사람의 시선이
매부리코 사내에게로 옮겨졌다.

"자네는 무슨 일인지 알고 있는 모양이구만. 알면 좀 가르
쳐 주게."

"그러게. 이거 원 불안해서 살겠는가."

"사람들이 겁이 많기는."

이렇게 말문을 연 매부리코 사내는 조금은 들뜬 음성으로 말을 이어 나갔다.

"지금 이곳에 온 사람들은 무령곡에 숨어 있는 창귀와 그의 수하들을 토벌하러 온 토벌대라네. 주축은 맹주가 바뀌면서 새로 개편된 무림맹이고. 사실 말이 나왔으니까 하는 말이네만, 우리가 이곳을 지날 때 얼마나 가슴을 졸이면서 지나는가?"

매부리코 사내의 얘기를 들은 두 사내가 고개를 끄덕였다. 자신들도 창귀가 나타나지 않는 겨울이라서 이쪽으로 왔지, 봄만 되었어도 다른 길을 선택했을 것이었다.

"자네 말대로만 된다면 얼마나 좋겠는가! 그나저나 무림 맹주는 언제 바뀌었는가?"

뚱뚱한 사내의 질문에 대답을 한 사람은 의외로 턱이 뾰족한 사내였다.

"야, 이 사람아! 아무리 우리가 강호와 관련이 없다지만 그 정도로 모른대서야 어찌 장사꾼이라 하겠는가!"

턱이 뾰족한 사내는 이곳에서 일어난 일을 몰랐던 것을 만회라도 하려는 듯 제법 자세히 무림맹주가 바뀐 사연을 이야기했다.

"작년 겨울일세. 그러니까 춘절 바로 전이지. 검환劍晥 양조환 대협께서 자신은 이제 너무 늙었다며 무림맹주 자리를 내어놓았다네. 너무 갑작스러운 일인지라 무림맹의 장로와 당주들이 모두 나서서 말렸다네. 하지만 고집하면 양조환 대협 아닌가! 결국 양조환 대협의 사의는 받아들여졌지."

뚱뚱한 사내가 고개를 끄덕였다. 무림에 대해서 잘 모르는 그이지만, 검 하나면 충분하다며 신법조차 배우지 않은 검환 양조환의 고집은 그도 잘 알고 있었던 것이다.

턱이 뾰족한 사내의 말이 이어졌다.

"맹주 자리가 공석이 된 무림맹은 서둘러 강호의 인사들을 초빙해 회의를 했다고 하네. 그리고 그 자리에서 만장일치로 서문세가의 가주 도환刀晥 서문영 대협를 추대했고, 서문영 대협께서 그 의견을 받아들여 새로운 무림맹주가 되신 것이지."

"그렇게 된 것이구면. 그런데 한 가지 이해가 안 가는 것은, 토벌 시기를 왜 지금으로 잡은 것이냐 하는 것일세. 이곳이야 그렇다고 해도 산속은 아직 추울 것이 아닌가?"

턱이 뾰족한 사내가 다시 웃었다.

"이 사람도 참! 그러니까 지금 토벌해야지. 날이 따뜻해지면 그들도 활동을 시작할 것이고 그럼 잡기가 더욱 어려워질 것 아닌가!"

뚱뚱한 사내가 감탄하는 표정으로 턱이 뾰족한 사내를 쳐다보았다.

"자네 정말 대단하구면."

"에이, 뭐 그까짓 걸 가지고."

말은 이렇게 했지만 턱이 뾰족한 사내의 얼굴에는 은연중 자부심이 드러났다.

그런 모습이 보기 싫었는지 매부리코 사내가 입구로 고개를 돌렸다. 그 순간 잡털이 하나도 섞이지 않은 흑마와 귀부분만 약간 검은 털이 보이는 백마를 탄 두 명이 그의 눈에 들어왔다.

'누구지?'

제법 이름난 강호인은 전부 안다고 자신하던 그이지만 두 사람은 한 번도 본 적이 없는 얼굴이었다. 하지만 매부리코 사내는 그들이 누구인지 알아낼 자신이 있었다.

창귀를 잡으러 올 정도로 강한 인물, 나이는 이십 대 중반과 초반, 한 사람은 비수를 사용하고 한 사람은 단창을 사용한다는 등의 정보가 매부리코 사내의 뇌리에 저장되었다. 매부리코 사내의 머리가 빠른 속도로 돌아가기 시작했다.

이름난 무림인들이 모이는 곳에 새로운 얼굴이 나타나면 으레 관심이 집중되는 법이다. 하지만 위지천과 구사우는 그런 강호의 속성을 모르기에 주변의 시선이 자신들에게 몰리는 것도 모른 채 여유롭게 말을 몰았다.

다그닥! 다그닥!

"먼저 숙소를 잡는 것이 좋겠습니다."

위지천은 고개를 끄덕였다. 아직 숙소에 들어가기는 이른

시간이지만 꽤 많은 수의 무림인들이 돌아다니는 거리를 활보하는 것은 그리 좋은 생각이 아니라는 판단이 들었던 것이다.

그러나 언제나 그렇듯 세상일은 마음대로 안 되는 법이다.

"천!"

커다란 음성이었지만 놀라움보다는 아련한 그리움이 느껴지는 음성이 옆 건물에서 들려왔다.

위지천의 시선이 목소리를 따라 돌려졌다.

이슬에 젖은 것처럼 촉촉한 눈과 가지런히 빗어 넘긴 머리, 갸름한 얼굴과 붉은 입술 그리고 그 안에서 드러나 보이는 하얀 치아! 스물서넛 정도 되어 보이는 여인이 건물 이 층에서 열린 창을 통해 위지천을 보고 있었다.

"소려!"

위지천의 입에서 신음 소리와 같은 음성이 흘러나왔다.

목왕부이자 이제는 사마세가로 불리는 사마 장군부의 금지옥엽! 미화薇花 사마소려가 그곳에 있었다. 그녀와 헤어진지 십 년이 가까워지지만 사마소려만큼이나 위지천도 한눈에 그녀를 알아보았던 것이다.

사실 동갑내기인 위지천과 사마소려는 꽤 가깝게 지냈다. 무인인 여인과 문사인 남자가 어떻게 가까워졌냐고 말할 것이지만, 가족 구성원 모두가 가문과 무공만 생각하는 집안에서 자라던 사마소려에게 부드러운 느낌을 주는 위지천은 매우 색다른 사람이었다.

게다가 위지천은 누구보다도 무공 지식이 해박한 사람이었다. 그녀를 사화四花의 일인으로 만들어 준 무공도 가문의 심극일분도心極一分刀가 아니라, 위지천에게 전수받은 대라천도大羅天刀였으니 말이다.

끊임없이 이어지는 초식의 특성상 엄청난 힘이 요구되는 대라천도를 여인의 몸에 맞게 수정한 위지천의 도움으로 사마소려는 대라천도를 익혔고, 결국 그녀는 사화의 한 명이 될 수 있었다.

사마소려는 위지천의 가능성을 사마세가의 누구보다도 일찍 깨닫고 있었다. 만약 그가 무공을 익힌다면 무공의 천재라고 추앙받는 자신의 둘째 오빠도 순식간에 뛰어넘을 수 있다는 것을 말이다.

사마소려는 날마다 위지천과 함께 강호를 누비는 꿈을 꾸었다. 둘 다 어렸기에 연인이라고까지는 할 수 없어도 최소한 그녀에게 위지천은 오빠들보다 소중한 존재였다. 그녀가 아미파에서 수련할 때 위지천을 제거해서 다행이지, 만약 다른 때였다면 목왕부는 분명 금지옥엽의 장례를 치러야 했을 것이다.

그런 사마소려였기에 위지천이 불명예를 안고 죽었다는 말을 듣고 몇 날 며칠을 울었는지 모른다. 그런데 죽었다는 그가 지금 자신의 눈앞에 살아서 움직이고 있으니 눈에 보이는 것이 있을 리 없었다.

타악!

탁자 위에 놓인 도를 집어 든 사마소려가 창을 박차고 뛰어오르더니 위지천의 옆에 사뿐히 내려섰다. 바닥에 닿는 소리도 내지 않는 경공으로 보아 그녀의 무공 실력이 예전과는 완전히 다른 수준에 올랐음을 알 수 있었다.

뒤이어 솟구치는 신형들! 사마소려와 같은 자리에 앉아 있던 젊은이들이 서로에게 뒤질세라 창을 통해 밖으로 빠져나왔다.

스윽! 쿠웅!

소리 없이 내려서는 자가 있는가 하면 제법 둔탁한 소음을 만들어 내는 자도 있었다.

그런 소동에도 불구하고 사마소려의 시선은 위지천의 얼굴에서 움직일 줄은 몰랐다. 볼에 난 기다란 상흔이 아프게 다가왔다.

"천 맞지?"

한참을 쳐다보다 내뱉은 말치고는 참으로 싱거웠다. 하지만 사마소려의 눈에서 하염없이 눈물이 흐르는 것을 본 사람이면 절대 싱겁다고 말하지 못할 것이다.

어지간해서는 표정의 변화가 없는 위지천도 이 순간만큼은 표정 변화가 극심했다. 눈빛은 격랑에 휩싸인 파도처럼 한없이 흔들렸고, 표정은 반가움과 안쓰러움, 후회와 회환

등이 어울려 보기 싫을 정도로 일그러졌다.

어찌 그러지 않겠는가! 반가움이야 이루 말할 수 없지만 사마소려는 원한과 은혜가 뒤섞인 가문의 여식이 아니던가!

사마세가와는 다시 인연을 맺고 싶지 않은 위지천이기에 그의 마음은 더욱 복잡했다. 한참 동안 말없이 사마소려를 바라보던 위지천의 입이 마침내 열렸다.

"예전의 천위지는 죽었습니다. 지금 이곳에 있는 사람은 위지천입니다."

위지천은 말을 돌렸다.

"가자, 사우야."

다그닥! 다그닥!

미련 없이 등을 돌린 위지천을 향해 사마소려가 손을 뻗었다. 하지만 이름을 소리 내어 부르지는 못했다. 자신을 보고 저렇게 돌아서야 하는 위지천의 마음이 어떨지 누구보다도 잘 아는 그녀였기에 커다란 소리로 부르고 싶은 마음을 눈물로 달랠 수밖에 없었던 것이다.

털썩!

"천!"

바닥에 주저앉은 사마소려의 눈에서 폭포수처럼 눈물이 흘러내렸다.

"저런 개자식이……."

욕설과 함께 앞으로 나서려는 육 척 거구의 청년을 막아서는 손이 있었다.

붉은 수실에 매화 문양이 새겨진 검! 매화 문양이 수놓아진 소맷자락이 아니더라도 그가 화산의 기대주 매화검수라는 사실을 알아보기는 그리 어렵지 않았다.

그러고 보니 붉은 수실이 달린 매화검에 훤칠한 용모, 육웅사화 중 첫 번째로 꼽히는 화산검웅華山劍雄 창천익이 분명했다.

그리고 그에 의해 제지받은 육 척의 거구 역시 육웅사화의 일인인 황보세가의 큰아들 천경도웅天驚刀雄 황보산정이었고, 싸늘하다 못해 살기까지 느껴지는 시선으로 위지천을 바라보는 비쩍 마른 청년 역시 육웅사화에 속하는 신안창웅神眼槍雄 악필이었다.

이 순간 세 사람의 시선은 분노와 호기심, 질투로 표현될 수 있었다. 각기 다른 의미의 시선이지만 그들의 시선에도 공통된 점은 있었다. 바로 위지천을 받아들이지 않으려는 거부감이었다. 그중 특히 질투심을 느끼는 신안창웅 악필은 다른 두 사람에 비해 훨씬 심각했다.

얼굴 가득 호기심을 드러낸 창천익의 입가에 가느다란 미소가 떠올랐다.

'위지천이라… 위지세가의 사라진 소가주일지도 모르겠군. 그렇지 않다면 굳이 위지천이라는 이름을 사용할 이유가 없겠지.'

지금이야 새로운 강호의 기대주 사수四秀에 밀려 별로 논의되지도 않는 그들이지만, 사수가 나타나기 전만 해도 신진제일고수로 불리던 그들이었다. 사마혁이 사수로 빠져나가면서 이름도 육웅사화로 바뀌고 위세도 많이 줄어들었지만, 그들의 가문이 온전하다는 점을 감안하면 육웅사화는 아직도 무시할 수 없는 세력이었다.

위지천은 그런 자들의 시선 속에서 무거운 발걸음을 옮기고 있었다.

사마세가의 무심전無心殿!

무림세가로의 변신을 이루고도 여전히 실세를 휘두르는 사마궁이 머무는 이곳에 다섯 명이 모여 있었다.

"대체 이것이 어떻게 된 일인지 설명해 보게. 천위지가 살아 있다니! 그것도 무공을 익힌 채 말일세."

펄럭펄럭!

사마궁이 하나 남은 손으로 흔드는 것은 사마세가의 가족을 보호하는 임무를 맡은 인각주가 보내온 서찰이었다. 위지천과 사마소려가 만난 지 이제 겨우 두 시진이 흘렀지만 그들이 만난 소식은 벌써 사마궁의 손에 쥐여져 있었다. 참으로 무서운 정보력이라 아니할 수 없었다.

사마세가 가주인 뇌력일검雷力一劍 사마장초와 소가주의 자리에 오른 열화검熱火劍 사마웅이 고개를 숙인 채 아무런

대답도 하지 못했다.

그런 그들의 행동은 사마궁을 더욱 화나게 만들었다.

"말해 보란 말이야!"

찢어지는 듯한 음성! 사마궁의 분노가 어느 정도인지 짐작할 수 있는 대목이다.

일이 이렇게 되자 역사의 인물 장비를 연상시키는 모습을 하고 있는 외당 당주 탈명도奪命刀 도추심이나 육십 대의 나이에도 불구하고 청수한 모습을 간직하고 있는 내당 당주 청수선생도 가만히 있을 수 없었다.

천위지에 대한 건은 전적으로 가족들이 책임져야 할 일이지만, 지금은 잘잘못을 따지기에 앞서 서둘러 수습책을 마련해야 할 때였다. 시기를 놓친다면 천위지의 행동 여하에 따라 그동안 잘 가꾸어 놓은 이미지가 한순간에 물거품이 될 수도 있는 문제였기 때문이다.

"노가주님! 이미 일은 벌어진 것이니 잘못은 나중에 따지는 것이 어떻겠습니까?"

청수선생의 말에 사마궁의 얼굴이 더욱 일그러졌다. 하지만 청수선생의 말은 지극히 옳고 타당했다.

"에이, 못난 놈들!"

고개를 숙인 사마웅의 눈 속에서 불길이 타올랐다. 그동안 아버지와 달리 칭찬만 받던 그였다. 그런데 당주들까지 있는 곳에서 이렇듯 문책을 당하는 이유가 하찮은 문사 때문이라고 생각하니 참을 수가 없었다. 놈이 무공을 익혔다는 말 따위는 귀에 들어오지도 않았다.

'죽인다!'

소리를 내지는 않았지만 꽉 다문 그의 이빨은 금방이라도 부서질 것 같았다.

사마웅의 이런 마음을 아는지 모르는지 사마궁은 청수선생을 바라볼 뿐이었다.

"그래. 당주 생각에는 어떻게 했으면 좋겠는가?"

"이 일을 논의하기 전에 먼저 알아야 할 것이 있습니다."

사마궁은 말없이 고개를 끄덕였다. 사실 겉으로 표현은 않지만 사마궁은 이런 이야기가 논의되는 것조차 불편했다. 하지만 어쩌겠는가! 이미 두 명의 당주에게 이 일의 전말이 모두 알려진 것을.

장군부 시절이었다면 아마 이런 보고는 아무도 모르게 자신에게 전해졌을 것이다. 하지만 무림세가가 되자 지휘 체계가 생겼고 정보의 이동 통로가 만들어졌다. 천각과 지각을 제외한 나머지를 모두 외당과 내당에 넘기라고 한 사람이 자신이었으니 사실 누구를 탓할 수도 없었다.

'이 일이 정리되는 대로 정보만 취급하는 곳을 따로 만들어야겠군!'

사마궁은 정보를 통제할 필요성을 느꼈다. 하지만 사마궁은 이런 마음을 남에게 내보이는 사람이 아니었다.

사마궁의 담담한 표정 속에서 청수선생의 말이 이어졌다.

"그는 지금 탈영병입니까?"

간단한 질문이었지만 사마궁은 섣불리 대답할 수가 없었다. 군대에 들어갔다가 임의로 나온 것이니 탈영병은 탈영병이었다.

하지만 천위지는 문제가 많은 병사였다. 동원 대상이 아니었기에 서류는 전부 위조된 것이고 배치도 임의대로 이루어졌으니 그에 대해 밝혀져서 좋을 것이 없었다.

예전처럼 상장군이란 이름으로 모든 것이 통용될 때 같으면 아무런 문제도 없겠지만, 지금은 황제의 시대가 아니라 절도사의 시대였다. 탈영병으로 잡혀 간다고 해도 무공을 익혔다는 것이 밝혀지면 절도사들은 그를 죽이기보다 자신의 휘하로 삼으려 할 게 분명했다. 지금보다 더 큰 위험이 될 수 있는 것이다.

"탈영병으로 처리할 수는 없네."

사마궁의 단호한 대답에 청수선생은 고개를 끄덕였다. 그는 이미 이런 대답이 나올지 알았던 것이다.

"그럼 제가 생각한 것을 말씀드리겠습니다. 천위지는 우리에게 적의를 가지고 있습니다. 아가씨에게 한 행동만 봐도 알 수 있는 일이니 부연 설명은 하지 않겠습니다."

사마궁은 고개를 끄덕이는 것으로 대답을 대신했다.

청수선생의 말이 이어졌다.

"지금 상황에서 가장 시급한 것은 천위지의 무공 실력을 알아내는 것입니다."

사마궁은 갑자기 머리가 아파 왔다. 무공에 대한 이해력 만큼은 세상 누구보다도 뛰어난 놈이었다. 하단전을 부수어서 보냈다고는 하지만 벌써 팔 년이라는 세월이 흘렀다. 무공을 익혔다고 해도 전혀 이상할 것이 없었다.

태양혈太陽穴이 밋밋하다는 서찰 내용이 그래도 조금은 안심이 되지만 그것도 절대적인 것은 아니었다. 만약 사라진 동안 기괴한 내공 운용법이 기록된 사파의 무공이라도 얻었다면 그것만으로 전혀 새로운 운기법을 만들 수 있는 놈이 바로 그놈이었다.

'그때 어쩌자고……'

이제 와서 살려 보낸 것을 후회해도 소용없는 일이지만, 그 일을 생각하니 가주와 소가주란 놈이 더욱 미웠다. 자신에게 보고만 제대로 했어도 절대 살려 보내지 않았을 것이기 때문이다.

아직도 고개를 숙이고 있는 사마장초와 사마웅을 쳐다보는 사마궁의 시선이 차갑다.

"그래서 어쩌자는 것이냐?"

기분이 좋지 않으니 흘러나온 말도 좋을 리가 없었다.

청수선생의 눈살이 찌푸려졌다. 지금은 사마세가의 내당 당주에 불과하지만 자신도 육십이 넘는 나이이고 하남성 최

고의 실력자 중의 한 명이다. 사마궁이 불편한 몸을 이끌고 네 번이나 자신을 찾아오지 않았다면 내당 당주 같은 것은 절대 맡지 않았을 것이다.

그런데 이제 와서 사마궁이 자신의 기분대로 말을 하니 기분이 상하지 않을 리 없었다. 그의 이런 변화는 곧바로 사마궁에게 전달되었다.

'정보를 취급하는 곳을 만들기 전에 저놈부터 정리해야겠군!'

아쉬울 때는 목이라도 내어놓을 듯이 굽히지만 필요 없거나 부담스러우면 그 즉시 제거할 생각부터 하는 사람! 사마세가가 이런 사람의 지휘를 받으면서 어떻게 지금의 자리에 오르게 되었는지 참으로 이상할 정도였다.

"내가 너무 흥분했네. 미안하이."

나이로나 지위로나 자기보다 위에 있는 사람이 미안하다고 하는데 더 이상 무슨 말을 하겠는가! 청수선생은 애써 구겨진 표정을 지웠다.

"그래. 어떻게 하면 무공 실력을 알아낼 수 있겠는가?"

사마궁의 거듭된 질문에 청수선생은 입을 열 수밖에 없었다.

"여러 가지 방법이 있을 것이지만 그가 우리에게 적의를 가지고 있는 이상 서툰 대응은 오히려 화를 불러올 것입니다."

사마궁은 고개를 끄덕였다.

"그렇다고 우리가 직접 나서는 것은 여러 가지로 곤란하니 이 일을 천각주에게 맡기었으면 합니다."

천각!

사마궁이 심혈을 기울여 키운 천, 지, 인, 삼각 중의 하나로, 가주조차도 소속 인원이 몇 명인지 어느 정도의 실력을 가지고 있는지도 모르는, 그야말로 사마세가의 최대 비밀이었다. 그런데 그곳의 비밀을 개방하자는 말이었다.

사마궁이 의자에 몸을 기댔다. 이런 대답이 나올 줄 알았으면 처음부터 혼자서 결정할 걸 그랬다는 생각이 문득 머리를 스쳤다. 하지만 청수선생의 말은 하나도 틀린 것이 없다. 지금 상황에서는 천각이 최선인 것이다.

"알았으니 그만들 나가 보게. 이제 이 일은 내가 알아서 하겠네."

사람들이 모두 나간 무심각!

사마궁의 입에서 잔잔한 음성이 흘러나왔다.

"모두 들었느냐?"

"예. 어르신!"

빈 허공에서 아무런 감정도 느껴지지 않는 음성이 흘러나왔다.

"누구를 보내겠느냐?"

"지번을 보내겠습니다."

사마궁의 눈이 반짝였다. 지번은 천각에서도 최상위에 꼽히는 사람이었다. 그러나 상대는 희대의 천재였다. 무인들이 모인 곳에 거리낌 없이 나타나는 것도 영 마음에 걸렸다. 사마세가를 두려워하지 않는다는 자신감의 표현일 수도 있었기 때문이다.

"죽이자는 것이 아니다. 어느 정도의 실력인지만 알면 된다. 그 점을 명심해라. 죽이는 것은 그다음에 해도 된다."

"명심하겠습니다."

공손하지만 왠지 모르게 피 냄새가 느껴지는 음성이 들려왔다. 하긴 오십 년이 넘게 수련만 했으니 칼을 뽑아 보고 싶기도 할 것이었다.

사마궁은 눈을 감았다. 막는다고 해결될 일이 아니었기 때문이다.

"네 뜻대로 해라. 하지만 위험하다고 판단되면 곧바로 돌아오라고 해라. 나는 지번을 허무하게 잃고 싶지 않다."

"존명."

가장 믿을 수 있는 자에게 지시를 내렸으니 마음이 편해야 했건만 사마궁은 여전히 개운하지가 않았다. 지번을 잃을 수도 있다는 두려움이 아니었다. 무언가를 놓친 것 같은 꺼림칙한 기분이 그를 옭아매고 있었던 것이다.

자세를 바로 세운 사마궁은 머리를 세차게 흔들었다. 쓸데없는 생각으로 가득 찬 머리가 조금은 깨끗해지는 느낌이 들었다. 마음이 차분해지자 이번에는 다른 생각이 고개를 쳐

들었다.

오대세가로 불리게 된 지 오 년!

짧다면 짧고 길다면 긴 세월이었다. 그러나 요즘 사마궁의 눈에는 모든 것이 다 엉성하고 부족해 보였다. 고작 한 놈때문에 우왕좌왕하는 오늘 일도 그렇지만, 요즘 와서 가주와소가주라는 놈들이 하는 짓이 영 미덥지가 않았다.

'아직도 멀었다는 것인가!'

이대로 가다가는 진짜 죽도 밥도 아닌 꼴이 되어 버릴 것같다는 불안감이 그를 엄습했다. 자신들 때문에 오대세가에서 밀려난 모용세가도 이런 일 정도는 가볍게 수습했을 것이라 생각하니 불안감은 더욱 증폭되었다.

정통성을 갖추지 못한 사마세가! 무력이라면 모르지만 역사와 전통 그리고 경험이라는 면에서는 턱없이 부족한 것이현실이었다.

"역사와 전통이라……."

사마궁은 갑자기 사마혁이 보고 싶었다. 그놈이 외당만맡았더라도 오늘 같은 일은 조용히 처리되었을 것이고, 청수선생이라는 놈과도 얼굴을 붉히지 않았을 것이라 생각하니더욱 보고 싶은 마음이 간절하다.

"대체 어쩌자는 것이냐?"

오늘따라 유난히 생각이 많은 사마궁이었다. 하지만 그는정작 중요한 것을 놓치고 있었다. 어째서 개운하지 않았는지, 무엇 때문에 꺼림칙했는지를 잊어버렸다는 게 바로 그것이었다.

이 순간 사마궁이 놓친 것! 그것은 바로 위지천이라는 이름이었다.

무심전을 빠져나온 사마웅은 곧바로 세가를 빠져나갔다.

탁! 탁!

어둠을 헤치며 나아가는 그에게서 들리는 것이라고는 가끔 땅을 박차는 소리뿐이었다.

한참을 이렇게 달리던 사마웅이 걸음을 멈춘 곳은 도시 외곽 지역에 있는 허름한 골목이었다.

곳곳에 쓰레기가 널려 있고 술 취한 자들이 토해 낸 토사물이 군데군데 묻어 있는, 그야말로 최하층의 빈민들이나 왕래하는 그런 길이었다.

처음 들어온 사람이면 길을 잃기 십상인 미로임에도 불구하고, 사마웅은 마치 자기 집 앞마당처럼 익숙하게 골목을 통과했고 잠시 후 허름한 집 앞에서 걸음을 멈추었다.

"오셨습니까?"

오랜 세월 알고 지내는 사람처럼 사마웅을 반갑게 맞이한 사람은 허리가 굽어 있어 서 있는 모습조차 불안해 보이는 노인이었다.

벽까지 누렇게 변화시킨 연초대를 입에 물고 연신 연기를 뿜어 대는 모습이 금방 숨을 거둔다고 해도 전혀 이상할 것이 없었다.

"잘 있었는가?"

"저 같은 놈이야 안 죽으면 잘 있는 것이지요. 그래, 이번에는 무슨 일입니까?"

물고 있던 연초대를 내려놓고 연신 허리를 굽히며 두 손을 비비는 것이 영락없이 돈을 구걸하는 노인의 모양새였다.

"한 놈을 정리해 주어야겠네."

노인의 입가에 비릿한 미소가 스치고 지나갔다. 죽음을 이야기하면서 미소를 보일 수 있는 자, 결코 평범한 노인이 아니었다.

"그것이야 저희들이 늘 하는 일입죠."

"강호에 전혀 알려지지 않은 놈이네."

노인의 눈이 반짝였다.

사마세가의 소가주! 지난 팔 년 동안 꽤 많은 목숨을 주문했던 자다.

그가 지금까지 요구한 목숨들은 모두 사마세가의 앞길에 방해가 되는 자들이었으니 전혀 이상할 것이 없었다. 그런데 이번 대상자는 사마세가와 전혀 관계가 없다는 듯이 말하고 있지 않은가!

그러나 살수의 세계에서 지나친 관심은 금물이다. 목숨 값을 지불하는 자에 대해 모르는 것이 많으면 많을수록 좋은

곳이 바로 살수의 세계다. 그리고 노인은 그런 규칙을 확실히 지켜 온 사람이었다.

"그것이 무슨 상관이 있겠습니까? 저희는 상응하는 돈만 받으면 됩니다."

철렁!

제법 두툼한 주머니가 탁자 위에 던져졌다.

"이름 천위지. 나이 스물여섯. 현재 태안에 있네."

주머니를 바라보는 노인의 눈이 밤하늘의 별처럼 반짝였다.

"한 달 이내에 좋은 소식이 들릴 것입니다."

"그럼 자네만 믿고 가네."

"걱정 마십시오. 저희는 실수가 없습니다."

삼인혈三刀血!

살수가 세 명에 불과하다 보니 하남의 일부에서만 활약하는 조그마한 살수 단체다. 활동 영역이 좁다 보니 그다지 큰 명성을 얻지 못했고 많은 돈도 벌지 못했다.

하지만 사마웅은 그들의 능력을 믿어 의심치 않았다. 지금까지 그들이 해 온 일은 삼대 살수 단체도 쉽게 해내지 못할 일이었기 때문이다.

'아버지처럼 무력하게 고개를 숙이는 사람이 되지는 않겠다.'

집을 나서는 사마웅의 눈이 파랗게 빛나고 있었다.

무인의 명분은
삶과 죽음이오

이른 아침, 위지천이 눈을 떴다.

사마소려가 진실을 알아내기 위해 세가로 돌아갔다는 말에도 창천익과 악필의 방문에도 오로지 침묵으로 일관했던 그가, 구사우가 부르지도 않았는데 스스로 눈을 뜬 것이다.

"토벌대는?"

"어제 새벽에 떠났습니다."

지난 나흘 동안 식사 시간을 제외하고는 두 눈을 감은 채 꼼짝도 않던 위지천이 마침내 자리에서 일어났다.

"가자."

말을 객잔에 맡겨 둔 채 객잔을 나선 위지천은 느리지도 빠르지도 않은 걸음걸이로 태산을 향해 걷기 시작했다. 그러나 그들의 산행은 그리 오래지 않아 멈출 수밖에 없었다.

"거기까지다."

입구에 들어서는 위지천과 구사우를 막아선 사람은 적의를 온몸으로 표현하는 신안창웅 악필이었다.

"이러는 이유가 무엇이오?"

"정녕 이유를 모른단 말이냐?"

"모르오."

무표정한 위지천의 대답에 자극을 받았는지 그렇지 않아도 붉은 악필의 얼굴이 더욱 붉어졌다.

"이놈이!"

위지천의 얼굴이 차가워졌다.

"당신에게 놈이란 소리를 들을 이유가 없소. 그러니 이유를 밝히든지 아니면 길을 비키시오."

부르르르!

창을 잡은 악필의 손이 눈에 띄게 떨렸다. 당장 창을 겨눈다 해도 전혀 이상할 것이 없는 모습이었다. 하지만 명문의 자제이자 육웅사화의 일인이라는 허울은 그의 손을 붙잡았다. 최소한 무뢰배처럼 행동할 수는 없었던 것이다.

"소려와 나는 약혼을 앞두고 있는 상태였다. 그런데 네놈 때문에……."

악필의 손이 다시 떨렸다.

"소려가 떠났다. 지금까지의 이야기는 전부 없던 것으로 하고 말이다."

가늘게 떨리는 음성! 그의 심정이 어떤지 알 수 있었다. 하지만 이 순간 위지천의 심정도 그에 못지않다는 것을 그는 몰랐다. 위지천의 대답이 고울 리 없었다.

"그래서 나보고 어떻게 하란 말이오. 잘못했다고 빌란 말이오? 아니면 소려를 찾아가 당신하고 결혼하라고 말하란 말이오?"

쁘드득!

"그래도 이놈이!"

"분명히 당신에게 놈이라는 말을 들을 이유가 없다고 했소. 계속 이러면 나도 참지 않을 것이오."

위지천의 말이 차가워졌다. 그러나 상대는 육웅사화의 일인이다. 이름도 없는 자의 말에 겁을 집어먹을 그가 아닌 것이다.

"네놈이 참지 않으면 어떻게 하겠다는 것이냐?"

"말이 너무 험하신 것 같습니다."

위지천의 뒤에서 묵묵히 듣고 있던 구사우가 창을 움켜쥔 채 앞으로 걸어 나왔다. 거듭되는 악필의 말투에 자극을 받은 것이다.

터억!

위지천은 앞으로 나서려는 구사우를 막았다.

"네 상대가 아니다."

구사우도 나름대로는 강했다. 하지만 그것은 군인과 일반 무인에게 해당되는 것이지, 신진고수 중 최고라는 육웅사화와 겨룰 수 있다는 것은 아니었다. 일 갑자의 내공도 갖추지 못한 구사우는 아직 배울 것이 많았다.

위지천은 몸을 돌려 악필과 마주 섰다.

"싸우기를 원한다면 싸워 주겠소. 하지만 무인의 명분은 삶과 죽음이오. 죽음을 각오해야 할 것이오."

"네놈이나 그 말을 잊지 마라."

휘리리릭!

창을 가볍게 휘둘러 공기의 파동을 일으킨 악필은 왼발을 앞으로 내밀며 자세를 갖추었다. 금방이라도 피를 부를 것 같은 마름모꼴의 창 머리가 향하는 곳은 위지천의 심장이었다. 그는 위지천을 죽이려고 하는 것이다.

위지천의 눈빛이 차분하게 가라앉았다. 하지만 곧바로 손을 쓰지는 않았다.

"다른 분들도 나오시지요. 결투이니 증인이 있어야 하지 않겠습니까."

죽음을 앞두고 있는 자에게서 흘러나온 말이라고는 믿기지 않을 정도로 차분한 음성이 태산 입구에 조용히 울려 퍼졌다.

"하하하하!"

웃음소리와 함께 창천익과 황보산정이 나무 뒤에서 모습

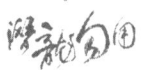

을 드러냈다.

"꼭 결투를 조장하려고 숨어 있던 것 같아 쑥스럽구먼."

"우리를 찾아내다니 네놈의 실력도 보통이 아니구나."

머리를 긁적이며 머쓱한 표정을 짓는 창천익과 얼굴 가득 놀란 표정을 지은 황보산정. 두 사람의 성격이 완연히 드러나고 있었다.

위지천의 시선이 창천익의 눈에 꽂혔다.

'위험한 놈이군!'

창칼을 내세우는 자보다 어설프게 머리를 쓰는 자들이 더 위험하다는 것은 만고의 진리다. 창칼을 쓰는 자들은 마주치는 사람에게만 해를 끼치지만, 머리를 쓰는 자들은 마주치든 마주치지 않든 피를 부를 수 있기 때문이다. 그런 면에서 창천익이라는 자는 위험한 놈이었다.

문득 형을 위해 고개를 숙였던 종남의 제자 운재동이 생각났다. 똑같이 팔대문파의 제자이면서도 이렇게 다를 수 있다는 것이 이상할 정도였다.

'사람 나름인가! 아니면 스승?'

어떤 것이 맞는지는 모르지만 팔대문파의 제자들이 전부 똑같지 않다는 것을 알아낸 것만으로도 오늘 일은 충분히 만족스러웠다.

사람들은 흔히 무력을 두려워한다. 하지만 인심을 얻은 자의 무서움은 모른다. 인심을 얻은 자에게 칼을 겨누는 것은 온 세상과 싸운다는 의미라는 것을 말이다. 위지천이 지금 나타난 자들보다 운재동을 높이 평가하는 이유였다.

"그래. 우리가 어떻게 해 줬으면 좋겠는가?"

상대를 내려다보는 듯한 창천익의 말투에 위지천의 눈살이 찌푸려졌다. 마음에 안 드는 놈이라서 그런지 말투조차 귀에 거슬린다. 하지만 마음에 안 든다고 전부 칼을 들이댈 수는 없지 않은가!

"사실대로 말해 주면 그뿐이오."

위지천은 서둘러 시선을 돌렸다. 볼수록 짜증 나는 놈을 괜히 보면서 짜증을 돋울 필요는 없었던 것이다.

"사우야! 잘 봐 둬라. 배우는 게 있을 것이다."

탁! 탁!

구사우의 어깨를 가볍게 두드린 위지천은 악필을 향해 나아갔다. 어차피 이 모든 것이 이목을 끌려고 하는 행동이니 지금의 결투도 나쁠 것은 없었다.

다만 상대가 무림맹에서도 제법 위세를 부리는 산동악가의 큰아들이며, 강호의 기대주인 육웅사화의 일인이라는 것이 조금 껄끄러울 뿐이었다. 하지만 그것도 칼을 맞대기 전에 고려해야 할 사항에 불과했다. 칼을 맞대면 삶과 죽음만이 명분으로 남기 때문이다.

악필과의 거리를 삼 장으로 좁힌 위지천은 왼발을 반 보 정도 내민 채 비스듬히 섰다.

"오시오."

악필의 얼굴이 구겨졌다. 자세조차 갖추지 않은 채 결투를 하자니, 자신을 무시하는 행동으로밖에 보이지 않았던 것이다.

꾸욱!

"네깟 놈에게 무시를 당할 내가 아니다."

앞발을 크게 내디딘 것만으로 위지천을 창의 범위 안에 집어넣은 악필은 커다란 기합 소리와 함께 창을 내뻗었다.

"타앗!"

파바밧!

공기를 가르며 뻗어 나가는 한 줄기 백색 선!

악가창법의 일초 뇌섬비창雷閃飛蒼을 펼친 것에 불과했지만 악가창법의 위력이 어느 정도인지 충분히 실감할 수 있는 장면이었다.

위지천의 시선이 반짝였다. 세상의 이목을 위해서만이 아니라 두 눈을 번뜩이며 자신의 행동 하나하나를 유심히 살피는 육웅사화의 나머지 둘과의 쓸데없는 싸움을 만들지 않기 위해서라도 절대적인 우위가 필요한 싸움이었다.

피하는 것이 옳지 않다면 남은 것은 정면 승부!

"하앗!"

중단전이 열리며 온몸에 기운이 가득 찼다. 요즘 와서야 느끼는 것이지만 무극지공을 일으킬 때마다 엄청난 양의 기운이 온몸으로 스며들었다.

아직은 마음대로 사용할 수 없는 기운이기에 기운의 일부만 하단전으로 돌리고 있지만, 그것만으로도 하단전의 내공은 눈에 띄게 늘었다. 삼 갑자에 못 미치던 내공이 어느새 삼 갑자 반에 육박하고 있으니 말이다. 삼 갑자 반으로 성장한 내공 중 일부가 혈룡기와 어울려 양손으로 향했다.

위지천의 손이 붉어졌다.

타앙!

위지천의 가슴으로 향하던 악필의 창이 위지천의 손에 가로막혀 공중으로 튀어 올랐다. 섬광처럼 뻗어 나간 악필의 창은 전혀 나무랄 것이 없었다. 하지만 엄청난 속도로 날아오는 창의 날 아랫부분을 쳐서 창의 방향을 바꿔 버린 위지천의 움직임과는 비교할 수 없었다.

그러나 악필도 신진고수 중 최고라 불리는 자였다. 창이 움직이는 방향으로 몸을 움직여 창을 튕겨 낸 경력을 해소한 악필은 그 상태로 몸을 틀어 위지천의 머리를 겨냥했다.

움직이지 않은 채 창끝만 바라보는 위지천!

악필의 얼굴에 미소가 떠올랐다. 가볍게 원을 그리며 날아가는 것처럼 보일 것이다.

하지만 그것은 겉으로 드러난 변화일 뿐, 실제 이 초식의 위험은 뒤따르는 변화에 있었다. 막지 않으면 머리를 베고 막으면 어깨나 가슴을 베는 만월삭초滿月削草의 초식이 바람

을 흔들었다.

휘리리릭!

위지천의 붉은 두 손이 머리 위로 올려지는가 싶더니 곧바로 창을 맞이했다.

탁! 탁! 탁!

위지천의 손이 창대를 타고 오르며 연속적으로 창대를 두드렸다. 창대를 따라 움직이며 변화를 일으킬 공간조차 만들어 주지 않는 완벽한 수비식이 위지천의 손에서 펼쳐지고 있었다.

"공령십팔수!"

두 사람의 대결을 바라보는 창천익의 입에서 커다란 외침이 흘러나왔다. 그의 놀라움이 어느 정도인지 알 수 있었다. 하지만 이 순간 위지천과 손을 맞대고 있는 악필에 비하면 그의 놀라움은 약과였다.

단 두 수 만에 자신의 창을 옭아맨 것도 옭아맨 것이지만, 어떤 변화가 일어날 것인지를 알고 있는 사람처럼 미리 공간을 장악하는 상대의 움직임에 초식도 제대로 펼치지 못하고 있으니 참으로 곤란하기 이를 데가 없었던 것이다.

"타앗!"

커다란 기합 소리와 함께 창을 회전시켜 가까스로 위지천의 손을 벗어난 악필은 창으로 열십자를 그리기 시작했다. 창이 노리는 네 군데가 모두 실초이니 어느 것 하나만 상대의 수비를 빠져나가도 치명상을 입힐 수 있다는 생각에서 펼친 초식이었다.

위지천 또한 뒤로 물러서지 않은 채 창을 맞이해 나갔다.

휘이이잉! 툭! 툭!

악필의 창은 날카롭고 강했다. 하지만 그에 맞서는 위지천의 두 손은 부드럽고 잔잔했다. 막아 내는가 하면 피했고 피하는가 싶으면 창대를 두드려 창의 방향을 바꿨다.

악필의 창을 바라보는 구사우의 눈이 반짝이고 있었다.

'빠르고 화려하며 눈부실 정도로 현란하다.'

창을 쓰는 구사우다. 악필의 움직임이 어찌 그냥 단순한 창질로 보이겠는가!

위지천의 붉은 손을 바라보는 창천익과 황보산정도 눈을 반짝이기는 마찬가지였다.

'부드러우면서도 간결하고 단순하다.'

그들이 느끼는 위지천의 움직임이었다. 문제는 자신들은 절대 저런 움직임을 보일 수 없다는 것이다. 특히 악필과 칼을 맞대 본 적이 있는 황보산정의 놀라움은 극에 달했다.

사람들에게 알려지지는 않았지만 그는 악필의 창술에 밀려 백 초가 넘도록 도망만 다녔던 기억이 있다. 그런 그이니만큼 악필을 쉽게 상대하는 위지천의 움직임이 얼마나 효과적이고 무서운 것인지가 몸으로 느껴졌다.

시간이 갈수록 두 사람의 움직임은 더욱 차이가 벌어졌다.

위지천은 여전히 차분한 호흡 속에서 물 흐르듯 거침없이 움직이는 데 비해, 악필은 점점 호흡이 거칠어지며 미세하게 창끝이 흔들리고 있었다.

'칠귀에 육박한다.'

황보산정의 얼굴이 일그러졌다. 인정하기는 싫지만 상대는 자신과 차원이 다른 고수였다.

창천익의 얼굴도 황보산정과 별로 다를 것이 없었다.

'악필의 패배다.'

부드럽되 능히 강을 다스리니 이유제강以柔制强의 도리까지 품고 있는 자였다. 악필이 혼자서 상대할 수준이 아닌 것이다.

밀문에서 무엇 때문에 위지세가의 소가주 이름을 사용하는지는 모르겠지만 아무튼 경계해야 할 자가 하나 늘어난 것만은 분명했다. 그래도 다행인 점은 밀문이 무림의 일에 적극적으로 나서지 않는다는 것이었다.

"하아! 하아!"

악필은 떨리는 손에 억지로 힘을 불어넣었다.

꽈악!

'제기랄!'

온 힘을 다했건만 창대를 쥔 손은 허술하기 그지없다. 창대를 연속적으로 두드린 상대의 경력에 의해 손은 이미 손으로서의 역할을 상실했다. 가만히 놔두어도 저절로 떨리는 손이니 힘이 들어갈 리가 만무했다. 체력도 바닥을 보이고 있으니 이제 자신이 할 수 있는 것은 마지막 초식에 온 힘을 불어넣는 것뿐이었다.

이런 악필을 바라보는 위지천의 시선은 고요하고 잠잠했다.

"지금이라도 창을 내려놓으면 없던 일로 하겠다. 하지만 다시 창을 든다면 그때는 정말 목숨을 내놓아야 할 것이다."

악필은 입술을 깨물었다.

"개소리."

다른 사람이면 몰라도 사마소려와 관계된 놈에게는 무릎을 꿇고 싶지 않았다. 무릎을 꿇을 바에는 아예 죽는 것이 나았다.

"이보게, 악필!"

핏빛으로 물든 채 번들거리는 악필의 시선이 황보산정을 향했다.

"막으려 한다면 나를 죽여야 할 것이다."

악필이라고 어찌 자신의 패배를 모르겠는가! 그럼에도 창을 놓지 않겠다는 것은 죽음을 각오했다는 말이었다. 황보산정은 악필을 말릴 수 없다는 것을 깨달았다. 황보산정은 씁쓸한 표정으로 하늘을 바라보았다.

쿠웅!

앞발을 소리 나게 내디딘 악필의 창끝에 푸른 기운이 어렸다. 사십구식四十九式 악가창법岳家槍法의 마지막 초식 창변무

한槍變無限의 시작을 알리는 신호였다.

"정히 그렇다면… 하앗!"

위지천의 몸에 붉은 기운이 어리는가 싶더니 몸을 중심으로 회오리가 일기 시작했다.

휘이이잉!

위지천은 칠 성의 내공을 끌어 올렸다. 공진후를 상대할 때도 오 성의 내공만 사용하던 그가 아니던가!

위지천의 몸에서 엄청난 기세가 뿜어져 나오기 시작했다. 원만한 해결이 어렵다면 남은 것은 감히 넘볼 수 없는 절대 강함뿐! 자신의 처지를 알고 물러서면 살려 줄 것이지만 만약 처지를 모르고 달려든다면 미련 없이 목숨을 거둘 생각인 것이다.

뚜벅! 뚜벅!

위지천은 두 손을 늘어트린 채 악필을 향해 걸음을 옮기기 시작했다.

악필은 거대한 산이 다가오는 느낌에 주춤주춤 뒤로 물러섰다. 이미 자세는 풀어졌고 창에 어려 있던 기운도 사라진 지 오래다. 지금 그가 할 수 있는 것이라고는 그저 위지천이 다가오는 만큼 뒤로 물러서는 일뿐이었다.

뒤로 밀려나기는 창천익과 황보산정도 마찬가지였다.

터억!

위지천의 걸음걸이에 따라 조금씩 뒤로 물러서던 세 사람은 등이 나무에 닿는 것을 느끼고서야 걸음을 멈추었다.

뻥 뚫린 도로가 위지천의 눈앞에 펼쳐졌다.

위지천의 담담한 시선이 악필을 향했다.

"이번에도 창을 내밀었으면 나는 너를 죽였을 것이다."

시선과 달리 감정이 실리지 않은 싸늘한 음성은 악필의 얼굴을 굳어지게 만들었다. 상대는 진짜로 자신에게 무인의 명분을 요구했던 것이다.

"가자. 사우야!"

위지천은 망연자실한 표정으로 자신을 바라보는 세 사람을 뒤로한 채 구사우와 함께 태산에 오르기 시작했다.

무령곡이 내려다보이는 도운봉到雲峰!

오르기 어렵다하여 신선이 오르는 봉우리라는 뜻으로 등선봉登仙峰이라고 불리는 그곳에 위지천과 구사우가 서 있었다.

아직도 제법 깨끗한 옷차림을 유지하는 위지천과는 달리 구사우의 옷은 온통 흙투성이였다. 지난 보름 동안 산행과 수련으로 이어진 그의 생활이 얼마나 힘들었는지를 한눈에 알아볼 수 있을 정도였다.

"창귀는 포기하시는 것입니까?"

한창 싸움이 벌어지는 무령곡에는 들어가지도 않은 채 이쪽으로 방향을 틀었으니 구사우가 이렇게 생각하는 것도 무리는 아니었다.

위지천은 대답 대신 무령곡으로 시선을 돌렸다.

"사우야!"

"예. 대형!"

구사우가 공손하게 대답했다. 예전보다 더욱 공손해진 태도! 절대 강함을 보고 난 후 구사우가 취하는 태도였다. 존경의 염이 가득 담긴 구사우의 시선 속에 위지천의 말이 이어졌다.

"너는 무령곡에 들어선 자들이 창귀를 죽일 수 있다고 생각하느냐?"

구사우의 얼굴에 의아한 표정이 떠올랐다.

무림맹이라면 혈사련과 더불어 강호를 양분하는 세력이었다. 그런 그들이니만치 누구보다도 정보에 밝을 것이고, 그런 곳에서 보내온 토벌대라면 당연히 토벌에 성공할 것이었다. 그런데 대형은 당연한 사실을 묻고 있었다.

"죽이지 못한다는 말입니까?"

"나는 그렇게 생각한다."

조금도 흔들림이 없는 대답! 위지천은 진짜로 그렇게 생각하고 있는 것이다.

"수하들은 어떨지 모르지만 창귀를 잡기는 어려울 것이다. 그렇게 쉽게 죽을 창귀였으면 벌써 오래전에 죽었을 테니까 말이다."

구사우의 시선이 신중해졌다. 대형의 말은 그냥 흘려보낼 말이 아니었던 것이다.

창귀가 무림맹에 의해 무림공적이 된 지 벌써 오 년! 그동안 무림맹에서 가만히 있었을 리가 만무했다. 결국 세상에 드러나지는 않았지만 창귀는 지난 오 년간 무림맹의 공격을 막아 냈다는 뜻이었다.

무심코 지나친 말들이 하나씩 실체를 이루며 감춰진 진실을 들추어냈다.

"아하!"

자신도 모르게 탄성이 흘러나왔다. 그러고 보니 자신은 알고 있는 사실조차 제대로 인식하지 못하고 있었다.

"무슨 뜻으로 하신 말씀인지 알겠습니다. 하지만 그만큼 이번에는 철저히 준비했을 것 아닙니까?"

"당연한 것 아니겠느냐!"

"그런데 어찌……."

"창귀는 아마 이런 순간을 기다리고 있었을 것이다. 너무나 완벽해서 그가 죽었다는 것을 아무도 의심하지 않을 지금과 같은 상황을 말이다."

구사우의 표정이 다시 신중해졌다. 말 속에 숨어 있는 진실을 엿본 지 얼마 되지도 않았건만, 대형은 심오한 뜻이 담긴 말로 또다시 진보하기를 원하고 있었다. 하지만 지혜라는 게 그렇게 쉽게 얻어지는 것이었다면 세상에 무지렁이는 없을 것이다.

"무슨 뜻입니까?"

위지천은 구사우의 질문을 기다렸다는 듯 다시 입을 열었다.

"창귀가 이곳에 자리를 잡은 지 십 년이 넘어가고, 그동안 약탈한 재물은 성도 살 수 있을 정도다. 그런데도 그는 여전히 언제든지 공격받을 수 있는 허름한 산채에 머물며 이십일 창객만 수하로 거느리고 있다. 혈사련에 들어가기만 해도 최소한 장로 자리에 앉고, 모습을 감추려고 한다면 어디든 스며들 수 있는 돈도 있는데 말이다. 뭔가 이상하지 않느냐?"

구사우의 얼굴이 미묘하게 변했다. 말을 듣고 보니 미심쩍은 구석이 한두 군데가 아니었다. 하지만 대형의 말에도 몇 가지 의문점이 남아 있었다.

"이곳에 머물러야 할 이유가 있을 수도 있지 않습니까? 가령 이곳에서만 익힐 수 있는 무공을 익힌다거나, 아니면 이곳을 오래 벗어나면 죽는다든가 하는 것들 말입니다."

"그럴 수도 있지. 하지만 그는 일 년 중 절반 이상을 이곳에서 머물지 않는다. 어떤 때는 석 달이 넘게 돌아오지 않은 적도 있다. 그것은 어떻게 해석하겠느냐?"

"그렇더라도……."

구사우는 쉽사리 자신의 생각을 굽히려 하지 않았다.

위지천이 빙긋이 웃었다.

"만약에 말이다. 돈은 넘칠 만큼 있고 시간도 어느 정도는 여유가 있다. 그런데 무림인의 절반이 너를 죽이려 하고 나머지 절반도 여러 가지 이유로 함께할 수 없다. 너라면 이런 경우에 어떻게 하겠느냐?"

"그거야 당연히……."

구사우가 말끝을 흐리며 위지천을 바라보았다. 뭔가가 생각난 것이다.

위지천은 고개를 끄덕였다.

"그렇다. 나는 그가 금선탈각의 계략을 펼칠 것이라 생각한다. 새로운 맹주가 처음으로 시도한 일이고 규모로 보나 시기로 보나 금선탈각을 펼치기에는 가장 좋은 기회지. 태안에 도착해서야 깨달은 것이지만 아마 내 생각이 맞을 것이다."

금선탈각지계金蟬脫殼之計!

매미가 껍질을 벗고 탈출한다는 말에서 유래된 병법으로, 껍질만 남겨 두고 실체는 탈출하여 적을 유인하거나 역공을 취하는 계략이었다. 지금의 경우는 유인과 역공보다는 완벽한 은신이 목표일 것이지만 말이다.

"그럼 그가 이곳으로 온다는 것입니까?"

위지천은 손으로 무령곡을 가리켰다.

"너라면 저곳에서 어디로 탈출하겠느냐?"

위지천의 손을 따라 주변을 살펴보던 구사우의 얼굴에 감탄의 빛이 떠올랐다. 위지천의 말대로 무령곡에서 아무도 모르게 탈출하기 위해서는 이곳이 가장 적격이었다. 험준한 것

처럼 보이지만 은밀히 감추어진 산길이 있고 사람들의 왕래가 없으니 그야말로 최적의 탈출로였다.

"금선탈각지계를 펼치지 않으면 모르지만 펼친다면 그는 분명히 이곳으로 온다."

위지천의 확신에 찬 대답에 구사우는 잠시 할 말을 잃었다. 하지만 구사우는 무릇 장군이라면 한 치의 소홀함도 없어야 한다고 배웠다.

"대형의 말씀이 전부 옳다고 해도 언제나 변수는 있는 법입니다. 그 점도 고려해 주셨으면 합니다."

위지천은 미소를 지으며 고개를 끄덕였다.

"알았다. 명심하마."

"그나저나 무림맹에서는 이런 사실을 모를까요?"

"알지. 이곳에도 기다리는 사람들이 있지 않느냐?"

구사우의 얼굴이 굳어졌다. 지금 이곳에 무림맹의 사람이 숨어 있다는 말이었기 때문이다.

탁!

등에 매고 있던 단창을 뽑아 든 구사우는 재빨리 몸을 돌렸다.

"누구냐? 썩 나서라."

"하하하! 그대 같은 자가 세상에 알려지지 않다니, 역시 세상은 넓구려."

커다란 웃음소리와 함께 나타난 자는 백옥으로 만든 섭선을 쥔 삼십 대 중반의 사내였다. 그 뒤를 이어 비수를 허리춤에 두른 삼십 대 후반의 사내와 팔 척 길이의 곤을 쥔 사십 대 초반의 사내가 모습을 드러냈다.

위지천의 눈이 반짝였다.

'지절知絶 제갈포유, 암귀暗鬼 당천, 지당곤地撞棍 웅진표.'

무림맹의 이인자인 총사이자 오절의 한 명이며 제갈세가의 현 가주인 지절 제갈포유!

칠귀의 한 사람이자 사천당문의 소문주이며 당가의 암기술을 열여덟 개의 비수에 모두 담았다는 암귀 당천!

무림맹에서 최고의 돌격대라 불리는 추혼대의 대주 지당곤 웅진표!

세 명만으로 이루어진 척살조이지만 가히 무림맹의 일개 단에 육박하는 무력이었다.

"그대의 이름이 무엇인가?"

백옥 섭선을 쥔 제갈포유의 말에 구사우의 눈살이 찌푸려졌다.

"말조심해라. 당신 같은 사람에게 그대라고 불릴 분이 아니시다."

무력은 뒤떨어지지만 기세만큼은 누구에게도 꿀리지 않는 구사우가 아닌가! 가히 만군을 호령해도 전혀 이상할 것 없는 구사우의 태도는 제갈포유의 시선을 돌리기에 충분했다.

잠시 말없이 구사우를 바라본 제갈포유의 시선이 다시 위

지천에게로 향했다.

"이름을 말씀해 주실 수 있겠소?"

조금 전과는 판이하게 다른 태도! 구사우의 태도에서 뭔가를 느낀 것이겠지만, 설령 그렇다고 해도 말 한마디에 태도를 바꾼다는 것은 그의 위치에 어울리지 않는 행동이었다.

'여우로군!'

위지천의 눈빛이 변했다. 이놈도 짜증 나는 놈이었다. 하지만 감정을 드러내기에는 부담스러운 존재였다. 위지천은 별 수 없이 포권의 예를 취했다.

"위지천이라 합니다."

제갈포유의 시선 깊숙한 곳에서 순간적으로 날카로운 빛이 스치고 지나갔다.

"위지세가의 소가주시오?"

"한때 그렇게 불렸던 적이 있지요. 하지만 이제 스무 살이 넘었으니 위지세가의 가주라 불러 주시면 좋겠습니다."

위지천은 자신이 위지세가의 정통 가주임을 주장하고 있었다. 지금이야 죽은 듯이 몸을 웅크리고 있지만 저력만큼은 아직도 천하제일인 위지세가였다. 그의 출현은 지난 이십여 년 동안 별다른 움직임을 보이지 않던 위지세가가 다시 활동을 시작할 수도 있다는 뜻이었다.

제갈포유의 얼굴에 곤혹스러운 표정이 떠올랐다. 어떤 순간에도 표정을 드러내지 않기로 유명한 그였지만 이 순간만큼은 그도 어쩔 수가 없는 모양이었다.

하긴 위지세가의 가주로 인정하자니 증거가 될 것은 청년의 말뿐이고, 그렇다고 무시하자니 청년의 당당한 태도가 마음에 걸리는, 그야말로 고약한 상황에 빠지게 된 것이다.

이런 그를 구해 준 사람은 의외로 위지천이었다.

"지금 당장 위지세가의 가주로 대해 달라는 말은 아니니 전처럼 대하셔도 됩니다. 저는 단지 제가 누구인지를 알려 드렸을 뿐입니다. 그나저나 창귀를 맞을 준비를 하셔야 될 것 같습니다만."

제갈포유의 얼굴에 또다시 놀라운 빛이 떠올랐다. 사십 대 초반으로 보이지만 이미 오십을 넘은 자신이었다. 그런데 이십 대 중반에 불과한 젊은이가 자신과 동시에 무령곡에서 일어난 묘한 움직임을 느꼈다는 것이 아닌가!

잠시 위지천을 바라본 제갈포유는 고개를 돌려 암귀 당천과 지당곤 웅진표를 쳐다보았다.

휘리릭!

이미 묵계가 되어 있는 듯 두 사람이 공중으로 떠오르더니 이내 풀숲으로 몸을 감추었다.

"어떻게 하시겠소?"

반 존대의 말투! 다른 것은 다 제쳐 두고 무공만으로도 충분히 대접을 받을 수 있는 청년이기에 제갈포유는 위지천을 자신과 동급으로 인정한 것이다.

"창귀가 저 같은 사람을 두려워하겠습니까? 저는 상관 안할 테니 계획하신 대로 하십시오."

제갈포유는 위지천을 바라보았다. 보면 볼수록 뛰어난 젊은이다. 자신의 아들 중에 이런 놈이 나타나지 않는 것이 야속할 지경이었다.

'또 위지세가란 말인가!'

제갈포유는 또다시 고개를 쳐드는 위지세가에 대한 절망감을 애써 누르고 또 억눌렀다. 제갈포유는 은연중 위지천의 신분을 인정하고 있었던 것이다.

감정을 가라앉힌 제갈포유는 한결 차분해진 시선으로 위지천을 바라보았다. 자신도 쉽게 알아차리지 못할 정도로 내공을 잘 갈무리하고 있으니 창귀가 그를 보고 도망칠 가능성은 없었다. 최소한 다시 찾지는 않아도 되는 것이다. 하지만 모습을 감추기 전에 한 가지 확인할 것이 있었다.

"창귀와 싸울 생각으로 오신 것이오?"

"저에게 맡겨 주실 수 있겠습니까?"

제갈포유가 잠시 위지천을 보더니 몸을 돌렸다.

"부탁드리겠소."

제갈포유의 등 뒤로 창귀를 맡긴다는 말이 들려왔다.

제갈포유의 입장에서는 창귀만 죽이면 되는 것이니 자신이 이기든 지든 관계없을 것이다. 게다가 정체가 의심스러운 자신의 실력을 직접 눈으로 확인할 수 있는 기회이니, 자신이 싸우지 않겠다고 해도 무슨 수를 써서든 싸우게 만들었을 것이다. 그럼에도 곧바로 대답을 하지 않고 뜸을 들이다니…….

피식!

위지천의 입가에 미소가 스치고 지나갔다.

'너는 나의 존재를 세상에 알리는 사람이 될 것이다.'

위지천은 현호도를 뽑아 들었다. 검이 있었으면 좋았을 것이라는 생각이 문득 떠올랐다. 무기에 구애받는 단계는 이미 지났지만 그래도 검법은 검으로 펼쳐야 제 맛이었던 것이다.

이 순간 위지천이 생각하는 무공은 구유곤명검법九幽坤鳴劍法이었다. 일운검법一雲劍法이나 팔황검법八荒劍法처럼 널리 알려진 것은 아니지만 제갈포유라면 충분히 알아볼 것이었다. 게다가 가주만 익히는 검법이니 신분을 알리는 데도 그만이었다.

"사우야! 뒤로 물러나 있어라."

위지천는 현호도를 늘어트렸다. 알 수 없는 묘한 흥분이 온몸을 스치고 지나갔다.

'그러고 보니 현호도를 뽑은 것이 처음이군!'

발끝에 닿은 풀과 손끝에 닿은 바람까지 세세하게 느껴지는 가운데 조용히 시간이 흘러갔다.

휘리리릭!

유심히 듣지 않으면 그냥 지나칠 정도로 작은 소음이 위지천의 고요를 깨트렸다.

"하잇!"

파박!

땅에 깊숙한 자국이 생기며 위지천의 몸이 좌측 전방으로 날아갔다.

형체를 알아볼 수 없을 정도로 빠르게 움직이는 물체를 향해 날아간 현호도에서 구유를 떠도는 혼령들의 울음소리가 흘러나왔다.

휘우우우웅!

붉은 기운이 아른거리는 현호도가 만들어 낸 혼령들의 발자취가 허공을 갈랐다.

"도기!"

강호에서 도기를 뿜어 낼 수 있는 사람은 알려진 사람만도 삼십 명이 넘었다. 그럼에도 구사우가 큰 소리로 외친 것은 투박한 현호도가 피를 부르는 무기로 변했기 때문이다.

스팟!

아니나 다를까! 현호도가 스치고 지나간 자리에서 핏물이 배어 나왔다.

스르르륵!

핏물이 배어 나오는 곳을 중심으로 조금씩 형체가 드러나더니 잠시 후 창을 든 오십 대의 사내가 완전한 모습으로 바닥에 내려섰다.

나풀나풀!

길게 베어진 옷자락과는 달리 그리 큰 상처를 입지는 않은 듯 베어진 가슴에서 새어 나오는 피의 양은 그리 많지 않았다. 육 척에 가까운 키이지만 살아 있다는 것이 믿기지 않을 정도로 비쩍 마른 몸매에 아무런 감정도 실려 있지 않은 휑한 눈!

이처럼 볼품없는 자가 바로 십칠존 중 한 사람 창귀 도치원이었다.

"위지세가 사람이냐?"

낮게 가라앉아 있으면서도 기이한 울림이 느껴지는 음성! 왠지 모르게 소름이 끼치는 창귀의 음성이었다.

"그렇기도 하고 아니기도 하다."

씨이익!

창귀의 입가에 비릿한 미소가 스치고 지나갔다. 금방이라도 피가 새어 나올 것처럼 살기가 물씬 풍기는 미소였다.

"구유곤명검법이라면 위지대운의 직계가족이라는 뜻! 내 비록 그와는 원수가 되고 싶지 않지만 나를 본 이상 어쩔 수가 없구나. 오늘 운이 없음을 탓해라."

위지천은 창귀의 말에서 구유곤명검법이 직계가족의 호신 무공으로 바뀐 것을 알게 되었다. 구유혈선검법이 있으니 구유곤명검법은 필요 없다고 판단한 것이리라.

위지천의 입가에 씁쓸한 미소가 스치고 지나갔다.

"당신과는 원한이 없다. 하지만 나도 이룰 뜻이 있으니 이대로 보내 줄 수가 없다. 대신 구유곤명검법이 구유혈선검법에 뒤지지 않음을 보여 주마."

창귀가 피식 웃었다.

"미친놈!"

파바밧!

말을 끝내는 것과 동시에 뻗어 나온 창날이 순식간에 위지천의 목을 뚫었다.

'뚫었…….'

회심의 미소를 짓던 창귀의 얼굴이 핼쑥해졌다.

분명히 뚫었음에도 아무런 느낌도 전해지지 않는 손! 허공을 베었음이다. 이 상태에서 뒤로 물러나는 것은 상대의 꼬임에 빠지는 수다. 남은 것은 전방으로 이동뿐!

"타앗!"

파박!

창귀의 왼발이 닿아 있던 땅이 파이고 돌이 튀었다. 삽시간에 삼 장을 뛰쳐나온 창귀는 공중회전을 마지막으로 땅에 내려섰다. 순간 창귀의 얼굴이 붉어졌다.

위지천이 처음의 자리에서 불과 반 보 정도 떨어진 곳에서 도를 늘어트린 채 자신을 바라보고 있는 모습이 보였기 때문이다.

"어디 아프시오?"

허상을 베고 좋아하다가 혼자서 난리를 떤 자신을 비웃는 말이니 창귀의 몸이 부르르 떨리는 것도 그리 이상한 일은 아니었다.

　　"죽인다."

　　창을 앞으로 내뻗은 창귀의 기세가 조금 전과는 사뭇 달랐다. 굳게 뿌리를 내린 두 다리는 금방이라도 땅을 파고들 듯하고, 앞으로 내뻗은 창끝에는 무엇이든지 베어 버릴 것 같은 예기가 감돌았다.

　　허허롭기만 하던 위지천의 자세도 변했다. 앞으로 내민 현호도는 창귀의 미간을 향하고 남은 한 손은 가슴을 보호했다.

　　창귀는 어느새 차분한 신색을 되찾고 있었다. 쉽게 떨쳐 버릴 수 없는 분노였겠지만 지금 그의 얼굴에서는 조금의 분노도 느껴지지 않았다. 역시 칠귀라는 말이 저절로 흘러나왔다.

　　창은 감각에 따라 진퇴를 결정하면 되지만, 검은 위험을 느끼고 그것에 반응하는 단병기다. 즉 검을 쥔 자는 보법이 막히면 아무것도 할 수 없다는 얘기인 것이다. 보법을 막고 흔드는 것, 창귀가 검을 쥔 자를 이기는 방법이었다.

　　창귀의 표정이 사나워졌다.

　　"이제 네놈은 죽는다."

　　"그런 소리는 나를 꺾고 나서도 할 수 있다. 와라."

　　서산에 걸린 붉은 노을이 금방이라도 피가 튈 것 같은 두 사람 사이를 소리 없이 파고들었다.

사마세가의 미화각薇花閣!

미화薇花라는 이름만큼이나 붉은 백일홍이 흐드러지게 피는 곳이지만 이른 봄을 향해 가는 지금 계절에는 황량함만이 가득한 곳이었다.

그곳의 중앙에 위치한 자그마한 전각! 사마지화司馬之花라는 편액이 유난히 쓸쓸하게 느껴지는 그곳에 사마소려가 앉아 있었다.

주루루룩!

소리 없이 흐르는 눈물!

한없이 울어도 가슴만 아프다. 뜬눈으로 밤을 새워도 아픈 가슴은 나을 기미가 안 보이고 달빛만 무심하게 새어 들어와 아픈 가슴을 더욱 시리게 만들고 있었다. 하염없이 흐르는 눈물을 애써 참아도 이빨 사이로 새어 나오는 신음 소리는 여전히 울음소리다.

휘이이잉! 애애애앵!

바람 소리에 행여나 하고 고개를 돌리지만 무심한 바람에 흔들이는 창호지만이 애달픈 울음소리를 토해 내고 있었다.

죽었다고 믿었을 때는 그래도 잊을 수 있었다. 아니 잊었다고 생각했다.

위지천과는 인연이 아니라는 어머님의 소리도 가슴에 들

어오지 않는다. 그저 그를 다시 본 뒤로 주체할 수 없이 흘러가는 마음을 도저히 돌려세울 수가 없다. 가문을 위해 그랬다지만 할아버지와 아버지, 오빠들까지 모두 나찰로 보였다.

예전에 그가 보여 주었던 부드러운 미소가 머리에서 떠나지 않는다.

주루루룩!

또다시 흐르는 눈물!

질끈!

꽉 다문 입술 사이로 피가 새어 나왔다.

사마소려는 무릎 위에 올려놓았던 도를 바닥에 내려놓았다. 할아버지가 생일 선물로 건네준 보도로 평생을 함께하려고 마음먹은 것이었다. 하지만 이제 이것은 피눈물의 흔적일 뿐이었다.

사마소려는 옷을 벗어 하나씩 도 위에 올려놓았다. 아마 죽을 때까지 사마세가의 자식이라는 허울은 벗지 못할 것이다. 하지만 세가에서 받은 것 중에 목숨을 제외한 나머지는 모두 버릴 수 있었다.

도를 버림으로써 가문의 뇌력심법과 심극일분도를 버렸으며 옷을 벗음으로써 사마라는 성과 육웅사화의 미화라는 이름을 버렸다. 이제 자신에게 남은 것은 위지천이 남겨 준 대라천도와 아미의 야차라고 불린 금정사태와의 인연으로 얻은 금정신공金頂神功 무연살법도無緣煞法刀 등 아미의 철학 그리고 소려라는 이름과 자신의 뜻뿐이었다.

"아빠! 엄마! 미안해."

발가벗은 몸으로 부모가 계신 곳을 향해 공손히 절을 올린 소려는 가지고 온 바랑에 들어 있는 옷과 도를 꺼냈다. 검은색 무복과 검은색 도! 모두 아미에서 새로 맺어진 인연으로 해서 얻어진 것들이었다.

새로운 모습으로 탈바꿈한 소려가 쓸쓸한 표정으로 주위를 둘러보았다. 이제 떠나면 다시는 돌아오지 못할 곳이었다. 잘못하면 칼을 겨누어야 할지도 모르는 곳인 것이다.

주루루룩!

막상 떠나려고 하니 또다시 눈물이 흘렀다. 하지만 하룻밤을 새면서 생각하고 또 생각해서 결정한 일, 후회는 남을지언정 되돌릴 수는 없었다.

타악!

열려진 창문을 통해 전각을 빠져나온 소려는 인각의 고수들조차 알아차리지 못할 경이로운 신법으로 세가를 벗어났다. 강호인들에게 미화라는 꽃으로 불리는 사마소려의 본 모습이 드러나는 순간이었다.

쨍쨍쨍! 차앙!

다가서려는 자와 막으려는 자!

사람들은 흔히 검은 끊임없이 이어지며 막힘이 없어야 한다고 했다. 날카로움 속에 부드러움을 숨기고 부드러움 속에 날카로움을 감춰 물 흐르듯 흐르며, 검봉과 검날을 이용해 찌르고 베기를 자유롭게 해야 만이 검을 이루었다고 할 수 있는 것이다.

하지만 이 순간 창귀를 본다면 그가 창을 휘두르는 것인지 검을 휘두르는 것인지 알 수 없었다. 그의 움직임이 바로 검이 말하는 모든 것이었기 때문이다.

챙! 차앙!

휘리리릭!

감고 쳐 내고 찌르는 창의 효용뿐 아니라 창날을 이용해 베는 것까지 그가 어째서 창귀로 불리는지를 여실히 보여 주고 있었다.

그와는 반대로 위지천은 뒤로 물러서지 않는 전형적인 투사의 모습을 보여 주고 있었다. 오직 전진밖에 없는 일선보一線步를 구사하며 묵묵히 앞으로 나아가는 모습은 창귀로 하여금 두려움을 느끼게 할 정도였다.

위지천이 일선보를 사용함에 따라 보법을 교란시켜 승세를 잡으려 한 창귀의 의도는 허무하게 무너졌다. 하지만 그가 누구인가! 십칠존 중의 한 명이 아닌가!

창귀는 금방이라도 목을 베어 올 것 같은 현호도의 공세를

현란한 창의 움직임으로 막아 내며 끊임없이 반격의 기회를 노렸다. 하지만 변화만으로는 기세를 부수고 내공을 무너트리는 힘을 막기가 어려웠다.

휘우우웅!

차아앙! 카아앙!

구유의 혼령 소리와 함께 바람을 가르는 현호도는 끊임없이 창귀를 몰아붙였다.

붉은 기운을 온몸으로 내뿜으며 전진하는 위지천과 점점 절벽 끝으로 내몰리는 창귀!

이제 절벽 끝까지는 겨우 세 걸음 남았다. 세 걸음만 더 밀려나면 창귀는 이백 장이 넘는 절벽으로 떨어질 판이었다. 아무리 신법이 뛰어난 창귀라고 할지라도 절대 살아날 수 없는 높이였다.

창귀의 손에 들린 창이 변화한 것이 그때였다.

슈슈슈슈!

찌익! 찌이익!

창끝이 좌우로 움직이는가 싶더니 순식간에 위지천의 가슴과 어깨의 옷을 찢고 지나갔다. 특히 어깨는 조금만 더 들어갔으면 뼈가 드러났을 정도로 위험했다.

힘과 기세를 벗어나는 방법으로 창귀가 선택한 것!

바로 쾌快와 중重이었다.

휘리리릭! 채앵!

아랫배를 노리는가 싶으면 어느새 가슴을 노렸고, 날카로운 창끝이 막히면 창을 곤처럼 휘둘러 무지막지한 힘을 구사했다.

'역시 칠귀로군!'

위지천의 입가에 미소가 떠올랐다. 창귀의 절묘한 대처로 인해 공격의 주체가 창귀에게로 넘어갔지만 지금 당장 목숨이 위태로운 것은 아니었기에 위지천은 창귀와의 결투를 최대한 즐겼다.

끊임없이 이어지는 공격과 손이 욱신거릴 정도의 힘! 육웅과는 격이 다른 창귀와의 결투는 위지천에게 많은 것을 느끼게 해 주었다. 공허한 지식으로 남아 있던 것들이 깨달음이 되어 몸에 쌓이고 막연했던 것들이 구체화된 형상으로 다가왔다.

약간의 실수만으로도 생명이 사라질 수 있는 긴장감 속에서 위지천은 담금질이 되고 있는 것이다. 바로 위지천이 원하는 그런 상황이었다.

피리리링!

현호도에 막힌 창이 부르르 떠는 것 같더니 순식간에 반원을 그리며 옆구리를 스치고 지나갔다.

슈슉! 피핏!

창이 스쳐 간 곳에서 피가 새어 나왔다.

손가락이 들어갈 정도로 벌어진 상처! 제법 깊은 상처이지만 이런 상처는 전장에서도 수없이 겪어 보았다. 수선 떨 정도는 아닌 것이다. 하지만 어깨와 옆구리에서 흐르는 피의 양은 절대 무시할 수 없는 수준이었다.

공격을 하는 창귀도 온전한 상태는 아니었다. 내상을 입은 듯 입에서는 피를 토하고 있었고 팔과 다리에도 상당한 부상이 있었다. 두 사람 모두 더 이상 공격을 허용해서는 안 되는 것이다.

두 사람은 이제 끝낼 때가 된 것을 본능적으로 느꼈다.

콰앙!

우측 상단에서 내리쳐 오는 천 근 무게의 창을 힘으로 막아 낸 위지천은 서둘러 뒤로 물러났다. 그와 때를 맞추어 창귀도 뒤로 물러나 호흡을 가다듬었다.

삼 장의 거리!

상당한 시간 동안 결투를 했고 큰 것부터 작은 것까지 여러 가지 부상을 당했음에도 두 사람의 호흡은 여전히 차분했다. 손에 땀을 쥐며 두 사람의 결투를 바라보는 구사우의 얼굴에 감탄하는 표정이 떠올랐다.

'굉장하다.'

"흐흡!"

한 줄기 호흡과 함께 피가 흐르는 왼쪽 어깨를 앞으로 내민 위지천은 현호도를 역수로 바꿔 쥐었다.

"이제 그만 끝내기로 하지."

피식!

피를 흘리는 창귀의 입이 비틀리며 묘한 미소가 그려졌다. 곳곳에서 피를 흘리면서도 여전히 기세를 잃지 않는 상대가 그리 싫지 않은 것이다. 하지만 이 밤이 새기 전에 태산을 빠져나가야만 했다. 그러기 위해서는 제일 먼저 눈앞에 보이는 놈부터 정리해야 했다. 숨어 있는 놈들은 그다음인 것이다.

창귀는 입술을 깨물었다.

한낱 스쳐 가는 인연! 미련을 가질 것이 없었다.

"고통스럽지 않게 끝내 주마."

창귀가 해 줄 수 있는 최선의 배려였다.

쿠웅!

왼발을 앞으로 내밀어 깊은 족적을 만든 창귀의 창에 검은 기운이 어리기 시작했다.

"알고나 죽어라. 대파산창大破散槍의 마지막 초식 일월천아日月穿牙다."

대파산창!

백 년 전의 천하제일창이며 한 번 휘두르면 한 사람의 목숨이 사라졌기에 일수일탈一手一脫이라고 불렸던 도궁상의 철학!

천하에 적수가 없다던 그이지만 워낙 독선적이고 자기 자신밖에 모르는 성품으로 인해 수많은 적을 만들었고, 결국 이름 모를 계곡에서 쓸쓸히 죽어 갔다. 그리고 보니 창귀의

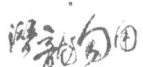

성이 도궁상과 같은 도씨였다.

"천하제일창의 후손인가?"

피식!

창귀의 입에 또다시 미소가 떠올랐다.

"지금 이 순간에 그따위 것들이 무슨 상관이겠느냐?"

"하긴 그렇구려!"

위지천의 입가에도 미소가 떠올랐다.

서로를 바라보며 짓는 미소! 삶과 죽음이라는 이름으로 칼을 맞대고 있지만 지금 이 순간만큼은 두 사람은 서로를 이해했다.

"이제 해 볼까?"

"좋지요."

미소가 사라진 두 사람의 얼굴에 싸늘한 기운이 어리기 시작했다.

삼 장의 거리라지만 무기에 서린 기운만으로도 사람을 살상할 수 있는 두 사람이었다. 이 정도의 거리는 언제든지 상대의 숨통을 막아 버릴 수 있는 거리에 불과한 것이다. 중단의 자세를 취한 창귀와 도를 역수로 쥔 채 비스듬히 서 있는 위지천의 움직임이 일순 멈추었다.

그리고 곧바로 이어지는 기합 소리!

"타앗!"

"하압!"

순식간에 거리를 좁힌 창귀의 창이 마치 화살이 날아가는 듯한 소리를 만들며 위지천의 가슴을 향해 길게 선을 그렸다.

피이이잉!

눈에 보이지도 않을 정도의 속도로 날아가는 창기! 해와 달을 뚫는다는 일월천아는 과장된 이름이 아니었다.

스르르륵!

창이 가슴에 꽂히는 순간 표홀히 사라지는 위지천! 공간을 뛰어넘는 귀신의 움직임을 보여 준다는 귀령유보의 네 번째 초식 귀령월간鬼靈越干이 또다시 허상을 만들어 낸 것이다. 하지만 창귀에게는 이미 낯익은 초식이었다.

"허튼짓!"

창귀의 중심이 왼발에 실리며 축이 되는 발과 움직이는 발이 바뀌더니 곧바로 오른발이 공중으로 떠오르며 회전을 하기 시작했다.

"타앗!"

순식간에 사방四方으로 뻗어 나가는 여덟 개의 창기! 가히 해와 달을 뚫는다는 일월천아다웠다. 하지만 창귀는 커다란 실수를 했다. 사방만을 경계했을 분 육방六方의 하나인 하늘을 소홀히 했던 것이다.

쓰으윽!

위지천은 그 허점을 놓치지 않았다. 허상을 남겨 둔 채 공중으로 뛰어오른 그는 창기의 중심을 파고들며 엄청난 힘으

로 창대를 두들겼다.

파아앙!

역수로 쥐여졌기에 발경의 힘까지 안은 현호도는 창의 궤적을 바꾸기에 충분했다.

창귀의 창이 우측으로 틀어지며 가슴이 환히 드러났다. 언뜻 보기에도 달려들기만 하면 쉽게 끝낼 수 있는 상황처럼 보였다. 하지만 위지천은 달려드는 대신 두 발을 활짝 펴 몸을 낮추었다.

피리리링!

기다렸다는 듯 머리 위를 스치고 지나가는 창귀의 창!

창귀는 우측으로 튕겨 나간 창을 끌어당긴 것이 아니라 창이 나가는 대로 몸을 움직여 위지천의 힘을 회전력으로 이용했던 것이다.

하지만 공격 대신 몸을 낮춘 위지천의 행동으로 인해 그의 의도는 헛된 것이 되어 버렸고, 회전력에 몸을 실은 창귀는 위지천이 일어나는 모습을 눈으로 바라볼 수밖에 없었다.

파밧!

위지천의 발밑이 움푹 파이며 돌가루가 사방으로 튀었다.

푸욱!

현호도가 깊숙이 창귀의 몸을 파고들었다.

자신의 옆구리에 깊게 박힌 현호도를 바라보는 창귀의 입가에 씁쓸한 미소가 스치고 지나갔다. 지금이라도 창을 놓으면 상대의 가슴에 일 장 정도는 날릴 수 있었다. 동귀어진도 가능한 것이다. 하지만 창귀는 그러지 않았다.

"조금 전에 내 창을 날린 초식이 무엇이냐?"

"곤명진천坤鳴振天입니다."

"하하하! 곤명진천을 너같이 사용하는 사람이 있을 줄은 몰랐구나."

옆구리에 칼을 꽂은 사람을 향해 웃음을 보이는 창귀의 행동은 누가 보더라도 정상은 아니었다. 하지만 정상이 아닌 사람은 그만이 아니었다. 위지천은 현호도의 손잡이를 놓고 창귀를 안아 바닥에 뉘었다.

고요한 가운데 창귀의 말이 이어졌다.

"무림에 뛰어든 지 삼십 년, 그동안 나는 최선을 다해 살아왔다. 쿨럭!"

창귀의 입에서 피가 흘러나왔다. 하지만 창귀는 말을 멈추지 않았다.

"썩 만족스러운 인생은 아니었지만 그리 안타까운 인생도 아니다. 쿨럭! 지금의 일도 후회는 없다. 어차피 무인의 삶이란 게 이런 것 아니겠느냐! 쿨럭……."

창귀의 입에서 흘러나온 피의 양이 점차 많아지고 있었다.

"죄송합니다."

"네가 죄송할 것이 무엇이냐? 쿨럭! 오히려 나는 숨어서 기회만 엿보고 있는 무림맹의 개들에게… 쿨럭! 목숨을 내주

지 않은 것을 다행으로 생각한다."

창귀는 이미 오절과 암귀 등의 기척을 알아채고 있었던 것이다.

"그나저나 네 이름이 무엇이냐?"

"위지천입니다."

"위지세가의 소가주?"

"예."

"크하하하! 쿨럭! 그러니까 네가 위지 공의 아들이란 말이지?"

"예. 저희 아버님을 아십니까?"

"사파 사람인 내가 어찌… 쿨럭! 너의 아버님을 알겠느냐? 다만 네 아버지의 중후한 성품을 알 뿐이다. 지금의 위지세가의 개들하고는 다르다는 것을 말이… 꺼헉!"

숨소리까지 가빠진 것으로 보아 창귀의 생명도 이제 얼마 남지 않은 듯 보였다.

"내 부탁 하나만 들어주… 꺼억!"

"말씀하십시오."

창귀가 축 늘어진 손을 억지로 움직여 자신의 품 안에 들어 있던 양피지를 위지천의 가슴에 집어넣었다.

"적당한 사람을 골라 대파산창을 잇……."

투욱!

창귀는 그렇게 이 세상을 하직했다. 위지천에게 후사를

맡기어서 그런지 얼굴 또한 편안해 보이는 것이 그리 나빠 보이지 않았다.

위지천은 조심스럽게 그의 옆구리에 꽂혀 있는 현호도를 뽑아 냈다.

'잘 가십시오.'

아무에게도 들리지 않는 그만의 인사를 끝낸 위지천은 자리에서 일어났다.

"이제 제가 할 일은 끝낸 것 같으니 나머지는 세 분께 맡기겠습니다."

언제 모습을 드러냈는지는 알 수 없지만 위지천의 등 뒤로 세 명이 자리하고 있었다. 그런 그들을 향해 가볍게 고개를 숙인 위지천은 구사우와 함께 어둠이 밀려오는 산길 속으로 사라졌다.

"저렇게 보내도 되겠습니까?"

암귀 당천의 말에 제갈포유가 빙긋이 웃었다.

"간다는데 어떻게 하겠습니까? 창귀도 쓰러트린 무인을 말입니다. 하하하하!"

제갈포유는 말과는 달리 자신감이 넘치는 표정으로 웃음을 터트리고 있었다.

"내공이 이상한 것 같던데……."

암귀는 위지천의 몸에서 피어오른 붉은 기운을 말하고 있었다.

사실 제갈포유도 그 부분은 이상하게 생각하고 있었다. 그가 알기로 위지세가뿐 아니라 정파 그 어디에서도 붉은 기운을 내뿜는 무공은 없었다. 지금 당장 위지천을 사파의 사람으로 몰아도 이상할 게 없는 것이다.

"돌아가신 전대 가주의 유작이겠지요. 그것이 위지천에게 이어진 것이고. 그 문제는 무림맹에서 보증하는 것으로 하겠습니다."

제갈포유의 선택이었다. 그에게 위지천은 위지세가를 넘어설 수 있는 기회를 만들어 줄 사람이었다. 절대 흔들어서는 안 되는 사람인 것이다. 그리고 사실 색깔이 붉어서 그렇지 위지천이 내뿜은 기운은 청명하기 그지없었다. 절대 사공이 될 수 없었다.

"창귀가 뭘 넘겨준 것 같던데 그것은 어떻게 하시겠습니까?"

"위지세가와 싸우려면 그도 돈이 필요할 것 아닙니까? 그냥 놔두도록 하지요. 그나저나 천하제일 위지세가가 볼 만하게 되었습니다."

당진과 제갈포유의 입가에 미소가 떠올랐다. 둘 다 위지세가의 그늘을 벗어나려고 하는 가문의 대표자들이었다. 이런 좋은 기회를 마다할 그들이 아닌 것이다. 그러나 지당곤 웅진표는 그들과 달랐다.

"위지천의 등장을 세상에 알릴 생각이십니까?"

위지천의 존재가 알려지면 위지세가가 흔들릴 것이고 그

럼 강호도 따라서 흔들릴 것이었다. 비록 활동이 뜸하다고는 하지만 아직도 천하제일을 논할 수 있는 곳은 위지세가뿐이었기 때문이다.

　무림 명숙들을 독으로 암습한 사건과 아직도 완전히 정리가 되지 않은 안사의 난으로 인해 그렇지 않아도 세상이 어수선한 이때, 위지천의 등장은 엄청난 파급 효과를 불러일으킬 수 있다는 것이 웅진표의 생각이었다. 그러나 그는 생각을 이어 나갈 수가 없었다.

　"무림맹의 총사로서 당연히 알려야 하는 것 아닌가?"

　당연한 것을 어째서 묻느냐는 제갈포유의 질문에 웅진표는 입을 다물 수밖에 없었다.

가슴을 뜯으면서
후회하게 해 주마

제남齊南!

태산의 북서쪽에 위치한 산둥성의 성도이자 칠십이 개의 샘이 성도 곳곳에 퍼져 있어 천성泉城이라고 불리는 곳!

춘추전국시대에는 제나라의 수도로 매우 번창한 곳이지만 지금은 성도로서의 가치뿐 군사적으로는 그리 큰 가치가 없는 곳이기도 했다.

그러나 강호에서 제남을 무시할 사람은 없었다. 오절의 일인이자 권에 대해서만큼은 천하제일로 불리는 권절拳絶 황보융의 가문 황보세가가 이곳에 있기 때문이다.

황보세가가 제남에 없었다면 창귀가 태산이 아니라 제남에 자리를 잡았을 것이라는 말이 나올 정도로 제남에서의 황보세가는 가히 신이었다.

육웅사화의 일인인 천경도웅天驚刀雄 황보산정도 황보세가 사람인 것을 감안하면 강호인들이 권과 도를 논할 때 황보세가를 빼놓지 않은 것은 극히 당연한 일이었다.

아무튼 황보세가와 수백 개의 물기둥이 치솟는 표돌천表突川 그리고 이태백이 거닐었다는 대명호大明湖와 수많은 불상이 모여져 있고 지금도 꾸준히 불상의 수가 늘어나는 천불산千佛山 만불동萬佛洞 등이 이 시대 제남을 알리는 것들이었다.

그중의 하나 대명호가 발아래 내려다보이는 대명루!

수많은 사람이 거나하게 술판을 벌이는 그곳에 위지천과 구사우가 앉아 있었다.

짙은 어둠에 휩싸인 창밖을 내다보며 말없이 술잔을 기울이는 위지천의 표정이 사뭇 어둡게 보이는 것이 무슨 걱정이 있는 듯 보였다.

"소려님은 괜찮으실 것입니다."

위지천의 시선이 구사우에게로 돌려졌다.

"소려 때문에 그러는 것이 아니니 마음 쓸 것 없다. 그건 그렇고 대파심결은 모두 외웠느냐?"

대파심결! 대파산창을 구사하기 위해서는 꼭 익혀야 하는 내공심법이었다. 기본기가 충실하고 창을 무기로 사용하는 구사우이니 창귀의 유언을 잇기에 부족함이 없으리라 판단한 것이다.

그러나 그것만이 전부는 아니었다.

위지천이 대파심결을 일부 수정해 구사우에게 전수한 데에는 다른 이유도 있었다.

대파심결에는 파괴력이 필요할 때에는 산들바람 같은 내공을 폭풍으로 만들 수 있는 증增자결이 있었고, 부드러움이 필요할 때에는 갈댓잎 사이를 흐르는 물처럼 나눌 수 있는 세細자결이 포함되어 있었다.

창귀가 엄청난 힘과 빠름, 부드러움을 겸비할 수 있었던 이유였다.

내공이 약한 구사우에게는 그야말로 최고의 심법인 것이다. 그러나 아직 구사우는 자신이 기연을 얻은 것을 모르고 있었다. 그저 대형이 배우라고 하니 배우는 것뿐이었다.

"예. 대형!"

위지천은 만족스러운 표정으로 고개를 끄덕였다.

"움직일 때가 되었구나."

"내일 비무첩을 전달하실 생각이십니까?"

"그래야지. 몸도 다 나았으니 더 이상 기다릴 필요가 있겠느냐. 그나저나 큰 상처도 아닌데 너무 시일을 지체했다."

구사우는 고개를 내저었다. 사실 위지천의 상처는 말과는 달리 꽤 심했다. 특히 옆구리와 어깨의 상처는 최소한 한 달은 치료해야 할 중상이었다.

그런 상처를 위지천은 십 일 만에 완치하고 이곳에 왔다.

쉽게 이해할 수 없는 일이었다.

　그런데 위지천은 그것을 당연한 듯 말하고 있으니 구사우로서는 어이가 없었던 것이다.

　"참! 황보산정이 세가로 돌아왔다고 하던데 괜찮겠습니까?"

　"신경 쓸 것 없다. 어차피 싸우러 가는 것! 예전의 일을 원한으로 생각하고 칼을 들이댄다면 싸울 상대가 늘어나는 것뿐 달라지는 것은 없다."

　단호하고 명쾌한 대답! 구사우는 위지천의 성격을 조금씩 알아 가고 있었다.

　이어지는 위지천의 음성!

　"오늘은 너 먼저 들어가라. 혼자 있고 싶다."

　"알겠습니다."

　구사우는 곧바로 대답했다.

　사마소려와 어떤 관계인지는 확실히 모르지만 대충 짐작은 간다. 그런 대형이니 사마소려가 실종된 지금 혼자 있고 싶기도 할 것이었다.

　구사우는 자리에서 일어났다.

　"먼저 들어가겠습니다."

　구사우가 사라지고 난 잠시 후 위지천은 탁자에 남아 있던 술잔을 깨끗이 비운 뒤 자리에서 일어났다.

　연꽃과 버드나무로 유명한 대명호지만 삼 월의 대명호는

삭막함만이 느껴질 뿐이었다.

밤마다 꽃을 수놓은 듯 호수를 뒤덮던 화선도 보이지 않고, 모여서 시를 논하는 시인묵객들과 사랑을 속삭이는 연인들도 보이지 않았다.

다만 보이는 것이라고는 새싹이 오르는 나무의 향기를 음미하려는 나이 든 노인들뿐이었다.

위지천은 그런 대명호를 걷고 있다.

사박사박!

뒷짐을 진 채 천천히 걸음을 옮기는 위지천에게서는 무공을 익힌 흔적조차 드러나지 않았기에 같이 걷는 노인들은 스스럼없이 말을 건네기까지 했다.

"자네는 애인도 없는가?"

"왜요?"

"왜긴 이 사람아! 이런 좋은 곳을 혼자 다니니까 그렇지."

"하긴 그렇군요. 그럼 어르신이 한 명 소개시켜 주시지요. 이곳에 데리고 오게요."

"에끼, 이 사람!"

"하하하하!"

"허허허!"

이런 위지천의 모습을 긴장된 눈으로 바라보는 사람이 있었다.

사람들은 삼인혈이 세 명의 살수로 이루어진 줄 알고 있지만 사실 삼인혈에는 한 명의 살수만이 존재했다. 바로 지금 유생으로 분장한 채 소리 없이 위지천을 뒤따르는 하살河殺이었다.

나머지 둘은 살수를 청부받는 마노와 방 안에 누워 죽을 날만 기다리는 그의 사부뿐이니 삼인혈三刃血은 일인혈一刃血로 불려야 마땅한 곳이었다.

삼인혈의 살수 하살河殺!

냇가에서 주웠다 하여 하河란 성을 얻고, 살수로 세상에 이름을 알리라는 뜻에서 살殺이란 이름을 받았다. 어디서나 흔히 볼 수 있는 생김새에 사십이 넘는 나이에도 불구하고 지칠 줄 모르는 체력을 소유한 자신을 보고 스승은 타고난 살수라고 했다.

백 건이 넘는 청부를 혼자서 처리했으니 자부심도 대단했다. 하지만 이 순간만큼은 등을 드러낸 채 걸어가는 위지천을 향해 칼을 뽑지 못하고 있었다. 위지천이 두려워서가 아니었다. 칼을 뽑으려고 할 때마다 나타나는 뚱보가 자신의 손을 막았기 때문이다.

하살의 시선이 옆으로 움직였다.

'개새끼! 똥통에 빠져 죽을 놈!'

지금도 여지없이 자신과 오 장 거리를 유지하며 묵묵히 위지천을 뒤따르는 뚱보가 눈에 들어왔다.

나이는 오십 대에 오 척 오 촌의 작은 키! 도를 매고 있으

니 무인이라는 사실을 의심할 수는 없지만, 두 팔로도 다 감싸 안을 수 없을 것 같은 허리를 보면 저러고도 과연 무인이라고 할 수 있을까 의심스러웠다.

그럼에도 하살은 그를 무시할 수 없었다. 이름은커녕 어디 소속인지도 알 수 없는 그이지만 가끔씩 뿜어져 나오는 살기는 자신도 감당할 수 없는 수준이었기 때문이다.

이런 기분은 하살에게 똥보로 취급받는 지번도 다를 것이 없었다.

위지천을 노릴 때마다 나타나는 놈! 참으로 눈에 거슬렸다. 하지만 정리하려고만 하면 어떻게 알았는지 흔적도 없이 사라지는 통에 오늘도 쳐다볼 수밖에 없었다.

'쁘드득! 저놈부터……'

지번은 고개를 흔들었다.

각주와 약속한 날짜가 이제 겨우 십이 일 남았다. 아무리 빨리 돌아간다고 해도 십 일 이상 걸리는 거리이니 오늘은 어떤 일이 있어도 끝장을 봐야만 했다.

'네놈은 나중에 손봐 주마.'

하살을 쳐다보는 지번의 시선이 날카롭다.

위지천은 이런 자들이 뒤를 따르는 것을 아는지 모르는지 묵묵히 대명호를 걷고 있었다.

사박사박!

시간이 갈수록 사람들의 숫자가 뜸해지더니 어느 순간 위지천의 뒤를 따르는 사람은 지번 한 사람뿐이었다. 숫자가 줄어드는 순간 하살도 몸을 감추었던 것이다.

사박사박!

걷는 사람은 둘이지만 오직 한 사람의 발소리만 들리는 이런 동행은 한참 동안이나 계속되었다.

터억!

영원히 멈추지 않을 것 같은 위지천의 발이 마침내 멈추었다. 대명호반에 위치한 자그마한 숲! 적막감이 감도는 그곳에서 위지천은 몸을 돌렸다.

"누가 보냈느냐?"

지번의 입가에 비릿한 미소가 떠올랐다.

"천위지. 나이 스물여섯. 소담선생의 제자로 있다가 사마세가의 무공학사로 근무. 안사의 난 때 소집돼 병사로 복무하다 탈영. 현재 위지천이란 이름으로 활동, 위지세가의 소가주가 맞는지는 확실하지 않음. 맞나?"

지번은 마치 책을 읽듯이 감정이 실리지 않은 목소리로 위지천의 내력을 읊었다.

"누가 보냈냐고 물었다."

피식!

지번은 대답 대신 비릿한 미소를 또 한 번 입가에 그렸다.

"맞나 보군."

스르르릉!

기러기가 날개를 펼친 것처럼 생겼다 해서 안시도雁翅刀라 이름 붙인 날씬한 모양의 도가 도갑에서 빠져나왔다.

"그럼 죽어야지. 타앗!"

스팟! 쌔애애액!

피비린내가 느껴지는 미소를 짓고 칼을 휘두르기까지 거침없이 행동하는 지변의 칼이 순식간에 머리를 향해 날아왔다.

조금의 군더더기도 끼어 있지 않은 매끈한 동작!

초식을 구사한 것이 아니라 단순한 동작만으로 이루어진 공격이지만 무공이 사납다는 것과 수련 기간이 짧지 않다는 것 정도는 한눈에 알 수 있었다. 그러나 그것은 다른 사람들의 눈에 보이는 것일 뿐, 위지천의 눈에는 그의 무공이 한눈에 들어왔다.

"수라겁백修羅劫魄!"

사마세가가 거두어들인 무공 중의 하나이자 자신이 제일 심혈을 기울여서 연구한 도법이었다. 자신의 손으로 악마의 유희라 이름 붙인 바로 그 초절정의 무공이 자신의 눈앞에서 펼쳐지고 있는 것이다.

"사마세가의 개!"

일순 위지천의 눈이 붉어졌다.

챙! 챙! 태앵!

손과 도가 어울려서 만든 소리라고는 믿기지 않는 맑은 음향이 대명호반에 울려 퍼졌다.

나풀나풀!

위지천의 소맷자락이 갈기갈기 찢긴 채 바람에 날리고 있었다.

새 옷으로 갈아입은 지 반나절 만에 일어난 일이니 옷값이 아깝기는 하지만, 조혈수로 안령도를 막으면서 파생된 결과이니 어쩔 수 없는 노릇이었다.

지번의 얼굴이 처음과는 비교할 수 없을 정도로 신중해졌다. 마지막 공격 때 도의 옆면을 때린 위지천의 손놀림 때문일 것이다.

그런 지번을 보며 위지천의 입이 열렸다.

"원한이야 너희들 모두를 죽여도 풀 수 없지만 은혜도 있었기에 가급적이면 참으려 했다. 그런데 무릎을 꿇고 머리를 조아려도 부족할 너희들이 칼을 들이대?"

위지천의 손목이 비틀렸다.

차앙!

철토시에서 빠져나온 검은색 칼날 세 개가 순식간에 손등을 덮었다.

"사마궁! 오늘 일은 가슴을 뜯으면서 후회하게 해 주마. 하앗!"

기합 소리와 함께 위지천의 몸에서 붉은 아지랑이가 피어올랐다.

뚜벅뚜벅!

피처럼 붉은 기운과 붉게 물든 손! 스산한 살기를 뿜어내며 지번을 향해 걸어가는 위지천의 모습은 그야말로 야차와 다름이 없었다.

그러나 상대도 오십 년이 넘도록 칼을 갈고 닦은 자였다. 기세만으로 물러설 자가 아닌 것이다.

도를 늘어뜨려 하단세의 자세를 취한 지번은 왼발을 땅에 내디딘 것과 동시에 오른발을 움직여 왼발을 스치고 지나갔다. 그리고 그 오른발이 땅에 닿는 순간 몸을 비틀며 다시 왼발을 움직였다.

강호인이라면 누구나 알고 있는 삼재보! 세 걸음만으로 천하를 가둔다는 이름만큼은 아니지만 잘만 사용한다면 걸음 속에 진進과 퇴退, 회回를 숨길 수 있는 보법이었다.

삼재보 속에 숨어 있는 회자결을 이용해 몸의 방향을 돌린 지번은 눈앞에 드러난 상대의 아랫배를 향해 도를 들어 올렸다.

피잇!

바람을 가르는 소리와 함께 안시도가 사선을 그렸다.

하지만…….

따아앙!

상대의 손 토시에 힘없이 막히는 안시도!

"제기랄!"

지번은 무심코 튀어나오는 욕설을 내뱉으며 서둘러 도의

방향을 우측으로 틀었다. 상대의 손에 칼등을 내어줄 수는 없었기 때문이다.

하지만 위지천의 손놀림은 지번이 생각하는 것보다 훨씬 빨랐다.

타아앙!

또다시 칼의 옆면에 강한 타격을 받은 지번은 서둘러 도를 회수했다.

그 순간 칼날을 때린 위지천의 왼손이 묘하게 움직이며 지번의 어깨를 파고들었다.

부우욱!

수련하는 동안 수많은 상처가 몸에 생겼다. 어떤 때는 내장이 흘러나올 정도로 심하게 당해 본 적도 있었다.

하지만 지금 느끼는 고통에 비하면 그때는 아무것도 아니었다. 수많은 개미 떼에 몸을 뜯기는 것 같은 통증이 머리를 관통했다.

"끄아아악!"

근육이 뜯기고 뼈가 잘라진 어깨! 갈기갈기 찢겨졌다고밖에 말할 수 없는 지번의 어깨는 이미 어깨로서의 모든 기능을 상실하고 있었다. 그런 어깨에서 느껴지는 고통은 지번을 공황의 상태로 몰고 갔다.

"크하앙!"

잔뜩 몸을 웅크린 지번은 짐승의 포효 소리와 같은 외침을 토해 내며 몸을 비틀었다. 내공을 극한까지 끌어 올린 듯 아래에서부터 치켜 올라가는 지번의 칼날에는 검은 기운이 맺혀 있었다.

극한의 검기를 동반한 칼날! 막아 내기 쉽지 않은 공격이었다.

하지만 그것은 일반 무인들에게 해당되는 얘기였다. 상대는 수라겁백의 모든 변화를 읽고 있는 위지천이었다. 수라겁백의 변화를 벗어나지 못하는 지번의 칼질 따위는 전혀 위협이 될 수 없었다.

터억!

가로막는 모든 것을 잘라 낼 것 같은 안시도가 무력하게 위지천의 손에 잡혔다.

"네가 첫 번째다."

푸욱!

끝이 구부러진 조혈수의 칼날이 지번의 턱을 뚫고 들어가 정수리로 빠져나왔다.

툭!

챙그랑!

지번의 손이 힘없이 풀리며 쥐고 있던 안시도가 바닥에 떨어졌다. 지번은 비명 소리도 내지 못한 채 그렇게 허무하게 숨을 거두었다.

털썩!

조혈수에 박혀 있던 지번을 멀리 던져 버린 위지천의 싸늘한 시선이 제법 큰 나무를 향해 돌려졌다.

"네놈은 사마세가의 개가 아닌 것 같아 살려 둔다. 하지만 이번뿐이다. 다음에도 눈에 띈다면 누가 보낸 놈이든 간에 너는 죽는다."

어둠에 몸을 숨긴 채 위지천을 바라보던 하살은 가슴속으로 스며드는 공포를 주체할 수가 없었다.

위지천을 따라다닌 지 십 일!

악필과의 싸움도 보았고 창귀와의 결투도 보았다. 강한 사내였다.

하지만 강한 것일 뿐 죽일 수 없다고는 생각하지 않았다. 강한 상대라도 허점은 있고 자신은 그 허점을 찾아낼 자신이 있었기 때문이다.

그런데 지금 하살의 손이 떨리고 있었다.

'저 정도는 아니었어!'

위지천이 어둠 속으로 사라지는 순간까지도 꼼짝도 못 하고 숨어 있는 하살의 뇌리에 떠오른 생각은 오직 그것뿐이었다.

'돌아가자.'

하살은 떨리는 손을 움켜쥐며 몸을 일으켰다. 자신의 실력으로는 절대 죽일 수 없는 자였다.

사마웅에게 위약금을 물어줘야 하겠지만 죽는 것보다는

나았다.

휘리릭! 터억!

몸을 날려 바닥에 내려선 하살은 미련 없이 위지천이 사라진 반대쪽으로 몸을 돌렸다. 그러나 그는 걸음을 옮길 수가 없었다.

"누가 보냈느냐?"

언제 나타났는지 검은색 무복에 검은색 도를 든 여인이 앞을 가로막고 있었다. 여자가 아니라 남자이고 도의 폭이 조금만 좁았더라면 조금 전에 사라진 자로 착각할 만큼 두 사람의 옷차림은 비슷했다.

"니기미!"

한 번 꼬랑지를 마니까 이제는 침대에 누워 있을 때나 쓸모 있다고 생각한 계집까지 반말을 찍찍 해 대고 있지 않은가!

"내가 어쩌다가… 후우!"

저절로 탄식이 흘러나왔다.

"순순히 대답하면 고통 없이 죽여 주마."

얼굴은 예쁜 것이 하는 말은 갈수록 가관이다. 청부 대상이 아니면 여자에게는 칼을 쓰지 않겠다는 맹세까지 흔들릴 만큼 말이다.

"그냥 가라. 얼굴이 드러난 것이 쪽팔리기는 하지만 어차피 다시 만날 일 없으니 굳이 처음 보는 여자……."

하살이 입이 갑자기 굳어졌다.

'허업!'

처음 보는 여자가 아니었다.

눈앞의 여인은 사마세가의 금지옥엽 사마소려였다. 아무리 옷차림이 달라졌다고 해도 자신이 사마소려를 못 알아보다니, 이럴 수는 없는 일이었다.

하살의 이런 변화는 곧바로 사마소려의 눈에 들어왔다.

"내가 누구인지 아는군!"

"몰라. 시팔."

하살은 거짓말을 하지 않았어야 했다. 아니 최소한 고개는 돌리지 말았어야 했다. 그랬다면 사마소려에게 고용자에 대한 암시를 주지는 않았을 것이다.

"오빠인가?"

쓰으윽!

하살은 대답 대신 품속에서 두 개의 단검을 뽑았다.

"맞나 보군."

하살은 이번에도 대답을 하지 않았다. 대신 왼손에 쥔 단검을 역수로 바꿔 잡았다.

"정말 지랄 같은 날이다."

여자를 죽인 날은 재수가 없기에 청부까지도 여자를 피하면서 받았지만 어쩔 수 없는 일이었다. 고용자의 신분은 어떤 경우라도 감춰져야 했기 때문이다.

'내일이면 세상이 떠들썩해지겠군!'

하살은 씁쓸했다. 하지만 어쩌겠는가! 다른 선택이 없는 것을.

"그냥 운이 없었다고 생각해라."

사마소려를 쳐다보는 하살의 시선이 싸늘해졌다.

은신과 살수로서 상대한다면 언제든지 먹을 수 있는 떡에 불과한 상대였다.

그러나 지금은 그런 이점들이 모두 사라진 상태다. 상황만 본다면 절대적으로 자신에게 불리한 것이다. 그렇지만 하살은 자신이 있었다.

육웅사화 중 육웅이라면 모르지만 사화는 자신의 적수가 되지 못한다고 생각하고 있었기 때문이다. 그가 이런 생각을 갖게 된 것은 우연히 운가보의 여식 차화茶花 운소교의 무공 수련 장면을 목격하면서부터였다.

겨울을 이기고 피어나는 동백꽃이란 이름처럼 화사한 아름다움을 가진 운소교였지만 그녀의 무공 실력은 참으로 보잘 것이 없었다. 어떻게 저런 여인이 후기지수 중 최고라고 불릴 수 있는지 의심스러울 정도였다.

그런 운소교와 동급으로 취급되는 사마소려이니 자신의 장점이 모두 사라졌다고 해도 충분히 상대할 수 있다고 생각한 것이다.

하살은 사마소려와 자신과의 거리를 살폈다. 현재 거리는 사 장! 단검을 든 자신에게 절대로 불리한 거리였다. 하살은 미끄러지듯 앞으로 나아가며 사마소려와의 거리를 좁혔다. 순식간에 두 사람의 거리가 이 장 정도로 가까워졌다.

하살의 입가에 가느다란 미소가 떠올랐다. 여전히 칼도 뽑지 못한 채 자신을 바라보는 사마소려! 역시 자신의 예상 대로 사화는 무림의 꽃에 불과했다. 그렇다면 더 이상 시간 끌 것이 없었다.

파박!

하살의 발밑이 움푹 파이며 하살의 몸이 튕겨지듯 앞으로 튀어나왔다. 사마소려와의 거리가 삽시간에 일 장으로 줄어 들었다. 이제 단검만 휘두르면 끝나는 일이었다.

그 순간 도파刀把를 잡고 있던 사마소려의 손이 움직였다. 그리고 이어지는 움직임!

스르르륵!

하살은 사마소려의 목을 노리던 자신의 단검이 허망하게 빗나가는 것을 눈으로 바라보았다. 폭포를 타고 올라가는 잉 어처럼 자신의 단검을 피해 가슴으로 파고든 사마소려의 손 에서 피어오르는 달빛 섬광도 보았고, 그 섬광이 자신의 가 슴 부위를 자르고 지나가는 것도 보았다.

쓰으윽!

고기를 자를 때와 같은 소음이 자신의 가슴에서 들려왔다. 그런데 약간 따끔할 뿐 큰 통증이 느껴지지 않았다. 옷이 잘 라져 나풀거릴 뿐 피도 흐르지 않았다. 옷만 자르고 지나간

것이 분명했다.

'역시 계집은…….'

하살은 미소를 지었다. 사마소려는 자신의 몸을 베지 못한 것이었다. 역시 여자는 침대에서나 필요한 족속이었다. 하살은 자신의 등 뒤에 서 있는 사마소려를 상대하기 위해 몸을 돌렸다. 아니 돌리려고 했다.

"꺼어헉!"

불같은 통증이 가슴 부위에서 일어나더니 곧바로 온몸을 관통했다. 진한 피비린내가 코끝을 적시는가 싶더니 가슴이 시원해지며 피 분수가 솟구쳤다.

푸쉬쉬! 툭!

무릎이 꺾인 하살의 눈앞에 붉은 꽃무늬가 피기 시작했다.

"이런 개 같은!"

"너는 혈후血后의 사람을 건드리지 말았어야 했다."

털썩!

사마소려의 음성이 땅에 머리를 처박은 하살의 귓가에 조용히 들려왔다.

혈후!

지난 삼 년 사이 새로 강호에 이름을 날리기 시작한 세 명의 신비객 중의 한 명! 특히 여인을 괴롭히는 자들을 죽인다해서 살란정殺爛情이라고 불리는 사람이 바로 사마소려였던 것이다.

'몰랐다. 알았다면 도망쳤을 것이다.'

생명의 불씨가 꺼져 가는 하살의 뇌리에 마지막까지 남아 있는 생각의 잔재였다.

도망치는 것을 부끄럽게 생각하지 않는 그였으니, 진짜로 사마소려의 정체를 알았다면 그는 주저 없이 도망쳤을 것이다. 성공할지는 알 수 없지만 말이다.

그리고 하살이 죽으면서까지도 알지 못했던 것! 차화 운소교는 무공으로 사화에 꼽힌 것이 아니라 지혜로 사화의 한 자리를 차지한 여성이었다.

하살이 그렇듯 강호인들은 사화를 모른다. 육웅보다 사화가 더 무서운 존재일 수도 있다는 사실을 말이다. 남성을 움직이게 하는 것에는 충忠과 정情, 욕慾뿐이 아니라 사랑愛도 있었다. 물론 여성에게도 사랑은 있었지만 말이다.

강호가 온통 위지천의 이야기로 들끓고 있었다.

사라졌다고 알려진 위지세가의 소가주가 어째서 다시 나타났는가에 대한 의견이 분분하고, 창귀를 잡았을 때의 상황에 대해서도 온갖 소문이 무성했다. 어떤 사람은 암기를 썼다고 하고 또 어떤 사람은 위지천의 무공이 오절에 버금간다고 했다.

아무튼 요즘 강호에서 주된 이야깃거리는 바로 위지천이란 이름 석 자였다. 그리고 그런 사람들에 의해 위지천의 외

호가 만들어졌다.

진귀鎭鬼 일수곤명一手坤鳴 위지천!

칠귀를 누르고 손짓 한 번에 땅을 울린다는 뜻이니 가히 오절에 뒤떨어지지 않는 외호이고, 위지세가의 철학 구유곤명검법에서 곤명이라는 이름을 따왔으니 위지세가 사람이라는 것을 인정해 주는 의미도 있었다.

그러나 정작 소문의 당사자는 언제나 제일 늦게 안다고 했던가!

사르륵!

위지천은 세상이 자기 때문에 떠들썩한 것도 모른 채 조용히 책을 읽고 있었다.

그가 지금 읽는 책은 주역이다. 내용이라면 책을 보지 않고도 글자 한 자도 틀리지 않게 암송할 수 있는 책이지만, 그는 마치 처음 대하는 책처럼 주역을 정성스럽게 읽고 또 읽었다.

그가 이처럼 주역에 심혈을 기울이는 까닭은 팔성에서 멈추어 버린 모산요록의 해결책을 이 책에서 찾을 수 있지 않을까 하는 기대감 때문이었다. 주역에 서술된 육십사 괘 삼백팔십사 효, 즉 우주 만상의 변화 원리에서 모산요록의 부족한 부분을 채우려는 것이다.

그럼 무엇 때문에 모산요록의 부족함을 채우려고 하느냐?

그것은 아직 존재의 끄트머리도 잡지 못한 상단전 때문이었다.

위지천은 만유형결에 대한 이해가 깊어지면서 모산요록과의 연관성을 깨닫게 되었다. 비록 가는 길은 다르지만 두 책이 추구하는 방향은 같았다. 궁극에 대한 이치는 모두 한곳으로 통했던 것이다.

어느 누구도 통과하지 못했던 모산요록의 사 성 벽을 허문 것도 자신의 능력만이 아니라 만유형결의 도움이 컸다는 것을 그제야 알게 되었다.

그 순간 안개에 감춰진 것처럼 모호하기만 한 상단전의 실체를 밝힐 수 있는 가능성을 찾게 되었다. 바로 모산요록의 대성이었다. 만유형결로 인해 모산요록을 팔 성까지 익힐 수 있었다면, 반대로 모산요록의 연구가 만유형결의 새로운 돌파구가 될 수 있다고 생각한 것이다.

상단전은 하단전, 중단전과 달리 깨달음이 있어야지만 열 수 있는 비밀의 문이었다.

위지천은 그 비밀의 문을 여는 열쇠로 모산요록이 부족함이 없다고 판단했다. 위지천이 결투를 앞두고서도 주역을 읽는 이유였다.

사르륵!

위지천이 머무는 객실은 마치 시간이 멈춰 버린 것 같았다. 구사우까지 비무첩을 전달하러 간 상황이라 그런지 시간이 멈춘 것 같은 느낌은 더욱 강했다. 책장 넘기는 소리마저

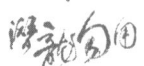

없었다면 진짜로 시간이 멈춘 것이라 믿을 정도였다.

그런 객실에 조용한 울림이 생겨났다.

똑똑똑!

작은 소리였지만 객실의 분위기를 바꾸기에는 충분했다.

책에서 눈을 뗀 위지천은 의아한 표정으로 방문을 쳐다보았다. 구사우가 떠난 지 이제 겨우 반각이 흘렀을 뿐이었다. 비무첩을 전달한 후에 황보세가와의 결투를 소문내라고 했으니 벌써 돌아올 리가 없었다. 게다가 방문 밖에서 느껴지는 기운은 구사우와는 판이하게 달랐다.

위지천은 책을 덮었다.

"들어오시오."

움직임이 느껴지지 않았다. 방문을 두드렸으니 은밀히 들어올 생각은 아닐 것이다. 그럼에도 움직임이 없다는 것은 방에 들어오기를 망설인다는 뜻이었다.

위지천은 자리에서 일어나 방문을 열었다.

"소려!"

위지천의 입에서 신음 소리와 비슷한 음성이 흘러나왔다. 문 앞에 서 있는 사람은 뜻밖에도 사마소려였다. 얼마 전에 만났을 때와는 판이하게 달라진 옷차림이었지만 위지천은 한눈에 사마소려라는 것을 알아보았다.

굳은 얼굴과 꽉 다문 입술, 눈가에 고여 있는 촉촉한 이슬만 아니라면 결투를 신청하러 온 사람과 다를 것이 없는 얼굴이었다.

"들어오라고 안 할 거야?"

아미파로 수련 여행을 떠날 때와 다를 것이 없는 말투! 위지천은 잠시 시간이 거꾸로 흘러간 것 같은 느낌을 받았다.

"저 그게……."

"나 집 나왔어. 아니, 사마라는 성을 버렸어."

대수롭지 않다는 투의 음성이지만 위지천의 입을 막기에는 충분했다. 성은 버리고 싶다고 해서 버려지는 것이 아니었다. 하지만 지금 그녀에게서는 혼자가 된 사람에게서나 느낄 수 있는 절박함과 애절함이 보였다.

"그러니 받아 주려면 받아 주고 아니면 돌아가라고 해. 돌아가라고 하면 네가 용서하지 않는 것으로 생각하고 아미에서 평생 속죄하며 살게."

아미에서 평생 속죄하며 산다는 것은 여승이 되겠다는 말이나 마찬가지였다.

"네 죄가 아니다."

"알아. 하지만 나도 사마세가의 사람이었어."

"네가 왜? 무엇 때문에……."

위지천의 목소리가 커졌다.

"할아버지가… 아버지가… 작은아버지가… 그리고 오빠가 한 일이잖아."

결국 사마소려의 눈에서 눈물이 흘러내렸다.

"미안해. 사마세가의 사람들이 잘못해서 미안하고, 너를 잊어서 미안해. 정말 미안해."

위지천은 두 팔을 벌렸다.

외로움과 슬픔에 흠뻑 젖은 가냘픈 새를 그냥 날려 보낼 수가 없었다. 사마세가에서 이 일을 어떻게 받아들일지는 알 수 없지만 위지천의 생각은 예전과 변함이 없었다. 먼저 싸움을 걸지는 않겠지만 싸움을 걸어온다면 피할 생각도 없는 것이다. 설령 소려의 가문이라도 말이다.

덥석!

위지천은 품으로 파고든 사마소려를 따뜻하게 안아 주었다.

"흑흑흑! 미안해."

귀에 속삭이듯 들려오는 사마소려의 음성에 위지천의 눈시울도 붉어졌다.

"괜찮아. 이제 내가 지켜 줄게."

토닥토닥!

사마소려의 어깨를 가볍게 두드리는 위지천의 얼굴에 십여 년 전처럼 부드러운 미소가 떠올랐다.

책이 놓여 있던 탁자에 두 잔의 차가 놓여졌다.

"너에게 할 말이 있다."

의자에 앉은 위지천의 입이 조심스럽게 열렸다. 차를 준비하는 동안에도 굳게 닫혀 있던 입이었다.

차분한 시선으로 위지천을 바라보던 사마소려가 담담한

음성으로 위지천의 말을 받았다.

"사마세가와 관계되는 말이라면 하지 않아도 돼. 조금 전에도 말했다시피 나는 사마라는 성을 버렸어. 이제 나하고는 관계없는 가문이야."

"하지만……."

사마소려는 손을 들어 위지천의 말을 막았다.

"나는 진심이야. 네가 사마세가와 싸우겠다면 나는 조금의 주저함도 없이 사마세가를 향해 칼을 뽑을 거야. 그러니 그 이야기는 그만 해."

자신의 가문을 사마세가라고 부르는 것도 모자라 자신의 식구가 있는 곳을 향해 칼을 뽑겠다고 말하고 있었다. 마치 타인처럼 말이다.

위지천은 더 이상 할 말이 없었다. 그저 가련한 눈으로 사마소려를 볼 뿐이었다.

"그런 눈은 싫어. 그냥 예전처럼 대해 줘. 그렇게 해 줄 수 있지? 그리고 지금부터는 사마소려라고 하지 말고 그냥 소려라고 불러 줘. 그리고 이것!"

소려는 품 안에서 자그마한 옥패를 꺼내 위지천에게 건넸다. 위지천이 어렸을 때 할아버지에게서 받은 만보전의 영패였다. 위지천에게는 할아버지의 유물이라고 할 수 있을 정도로 귀중한 것이지만, 소려의 아미 수련행이 갑작스럽게 이루어지자 다른 귀중품이 없던 위지천은 가지고 있던 이것을 선물로 주었던 것이다.

그 선물이 십여 년 만에 다시 위지천의 품으로 돌아왔다.

"이제 네가 필요할 거야."

위지천은 대답 대신 미소를 지으며 고개를 끄덕였다. 예전에 늘 그랬듯이 말이다.

그런 위지천을 바라보는 소려의 입에도 화사한 미소가 떠올랐다. 말이 없는 가운데 두 사람은 헤어졌던 시절로 돌아가고 있었다.

황보위진皇甫爲振 진천하震天下!

황보세가의 정문 위에 붙어 있는 붉은 글씨!

'황보세가가 떨치고 일어나면 세상이 울린다.' 라는 말이니 황보세가의 자긍심이 한껏 드러나는 편액이라 할 것이다.

이른 오후! 그 편액을 향해 걸어가는 세 사람이 있었다.

좌측에 소려, 우측에 구사우를 거느린 위지천이었다.

"만약 네가 이긴다면 순순히 넘어가지 않을지도 몰라."

"알고 있어."

소려의 걱정스러운 음성에 위지천은 담담히 고개를 끄덕였다.

"그래도 꼭 해야 하는 거지?"

"응. 지금 나에게는 이것이 최선이야."

소려는 고개를 돌려 위지천을 바라보았다. 예전에도 목표를 설정하면 옆도 보지 않던 그다. 그때보다 더 고집스러워 진 것 같지만 그 모습이 그리 싫지 않았다.

피식!

소려가 무슨 생각이 들었는지 갑자기 웃음을 지었다.

"우리 우습지 않니?"

"뭐가?"

"천하제일권이라는 권절 황보용과 결투를 하러 가는데 질 것을 걱정하는 사람이 한 명도 없잖아."

"그러게."

위지천의 능청스러운 대답에 소려는 물론 구사우까지 미소를 지었다.

"아무튼 능청은. 그나저나 자신은 있는 거야?"

조금 전까지만 해도 환하게 웃던 소려의 얼굴이 보기 안쓰러울 정도로 굳어 있었다. 지금까지 그녀가 아무렇지 않은 듯 행동한 것은 진심이 아니었던 것이다.

우뚝!

걸음을 멈춘 위지천은 뒤따라 걸음을 멈춘 소려의 어깨에 손을 올려놓았다.

"앞으로 나 때문에 울 일은 없을 거다."

"하지만……."

"약속할게."

약속이라는 말의 무게 때문일까! 소려는 더 이상 말을 하지 못했다.

"이제 그만 헤어지자. 여기서부터는 나하고 사우하고만 갈게."

소려는 미리 약속이 되어 있었는지 말없이 고개를 끄덕였다. 그런 소려를 바라보는 위지천의 시선 속에 안쓰러움이 스치고 지나갔다. 하지만 이제 그녀에게는 자신뿐이지 않은가!

위지천은 억지로 미소를 지어 보였다.

"외할아버지와 외할머니를 만나면 네가 좀 잘해 줘. 아양도 좀 떨고."

소려가 피식 웃었다.

"알았어. 걱정하지 마."

소려의 표정이 한결 부드러워지자 위지천은 그제야 안심이 된 듯 멀리서 옷을 고르는 사십 대의 장한에게로 시선을 돌렸다.

"삼위三衛."

―예. 국주!

사십 대의 장한에게서 전음이 들려왔다. 가볍게 중얼거리는 위지천의 음성이 이십여 장 밖에 있는 그의 귀에 들렸다는 말이었다.

"지금부터 소려를 너에게 맡긴다. 진강까지 무사히 안내하도록."

―명을 받듭니다.

"또한 오늘부터 살행단은 십삼위를 제외하고는 모든 임무에서 손을 뗀다. 잃어버린 물건을 회수하는 일은 추행조에게 넘기고 수서점도 정리하도록."

　－알겠습니다.

　"새로운 명령은 십삼위를 통해 내려갈 것이니 그때까지는 무공 수련에 온 힘을 기울이도록. 다음에 만날 때는 기세조차 느낄 수 없었으면 좋겠다."

　－최선을 다해 노력하겠습니다.

　"좋다. 기대하겠다."

　위지천의 시선이 다시 소려에게로 돌려졌다.

　"이제 갈게. 제남을 벗어나면 삼위가 안내할 거야."

　"알았어. 내 걱정은 하지 말고 너나 조심해."

　위지천은 가볍게 고개를 끄덕이고는 몸을 돌렸다. 구사우도 소려를 향해 정중히 고개를 숙이고는 서둘러 위지천의 뒤를 따랐다.

　위지천의 새로운 도전은 이렇듯 한 여인의 애절한 시선 속에서 시작되었다.

　깊은 산속에 있는 자그마한 사찰의 대웅전!

　깨끗하게 단장된 것과는 달리 사람의 모습이 일체 보이지

않는 그곳에 숫자가 새겨진 복면을 쓴 일곱 명이 원을 그리듯 동그랗게 앉아 있었다.

"일공과 이공, 사공은 개인적인 일로 인해 오늘 회의에 참석하지 못했습니다. 그럼 이제부터 십마련 연례 회의를 개최하겠습니다."

나직한 음성으로 정적을 깨트린 회색 유삼의 사내는 계속해서 말을 이어 나갔다. 얼굴이 작아서 그런지 五(오)라는 글자가 유난히 작아 보이는 사람이었다.

"일공과 이공이 계시지 않은 관계로 오늘 회의는 삼공이 주재하겠습니다. 삼공! 하실 말씀이 있으십니까?"

대웅전에 있던 사람들의 시선이 일제히 三(삼)이란 숫자가 새겨진 복면을 쓴 사람을 향해 집중되었다.

허름한 무복에 단순한 모양의 철검! 온 세상을 관장한다고 해도 전혀 이상할 것이 없는 십마련에 낭인처럼 보이는 이런 사람이 세 번째 자리를 차지하고 있다는 것은 매우 의외였다. 하지만 그의 이름을 듣는다면 삼공이란 지위가 오히려 초라하게 느껴질 것이다.

십칠존 중의 최고라 할 수 있는 이령二靈 중의 한 명, 사파의 최고수 흑령黑靈 사준환이 바로 그의 이름이었기 때문이다.

십마련 중에 고개를 갸우뚱거리게 만드는 사람은 그뿐만이 아니었다.

六(육)이라고 새겨진 복면을 쓴 채 부처상을 등지고 앉아 있는 사람은 농부 차림이었고, 八(팔)이라는 글자가 유난히 화려해 보이는 사람은 기녀처럼 보였으며, 九(구)라는 복면을 쓴 사람은 푸른 빛깔의 옷을 입은 것이 왕족이 분명했다.

십마련에는 이처럼 선비와 무인, 낭인과 농부 그리고 왕족과 기녀까지 그야말로 온갖 군상이 모두 모여 있었다. 그런 사람들의 시선을 한 몸에 받는 삼공의 입이 열리며 나직하면서도 굵은 음성이 새어 나왔다.

"나 같은 사람이 무슨 할 말이 있겠소. 나는 신경 쓰지 말고 그냥 예전처럼 오공이 주재하시오."

오공을 포함한 사람들 모두 당연히 그럴 줄 알았다는 듯 고개를 끄덕였다.

흑령 사준환은 세력도 부하도 두지 않은 채 오직 무공의 완성만을 위해 살아가는 사람이었다. 무공으로만 친다면 일공에 이어 두 번째 자리를 차지할 정도로 극강의 무공 실력을 보유하고 있지만 무공 외에는 아무런 관심도 없는 인물이 바로 삼공이었던 것이다.

그와 비슷한 유형으로는 농부 차림을 한 육공이 있었다. 마치 고요한 하늘처럼 일체의 기색도 드러내지 않은 채 무심하게 앉아 있는 사람, 어디로 보나 농부로 보이는 그이지만 그의 신분은 삼공에 전혀 뒤처지는 인물이 아니었다.

삼백 년을 이어 온 유가장의 장주이며 농민들의 단체 농막農幕을 이끄는 인물, 거기에다가 이령 중의 한 명이며 백도의

하늘로 불리는 백령白靈 유덕부가 바로 그의 이름이었다. 일공과 삼공의 뒤를 이어 세 번째로 강한 무공을 소유한 그이지만 농막이 타격을 입을 때를 제외하고는 일체 무림의 일에 관여하지 않는 인물이기도 했다.

아무튼 그런 사람들의 시선까지 떠안은 오공은 예의 무심한 음성으로 회의의 시작을 알렸다.

"그럼 십마련의 규칙에 따라 권한을 위임받은 제가 지금부터 회의를 주재하겠습니다. 논의할 사항이 있으신 분들은 서슴지 말고 말씀해 주십시오."

"제가 한 말씀 드리겠습니다."

피가 묻어도 전혀 표시가 날 것 같지 않은 주황색 무복을 걸친 사내가 발언권을 요구했다. 옷은 물론 복면에 새겨진 七(칠)이란 글자까지 붉은 것이 무척이나 강렬한 느낌이 드는 사람이었다.

"예. 말씀하십시오. 칠공!"

"세력을 넓히려는 공동파로 인해 난주에서 불필요한 충돌이 계속 일어나고 있습니다. 오공! 무림맹을 이대로 놔둘 생각이십니까?"

"그 문제는 십공께서 근시일 내에 해결할 것입니다."

씨이익!

칠공이라고 불린 사내의 입 꼬리가 위로 올라갔다. 비웃는 것이 확실히 드러나 보이는 미소였다.

"자신의 가문조차 확실히 장악하지 못한 사람을 믿으라는 말씀이십니까?"

신분을 드러내지 않기 위해 복면을 쓰고는 있지만 사실 일 공을 제외한 나머지 대부분은 거의 신분이 드러난 상태였다.

이런 상황에서 칠공의 발언은 누가 듣더라도 도발이었다. 十(십)이라는 복면을 쓴 자의 눈빛이 싸늘해졌다. 하지만 이 자리는 싸울 수 있는 자리가 아니었다. 십공은 입술을 깨문 채 모욕을 참아 냈다.

그런 십공을 대신해서 입을 연 사람은 회의를 주재하는 오 공이었다.

"그것은 십공의 잘못이 아니라 피치 못할 사정이 있기 때 문입니다."

칠공의 입가에 다시금 조롱의 미소가 떠올랐다.

"피치 못할 사정은 무슨 피치 못할 사정! 가주령을 잃어버 린 것이지."

오공의 얼굴에 순간적으로 곤혹스러운 표정이 스치고 지 나갔다. 상대의 말이 거짓이라면 실수로라도 그런 표정을 지 을 오공이 아니었다.

오공의 표정 변화는 팔공에게 엄청난 놀라움을 안겨 주었 다. 다른 것은 몰라도 정보력만큼은 십마련 중 최고라고 자 부하던 그녀였다. 그런데 위지세가가 가주령을 잃어버린 사 실은 그녀도 모르고 있었던 것이었다. 그녀의 자부심이 산산

이 부서지고 있었다.

하지만 그녀가 누구인가?

세상의 정보를 한 손에 쥐고 흔든다는 하오밀문의 문주가 아니던가!

자부심을 되찾는 것보다는 어떻게 해서 이런 상황이 되었는지 알아내는 것이 급선무였다. 팔공은 서둘러 눈가에 드러난 표정을 지웠다.

"칠공께서 그렇게 생각하시는 이유라도 있으신가요?"

"생각할 것이 무엇이오? 십공이 가주 자리에 오른 지 벌써 이십여 년이 가까워지지만 호법원은커녕 폭풍 일대와 이대도 마음대로 부리지 못하고 있지 않소. 그 이유가 무엇이겠소?"

'휴우!'

팔공은 소리 나지 않게 안도의 한숨을 내쉬었다. 칠공은 정보가 아닌 분석으로 십공의 상황을 들여다보고 있었던 것이다. 칠공의 무서움을 또 한 번 느끼는 계기가 되었지만 정보력 때문이 아니라는 사실을 알아낸 것만으로도 팔공은 만족스러웠다.

팔공의 시선이 오공에게로 옮겨졌다.

"근시일 내에 무림맹을 해결할 것이란 말을 십공께서 가주령을 찾았다는 말로 들어도 되겠습니까?"

"그것은 아닙⋯⋯."

대답을 하던 오공이 굳은 표정으로 팔공을 보았다.

'이런 제기랄!'

전적으로 팔공의 유도심문에 넘어간 자신의 잘못이었다. 이제 십공의 문제는 감춘다고 해결될 일이 아니었다. 오공은 시선을 돌려 십공을 쳐다보았다. 십공은 허탈한 표정으로 고개를 끄덕였다. 그도 더 이상은 어쩔 수 없었을 것이다.

"후우!"

오공은 긴 한숨과 함께 호흡을 가다듬은 후 차분하게 입을 열었다.

"칠공의 말씀대로 십공께서는 가주령을 잃어버렸습니다."

위지세가가 그동안 죽은 듯이 몸을 웅크리고 있었던 이유가 오공의 입을 통해 밝혀졌다. 위지세가는 《만유형결》 하권만 잃어버린 것이 아니라 가주령까지 잃어버렸던 것이다.

조용한 가운데 오공의 말이 이어졌다.

"하지만 이제 찾을 수 있는 방법이 생겼습니다. 그러니 조금만 기다려 주십시오. 무림맹은 십공께서 해결하실 것입니다."

"가주령을 어떻게 찾으실 건지에 대해서는 말씀해 주실 수 없는 것입니까?"

팔공의 질문에 오공은 잠시 대답 시간을 늦추었다. 섣불리 대답을 했다가는 또다시 조금 전과 같은 실수를 반복할 수 있었기 때문이다.

"십공의 집안 문제이니 거기까지만 알아 두십시오. 나머지는 십공의 비밀이니까 말입니다."

미운 놈은 어떤 짓을 해도 밉다고 했던가! 칠공이 또다시 나서며 오공과 십공의 비위를 긁었다.

"비밀은 무슨 비밀! 위지천이라는 놈이 가지고 튀었는데 이제 나타났으니 찾을 수 있다 이거 아닙니까? 그깟 것을 무슨 비밀이라고……."

너무 정곡을 찔려서일까! 순간적으로 대웅전에 살기가 감돌았다. 이런 분위기를 더욱 심란하게 몰고 간 사람은 팔공이었다.

"십공께 여쭙겠습니다. 위지천을 어떻게 하실 생각이십니까?"

금방이라도 칼을 뽑을 듯이 칠공을 쳐다보던 십공의 시선이 팔공에게로 옮겨졌다.

"그것을 묻는 이유가 무엇이오?"

"십공이 진귀에게 볼일이 있듯이 저도 진귀에게 볼 일이 있습니다."

"무슨 일로……."

팔공은 손을 들어 십공의 말을 막았다.

"그것은 말씀드릴 수 없습니다. 다만 십공만큼이나 저도 진귀가 필요하다는 것입니다. 그러니 이제 말씀해 주시지요."

십공은 아무런 대답도 하지 않은 채 팔공을 쳐다보았다.

'팔공!'

세가의 힘을 전부 동원할 수 있다면 모르지만, 현재 자신은 칠공의 말대로 은밀원과 호법원은 고사하고 장로원과 폭풍대도 일부밖에 동원할 수 없었다. 비록 계집이지만 쉽게 상대할 수 있는 사람이 아닌 것이다.

그렇다고 두려운 것은 아니었다. 지난 이십 년 동안 아무도 모르게 키워 온 힘을 이용한다면 하오밀문 정도는 충분히 상대할 수가 있었다. 하지만 그 힘은 아직 드러낼 때가 아니었다.

십공은 입술을 깨물며 오공에게로 시선을 돌렸다. 자신을 드러내지 않고 지금의 일을 원만히 해결하기 위해서는 그의 도움을 받을 수밖에 없었던 것이다.

"이런 경우에는 어떻게 해야 하는 것입니까?"

오공의 입가에 비릿한 미소가 스치고 지나갔다.

"본 마련은 일공의 지시가 있기 전까지 서로 간의 이해관계를 중재하지 않습니다. 즉 이번 일은 일공의 지시가 없었음으로 십공과 팔공께서 결정해야 합니다. 합의하에 정보를 공유하시든지 아니면 싸워서 혼자 얻으시든지 말입니다."

약육강식弱肉强食!

십마련은 자연의 최고 진리인 강자존强者存의 원칙에 따라 움직이고 있었다. 강자만 살아남는 세계, 이성을 가진 사람들이 가기에는 너무 비정한 길이었다. 하지만 대웅전에 있는

사람들은 어느 누구도 그것을 비정하게 생각하지 않았다. 일공과 이공을 제외한 나머지 모두는 그런 과정을 겪고 지금의 자리를 차지했기 때문이다.

십공은 오공의 대답에서 어제의 동지라도 필요하다면 하루아침에 적으로 바뀔 수 있는 십마련의 현실을 여실히 느낄 수 있었다. 이런 상황에서 자신의 모든 것을 드러내는 것! 목숨을 내어주는 것이나 다를 것이 없었다.

'좋다. 하지만 다음번에는…….'

십공은 얻는 것이 없는 싸움보다는 모욕을 선택하기로 결정했다.

"팔공은 어떻게 했으면 좋겠소?"

회의와 무관한 태도를 취하는 삼공과 육공 그리고 강호인들의 생활에 별다른 관심을 보이지 않는 구공을 제외한 나머지 모두의 입가에 경멸의 미소가 떠올랐다. 타협을 제시하는 십공의 태도가 그들의 눈에는 굴욕으로 보였던 것이다.

"저희가 가주령을 찾아 드리면 어떻겠습니까?"

"지금 그걸 말이라고 하는 것이오."

십공의 음성이 싸늘해졌다. 지금까지와는 확연히 다른 태도였다.

팔공은 더 이상 자신의 욕심만 내세울 수는 없다는 것을 깨달았다. 비록 병든 호랑이처럼 몸을 웅크리고 있는 십공이지만 저력만큼은 이곳에 있는 누구보다도 뛰어난 사람이었다. 그런 그와 반목해서 좋을 것이 없는 것이다.

"그럼 십공께서는 어떻게 했으면 좋겠습니까?"

"가주령을 찾는 동안만 우리가 데리고 있겠소. 대신 의원을 보내 수시로 진귀의 몸 상태를 확인할 수 있도록 해 드리고, 더불어 우리 일이 끝나면 조건 없이 넘겨 드리겠소."

팔공의 시선이 차분하게 가라앉았다.

'건강을 확인할 수 있고 나중에는 조건 없이 넘겨 받는다.'

전혀 손해날 것이 없는 타협안이었다. 아니 자신에게 절대적으로 유리한 조건이었다. 하지만 아직 한 가지 확인할 것이 남아 있었다.

"말은 할 수 있는 상태로 넘겨 주시겠죠?"

"이를 말씀이오."

"좋습니다. 십공의 의견을 따르겠습니다."

"고맙소."

팔공과 십공은 서로의 얼굴을 바라보며 만족스러운 미소를 지었다. 하지만 두 사람은 칠공의 시선이 묘하게 빛나고 있다는 사실을 모르고 있었다. 이런 상황 속에서 오공의 무심한 음성은 수그러질 수 있는 회의의 분위기를 다시 띄웠다.

"자, 그럼 두 사람의 대화는 끝난 것 같으니 다른 안건을 받겠습니다. 하실 말씀이 있으신 분 계십니까?"

"제가 한마디 하겠습니다."

지금까지 무관심으로 일관했던 구공이 입을 열었다.

"예. 말씀하십시오."

"요동의 절도사 후희일이 부관 이정기와 함께 근왕군勤王
軍 이만 명을 데리고 묘도열도廟島列島를 건너 등주登州로 향
하고 있습니다."

오공과 팔공이 말없이 고개를 끄덕였다. 그들도 알고 있
던 사실인 것이다.

"후희일과 이정기가 누구입니까? 바로 동이東夷 아닙니
까? 해서 저는 그들의 등주 상륙을 막을 것을 건의합니다."

칠공의 입이 또다시 비틀렸다.

"구공이 노리고 있던 곳인데 그들이 오면 목표가 틀어진
다고 사실대로 말하시는 것이 어떻겠소? 제발 좀 진실 되게
삽시다."

복면 사이로 드러난 얼굴만으로도 구공의 얼굴이 붉어졌
다는 것을 확인할 수 있었다. 하긴 진실 되게 살라는 말을 음
모와 계략이 판을 치는 사파의 사람에게 들었으니 그의 모멸
감은 더욱 심했을 것이다.

그러나 그의 모멸감 같은 것에 신경을 쓰는 사람은 이곳에
아무도 없었다. 진실 속에 속마음을 감춘 것도 신경 쓴 사람
이 없었지만 말이다.

삼공과 육공을 제외한 사람들의 시선이 오공에게로 모였
다. 일공이 없는 지금 이런 사항은 누가 뭐래도 오공의 입김
이 제일 컸기 때문이다. 아나나 다를까! 오공의 입이 열렸다.

"구공의 뜻은 잘 알겠습니다. 하지만 지금 당장은 등주의 군사만으로 그들을 막아야 합니다. 그래서 막을 수 있다면 좋겠지만 막지 못한다면 등주를 내어줄 수밖에 없습니다. 그러나 그들이 등주를 차고앉을 수는 없을 것입니다."

"방법이 있으십니까?"

"여러 가지 방법을 쓰겠지만 정 안 되면 청주靑州의 사조의를 이용해서라도 막겠습니다."

구공이 고개를 끄덕였다. 청주의 사조의라면 믿을 수 있었던 것이다.

"그럼 오공만 믿겠습니다."

"예. 믿으십시오. 그럼 이번 안건도 해결된 것으로 보겠습니다. 다음 안건을 말씀해 주십시오."

팔공의 손이 올라갔다.

"이번에는 제가 한 말씀 드리겠습니다."

"예. 말씀하십시오."

"지난 팔 개월 동안 우리는 사공과 오공을 믿고 수많은 제자를 희생시켰습니다. 하지만 독에 중독된 자들 중 죽은 사람은 겨우 여섯 명에 불과했습니다. 오공은 이 일을 어떻게 설명하시겠습니까?"

오공은 여유로운 표정으로 팔공을 쳐다보았다. 조금 전과 같은 상황만 아니라면 팔공은 손쉽게 다룰 수 있는 여인일 뿐이었다.

"팔공께서는 죽은 사람의 숫자만 들었을 뿐, 깨어난 사람이 하나도 없다는 얘기는 듣지 못하셨나 보군요. 사청당문은 절대 사공의 독을 해독할 수 없습니다. 독의 진행을 잠시 늦출 수 있을 뿐이지요. 그러니 공들께서는 걱정 마시고 처음의 계획대로 목표를 공략하십시오."

"믿어도 되겠습니까?"

"예. 믿으십시오."

십마련이란 이름 속에서 천하가 놀아나고 있었다.

소가주께 인사 올립니다

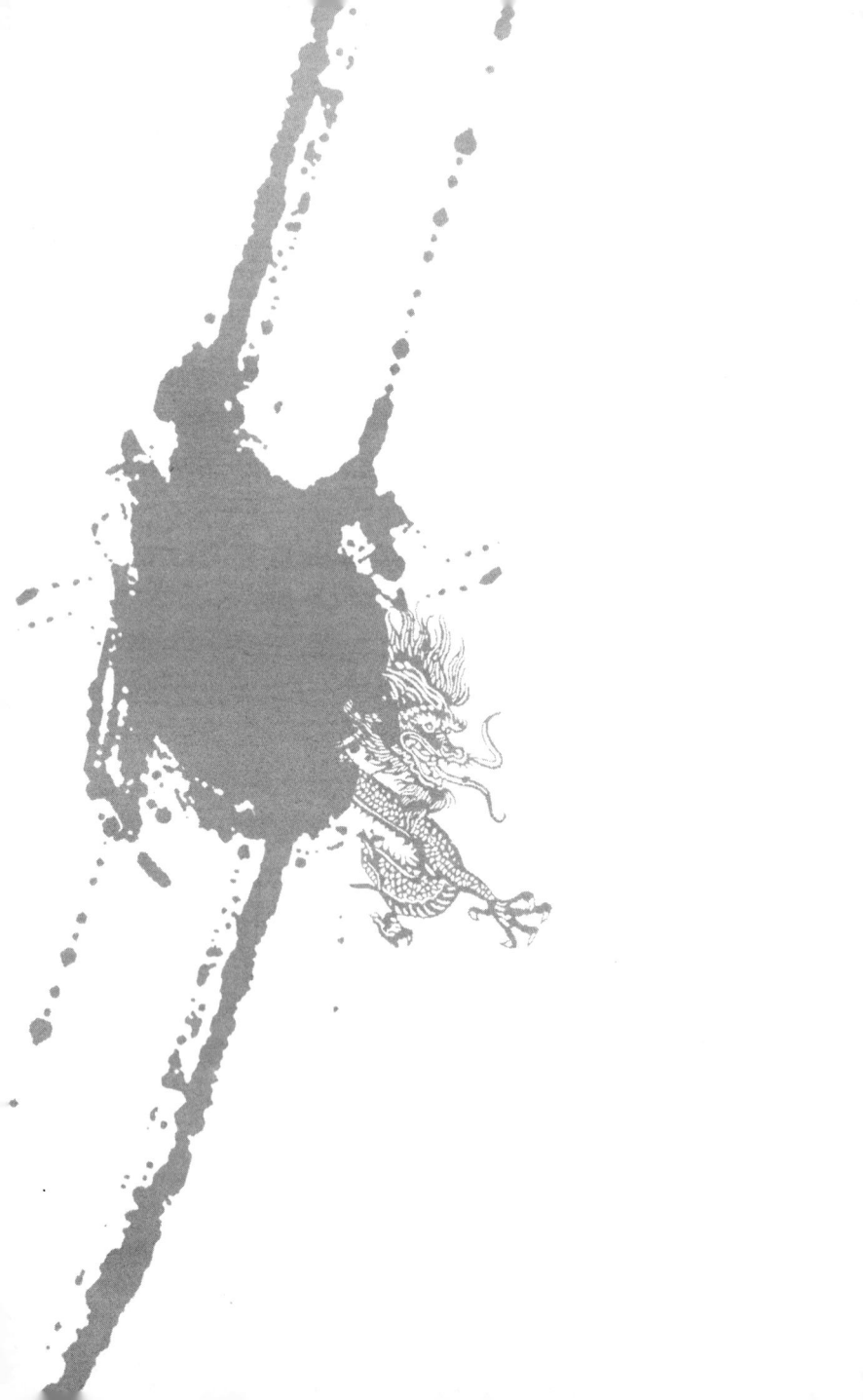

황보세가의 세심거洗心居!

세가의 제일 안쪽에 위치한 곳으로 전대 가주인 황보공릉이 세가의 업무를 현 가주에게 넘기고 물러나 앉은 곳이다. 그러나 가주 자리를 넘겨준다고 해서 제일 큰 어른이라는 지위까지 사라진 것은 아닌지라 세심거에는 언제나 손님이 북적거렸다.

황보공릉조차 세가에서 손을 떼자 이제는 세상사가 몰려든다고 할 정도였으니 그를 찾는 손님이 얼마나 많은지 알 수 있을 것이다. 그런데 그토록 붐비던 세심거가 오늘 완벽히 통제되고 있었다.

"어떻게 하면 좋겠습니까?"

오십 대 중반이라고 믿기지 않는 장대한 체구, 목이 보이지 않을 정도로 무성하게 기른 수염과 호랑이의 눈을 생각나게 하는 짙은 눈빛! 도와 권으로 일가를 이룬 황보세가의 현 가주 황보소명이었다.

그의 시선이 향하는 곳에 앉아 있는 백발의 노인이 눈을 떴다.

흰 수염을 가슴까지 늘어트린 채 눈을 감고 있을 때만 해도 고요한 호수가 연상되던 사람이었다.

그런데 눈을 뜬 순간 노인에게서는 세상을 질타하는 기세가 뿜어져 나왔다. 가히 사자의 눈빛이었다.

"산정아!"

"예. 할아버지!"

황보소명의 뒤에서 무릎을 꿇은 채 앉아 있던 천경도옹 황보산정이 공손히 머리를 숙였다.

"너는 어렸을 때부터 융이의 무공을 봐 왔다. 그런 네가 보기에 진귀의 무공은 어느 정도더냐?"

"……."

황보산정은 대답 대신 고개를 숙였다.

권절 황보융! 숙부라서가 아니라 무공과 호쾌한 기상, 그야말로 황보산정이 가장 닮고 싶은 초인이었다. 하지만 기세만으로 자신을 물러서게 만든 진귀 위지천은 숙부에 못지않은 사람이었다. 아니 더 강할지도 몰랐다.

황보산정은 더 강할지도 모른다는 그 말을 할 수가 없었다.

이런 그의 행동은 황보공릉의 얼굴에 검은 그늘을 만들었다.

"휴우!"

어렸을 때부터 권절 숙부가 온다는 소리만 들리면 자다가도 벌떡 일어나던 황보산정이었다. 그런 놈이 단순한 질문에도 대답을 못 하다니…….

황보공릉은 진귀 위치천의 무공이 어느 정도인지 짐작이 갔다.

하긴 칠귀와 오절을 가른 것은 무공의 높낮이가 아니라 강호에 나타난 시기이니 칠귀와 비슷한 수준으로 평가받는 권절을 진귀가 누르는 것은 어찌 보면 당연했다.

황보공릉의 시선이 황보소명에게로 돌려졌다.

"가주!"

"예. 아버님!"

"융이는 언제 오는가?"

"비무첩을 받고 바로 사람을 보냈으니 조금 있으면 도착할 것입니다."

"진귀는?"

"신시에 온다고 했습니다."

"신시라! 그도 조금 있으면 도착하겠구먼."

"예. 그럴 것입니다."

황보공릉이 의자에 몸을 기대며 가라앉은 음성으로 황보소명을 불렀다.

"가주!"

"예. 아버님!"

"가주가 생각하기에 우리에게 융이는 어떤 사람인가?"

십칠존 중의 한 명인 권절 황보융! 단순히 생각하면 그냥 황보세가의 대표 무인이었다. 하지만 황보소명은 그렇게 대답할 수가 없었다. 황보공릉의 말에 무언가 뜻이 담겨 있었기 때문이다. 잠시 고민을 한 황보소명은 조심스럽게 입을 열었다.

"황보세가의 모든 것입니다."

대답을 한 후에도 황보소명은 황보공릉의 얼굴에서 눈을 떼지 않았다.

'휴우!'

황보소명은 소리 나지 않게 안도의 한숨을 내쉬었다. 황보공릉의 얼굴에 미소가 떠올랐기 때문이다.

"맞네. 융이는 황보세가의 모든 것이네. 그래서 하는 말인데 나는 이번 대결에 융이를 뺐으면 하네."

"아버님!"

황보소명의 얼굴에 놀란 빛이 가득했다. 현재 강호에서 결투를 가장 많이 한 사람 열 명을 꼽으라면 능히 다섯 손가락 안에 들어가실 아버지였다. 그런데 그런 분의 입에서 결투를 피하라는 말이 나온 것이다.

'이제 늙으셨단 말인가!'

그것 외에는 지금의 상황을 설명할 말이 없었다. 물론 비무첩이 정한 상대가 자신이었으니 융이가 빠진다고 해도 비무첩을 이행하지 않는 것은 아니었다.

그러나 단체의 대표에게 비무첩을 띄우는 이유는 꼭 대표와 싸우고 싶어서 하는 행동이 아니었다. 그 단체의 최고 고수와 붙고 싶다는 표현인 것이다.

그럼에도 황보융을 내보내지 말자는 얘기는 황보융의 패배를 직감했다는 것이었다.

황보소명의 표정이 심각하게 변했다. 흰머리가 하나씩 보이기 시작한 이후로 아버님의 뜻을 어겨 본 적이 없는 그였다.

하지만 이번 일만큼은 쉽사리 받아들일 수 있는 것이 아니었다. 융이가 나서지 않으면 권절이 패배가 무서워 결투를 피했다고 알려질 것이고, 그것은 권절의 패배보다 더 큰 충격으로 다가올 것이었다.

황보소명은 굳은 시선으로 황보공릉을 바라보았다.

"융이가 나서지 않으면 강호인들은 권절이 패배가 무서워 결투를 피했다고 알려질 것입니다."

황보공릉은 말없이 고개를 끄덕였다.

황보소명의 말이 이어졌다.

"아버님! 융이가 바로 십칠존 중의 한 명 권절입니다. 융이를 믿어 보시지요."

황보소명은 권절의 패배보다 결투를 피했다는 소문이 더 무섭다는 말을 할 수가 없었다.

"휴우!"

황보공릉이 한숨을 길게 내쉬었다.

"내가 어찌 가주의 걱정을 모르겠는가! 하지만……."

황보공릉은 황보소명의 걱정이 무엇인지 알고 있었다. 하지만 말로만 그런 것이 아니라 진짜로 권절은 황보세가의 모든 것이었다. 창귀가 제남을 침범하지 않은 것도 황보세가 때문이 아니라 권절 때문이라는 것을 그는 잘 알고 있었다.

황보소명은 조심스럽게 다시 입을 열었다.

"아버님! 이 일을 융이가 직접 결정하게 하면 어떻겠습니까?"

황보공릉은 대답 대신 시선을 허공으로 돌렸다. 자신과 가장 많이 닮은 놈이 융이었다. 지금 이런 이야기가 오가는 것만으로도 모욕을 느낄 놈인 것이다.

"휴우!"

답답하니 그저 한숨만 흘러나왔다.

'진귀가 위지세가의 소가주라는 것이 확인만 된다면…….'

피할 수 없다면 권절의 패배가 낭인처럼 들리는 진귀라는 이름에서가 아니라, 위지세가의 소가주라는 이름 아래 이루어지는 것이 최선이었다. 아직도 굳건히 천하제일세가라는

이름을 지키는 위지세가였다. 그 세가의 소가주에게 당한 패배라면 그리 문제될 것이 없었던 것이다.

'연화이십팔숙이라면 확인해 줄 수…….'

황보공릉의 시선이 반짝였다. 이제야 연화이십팔숙을 떠올린 자신이 한심스러웠다.

"가주!"

"예. 아버님!"

"지금쯤이면 이곳으로 오는 연화이십팔숙이 있을 것이네. 그들을 찾아서 최대한 빨리 이곳으로 모시게 오게."

황보소명은 황보공릉의 지시를 이해할 수가 없었다. 하지만 매우 다급히 서두르는 모습에서 이번 일이 매우 중요하다는 것은 느낄 수 있었다. 황보소명은 서둘러 세심거를 빠져나갔다. 황보세가가 분주해지고 있었다.

황보위진 진천하!

'황보세가가 일어나면 천하가 떤다.'는 광오한 문구가 새겨진 정문의 편액 아래 수많은 사람이 모여 있었다. 진귀 위지천과 권절 황보융이 대결한다는 소문을 듣고 찾아온 사람들이었다.

"이보게! 날세. 한 달에 한 번은 어르신을 찾아뵙는 진가장의 진유번일세."

"안 됩니다. 오늘은 노가주님께서 어떤 손님도 받지 않겠

소가주께 인사 올립니다 309

다고 했습니다."

"어이, 장보! 날세. 안에 내가 도착했다고 연통 좀 넣어주게."

수많은 사람이 정문 위사를 붙잡고 통사정하고 있지만 어느 누구도 정문을 통과하지 못하고 있었다.

그때였다. 군중들 뒤쪽에서 엄청난 함성이 터져 나왔다.

"와아! 권절 황보융 대협이다."

함성과 함께 좌우로 갈라진 군중들 사이를 걸어오는 사내가 있었다. 육 척에 가까운 키에 떡 벌어진 어깨와 굵은 허리, 보는 것만으로도 기가 질리는 팔뚝 두께와 보통 사람의 한 배 반은 되어 보이는 커다란 손. 그야말로 한 마리의 곰이었다.

도를 든 두 사람의 호위를 받으며 여유롭게 걸음을 옮기는 사십 대 중반의 이 사내가 바로 권절 황보융이었다. 보통 사람이면 쑥스러워할 정도의 인파임에도 권절은 이런 일을 자주 겪는 듯 담담한 표정으로 정문을 향해 다가갔다.

그 순간 또 다른 함성이 군중 뒤쪽에서 터져 나왔다.

"진귀 일보곤명 위지천 대협이다."

강호에서 삼십도 되지 못한 나이에 대협으로 불린 사람은 극히 드물었다. 하지만 위지천은 십칠존 중의 한 명이며 수많은 사람의 목숨을 앗아 간 창귀를 제거한 사람이었다. 대협이라는 칭호가 전혀 어색하지 않은 것이다.

우뚝!

안으로 들어가려던 권절이 걸음을 멈추며 뒤를 돌아보았다.

등에 단창을 꽂은 젊은이의 호위를 받으며 걸음을 옮기는 이십 대 중반의 청년이 눈에 들어왔다. 오 척 칠 촌 정도의 키에 평범한 얼굴, 무기라 보기 어려운 시커먼 쇠몽둥이를 허리춤에 매단 채 다가오는 모습이 그야말로 평범한 그 자체였다.

하지만 권절은 옷으로 감춰진 청년의 몸에서 운동으로 다져진 짜임새 있는 몸매를 볼 수 있었다.

자신처럼 근육이 많은 몸은 아니었지만 골고루 잘 발달된 뼈와 근육은 그야말로 나무랄 것이 없었다. 그리고 특히 눈에 띄는 것은 샛별처럼 빛나는 청년의 두 눈이었다.

'멋지군!'

권절의 입가에 미소가 떠올랐다. 칠귀를 누른다는 진귀라는 명호는 이미 그의 뇌리에서 사라진 지 오래였다. 지금 그의 뇌리를 가득 채우는 것은 오랜만에 결투다운 결투를 할 수 있는 상대를 만났다는 것뿐이었다.

위지천도 선이 굵은 권절의 얼굴을 보며 미소를 지었다. 강한 기세와 부드러운 미소, 권절 황보웅은 참으로 멋진 사내였던 것이다.

"권절 황보웅 대협을 뵙습니다."

"크하하하!"

포권의 예를 취하는 위지천을 바라보던 권절의 입에서 커다란 웃음소리가 터져 나왔다.

　"대협은 무슨 대협! 그냥 선배라고 부르게."

　"그래도……."

　"그럼 나도 자네를 진귀 대협이라 부르겠네."

　빙긋이 웃으며 말하는 권절의 모습에서 위지천은 더 이상 고집을 피울 수 없음을 깨달았다.

　"알겠습니다. 그럼 선배님이라고 부르겠습니다."

　"그거야 자네가 결정할 일이지. 자, 어서 들어가세."

　권절은 두툼하면서도 커다란 손을 옆으로 내밀어 위지천의 길을 열어 주었다. 결투를 앞두고 있는 상대가 아니라 마치 오랜만에 만난 동생을 대하는 듯한 권절의 태도에 위지천은 곤란스럽기 그지없었다.

　하지만 죽음의 전장을 헤매던 위지천이었다. 이런 정도의 곤란스러움은 아무것도 아니었다.

　곧바로 표정을 회복한 위지천은 담담한 얼굴로 손을 내밀었다.

　"앞장서시지요. 뒤따르겠습니다."

　권절의 입가에 다시금 미소가 떠올랐다. 상대를 배려하면서도 전혀 꿀리지 않는 태도가 마음에 들었던 것이다.

　"알았네."

　성큼성큼!

강한 기세가 느껴지는 거구의 사내와 지극히 평범해 보이는 사내가 정문에 걸린 편액을 동시에 지나치고 있었다.

황보세가의 명륜각銘綸閣!

황보세가의 빈객청 중 최고라 할 수 있는 곳으로 오대세가와 팔대문파의 제자라고 해도 장로 급이 아니면 들어설 수 없는 곳이었다. 입구에 잘 다듬은 돌로 만들어진 커다란 연무장이 있어 비무를 하기에도 최적의 장소인 그곳에 위지천과 구사우가 들어섰다.

평소 같았으면 전대 가주와 현 가주를 포함해 수많은 사람이 기다리고 있을 곳이었다.

그런데 오늘은 어찌 된 일인지 손님 시중을 드는 두 명의 시녀와 명륜각의 경비를 맡고 있는 다섯 명의 무사만이 연무장을 지키고 있었다. 권절의 얼굴에 의아한 표정이 떠올랐다. 이런 일은 처음이었던 것이다.

"아직 준비가 덜 된 것 같으니 잠깐만 쉬고 있게. 형님을 뵙고 어찌 된 일인지 알아보겠네."

"알겠습니다."

권절의 시선이 명륜각 입구에 서 있는 시녀에게로 옮겨졌다.

"잘 모시어라."

말을 끝낸 황보융은 곧바로 몸을 돌려 내당을 향해 걸어가기 시작했다. 삶과 죽음을 놓고 결투할 상대를 손님으로 대접하는 모습에서 죽음을 두려워하지 않는 권절의 호쾌한 기상이 드러났다.

일반적인 무인이었다면 그런 모습에서 깊은 감명을 받았을 것이다.

그러나 위지천은 일반적인 무인이 아니었다. 전장에서 수많은 죽음을 목격한 사람인 것이다. 그에게 죽음은 결코 미화될 수 없는 현실이었다. 권절의 행동이 멋져 보이기는 하지만 마음으로 받아들여지지 않는 이유였다.

"안으로 드시지요. 차를 준비하겠습니다."

위지천은 고개를 가로저은 후 자리에 주저앉아 눈을 감았다. 자신은 손님으로 이곳으로 온 것이 아니라 비무를 하기 위해서 왔기 때문이었다.

일각, 이각, 삼각…….

시녀의 난처한 표정 속에서도 시간은 빠른 속도로 흘러갔다. 한 시진이 지났을 무렵 마침내 한 사람이 명륜각에 모습을 드러냈다.

"나 때문에 이런 짓을 벌인 것이오?"

명륜각에 들어선 사람은 뜻밖에도 천경도웅 황보산정이었다.

피식!

어느 누가 시비를 건 자와 같이 있었다는 이유만으로 가문에 비무첩을 보내겠는가! 참으로 단순한 사내였다. 하지만 그만큼 순수하다는 뜻이니 기분 나쁠 것은 없었다.

위지천은 자리에서 일어났다.

"그럴 리가 있겠소. 그나저나 금방 오시겠다던 권절 대협 께서는……."

황보산정은 급한 성격을 표현이라도 하듯 위지천의 말을 중간에서 잘랐다.

"그렇지 않아도 그 일 때문에 왔소. 조금 있으면 날이 어 두워지니 결투를 내일 진시로 미루었으면 좋겠다는 아버님 의 뜻을 가지고 왔소. 받아들이시겠소?"

위지천은 날카로운 시선으로 황보산정을 바라보았다.

'무슨 꿍꿍이지?'

이제 와서 결투 시간을 늦추려고 하는 이유가 궁금했다. 하지만 황보산정의 얼굴에서는 이상한 점을 찾을 수가 없었 다. 그가 음흉한 성격이 아니라는 점을 감안하면 결투를 늦 추려는 이유가 진짜로 시간 때문이거나 아니면 황보산정만 모르는 것이었다.

"받아들이겠소."

문제는 바로 이것이었다. 받아들이는 것 외에는 다른 방 법이 없다는 것 말이다.

"고맙소. 그럼 내일 아침에 봅시다."

그 말을 끝으로 황보산정은 명륜각을 떠났다.

"왠지 기분이 안 좋습니다."

구사우가 걱정스러운 얼굴로 다가왔다.

"나도 그렇기는 하다만… 아무튼 조심해야겠다."

"알겠습니다."

위지천의 시선이 아직도 명륜각 입구에 서 있는 시녀에게로 돌려졌다.

"식사를 하고 싶은데 준비해 줄 수 있겠소?"

"지금 바로 준비하겠습니다."

시녀의 표정이 그제야 밝아졌다.

늦은 저녁!

슈슉! 휘리릭!

바람을 가르는 소리와 함께 나직한 음성이 연무장에 울려 퍼졌다.

"창술이 감고拏(나) 쳐 내고攔(란) 찌르는扎(찰) 요결로 이루어졌다는 것 정도는 너도 알고 있을 것이다. 하지만 지금 네가 배우는 창술에는 흩트리고散(산) 부수고破(파) 뚫는穿(천) 요결이 포함되어 있다. 그중에서 오늘 네가 배운 것은 쳐 내고 찌르는 요결로 만들어진 이초식과 흩트리고 부수는 요결로 이루어진 삼초식이다. 다시 한 번 해 보겠다."

위지천이 동작을 선보이면 구사우가 따라하는 식의 무공 전수가 진한 달빛 속에서 이뤄지고 있었다.

무공 전수 때문일까!

명륜각을 호위하는 무사들의 모습이 보이지 않고 있었다.

위지천은 창을 내리며 뒤로 물러섰다. 이제 구사우 혼자서도 무난히 초식을 구사하고 있었기 때문이다. 그러나 그의 시선은 여전히 구사우를 향하고 있었다.

"호흡을 놓치지 마라."

"보법이 받쳐 주지 못하는 무공은 허수아비의 춤보다 못하다. 손과 발의 움직임을 일치시켜라."

"오른손의 높이가 한 치 낮다. 초식을 구사함에 있어 한 치의 오차는 삶과 죽음만큼이나 먼 거리다. 또 낮다."

연속되는 위지천의 지적 속에서 구사우의 초식이 조금씩 다듬어져 가고 있었다.

"헉! 헉!"

평소에 쓰던 오 척 단창이 아니라 칠 척의 장창이라고 해도, 나뭇가지에 자그마한 창날을 단 창이 무거워 봐야 얼마나 무겁겠는가! 하지만 이 순간 구사우에게 창은 천근 바위보다 무거웠다. 대파심결이 익숙하지 않은 구사우에게 조금의 오차도 인정하지 않은 위지천의 무공 전수는 그야말로 지옥이나 다름이 없었던 것이다.

"그만! 오늘은 여기까지 하겠다."

털썩!

구사우는 말이 떨어지지가 무섭게 바닥에 주저앉았다. 그러나 위지천은 바닥에 앉아서 쉴 틈도 주지 않았다.

"들어가서 씻고 심결을 수련하도록 해라."

"끄응!"

구사우는 축 늘어진 몸을 억지로 일으켰다.

지금의 수련이 어떤 능력을 가져다줄지 알고 있는 그로서는 위지천의 지시를 어길 수가 없었다. 그에게 지금의 고통은 불행이 아니라 행복의 문을 여는 열쇠였기 때문이다.

터벅터벅!

구사우가 힘들게 걸음을 옮겨 명륜각 안으로 사라졌다.

위지천은 기다렸다는 듯 좌측의 숲을 향해 몸을 돌렸다.

"이제 그만 나오시지요."

"허허허! 이것 참!"

흰 수염을 가슴까지 늘어트린 황보공릉이 멋쩍은 웃음소리와 함께 나무 뒤에서 모습을 드러냈다.

위지천은 두 손을 모아 포권의 예를 취했다. 한눈에 그가 누구인지 알아보았던 것이다.

"투권 황보 어르신을 뵙습니다."

"허허허! 투권이라… 오랜만에 들어 보는 명호구나. 그래. 그대가 위지세가의 소가주이며 강호의 신성으로 불리는 진귀 일보곤명 위지천인가?"

"위지가로 돌아가려는 사람은 맞습니다만 신성이라는 칭호는 과분합니다. 그냥 위지천이라 불러 주십시오."

과하지도 모자라지도 않는 위지천의 행동에 황보공릉은 만족스러운 표정을 지었다. 일파의 종주에게서나 볼 수 있는 행동이었다. 위지세가의 소가주라는 소문이 사실일 것이라는 심증이 굳어지고 있었다.

"내가 온 지는 언제 알았는가?"

"대략 한 시진쯤 되었습니다."

황보공릉의 눈에 기광이 스치고 지나갔다. 한 시진이면 자신이 이곳에 온 시간이었다. 자신의 도착과 동시에 자신을 느꼈다는 말이었다.

"그럼에도 무공을 전수했다는 말인가?"

"한낱 형에 불과한 것입니다. 본다고 무엇이 달라지겠습니까?"

황보공릉의 눈이 커졌다. 초식을 한낱 형이라 표현한다는 것은 초식에 담긴 뜻을 보았다는 말이나 다를 것이 없었다. 황보공릉은 격동하는 마음을 애써 억눌렀다.

"자네는 어떤 무공이 제일 강하다고 생각하는가?"

"저는 상대를 쓰러트리는 무공만 있을 뿐 제일 강한 무공은 없다고 생각합니다."

"초식이나 무공의 위력은 중요하지 않단 말인가?"

"아무리 모양새가 좋고 위력이 좋아도 상대를 쓰러트리지 못하면 한낱 죽은 무공입니다. 어찌 그런 것에 구애를 받겠습니까?"

황보공릉은 더 이상 할 말이 없었다.

"모양새나 위력이 아니다. 허허허! 자네는 무초無招의 결結을 보았구먼."

"무초의 결을 보았는지는 모르겠지만 아직 잊지 못한 초식이 그리 많지는 않습니다."

황보공릉은 허탈한 표정으로 하늘을 올려다보았다.

'융아! 너를 도와줄 수 없을 것 같구나.'

황보공릉이 이곳에 온 목적은 권절에게 도움이 될 만한 것을 찾기 위해서였다. 기회만 된다면 비무도 한 번 해볼 생각이었다. 그런데 결과가 너무 암담했다.

"내일 어디까지 갈 생각인가?"

"저는 비무가 필요할 뿐입니다."

순간 황보공릉이 시선이 위지천에게로 돌려졌다.

"세상의 눈을 원하는 것인가?"

위지천은 아무런 대답도 하지 않았다.

"그랬군. 역시 그랬어. 황보세가의 위치가 자네를 부른 것이었어. 허허!"

씁쓸한 여운이 남는 황보공릉의 처연한 웃음이었다.

위지천은 고개를 숙였다.

"죄송합니다."

"자네가 죄송할 것이 무엇인가! 황보세가의 위치 때문인 것을. 그나저나 가문을 지키고자 하는 나의 늙은 아집 때문에 자네 계획을 망치게 생겼으니 이 일을 어찌하면 좋은가!"

"무슨 말씀이신지……."

"연화이십팔숙을 찾아 이곳으로 데려오라는 지시를 내렸네."

황보공릉은 모든 사실을 털어놓고 있었다. 적보다는 친구라는 이름으로 엮이는 것이 좋은 사람! 황보공릉이 생각하는 위지천이었다.

연화이십팔숙! 위지세가의 힘이라 불리는 스물여덟 명의 무인!

위지대운의 명에 의해 끊임없이 자신을 찾아다니던 자들이었다. 미리 만나서 좋을 것이 없는 사람들인 것이다. 하지만 어쩌겠는가! 이미 지나간 일인 것을…….

"어차피 만나야 할 사람입니다. 마음에 두지 마십시오."

"자네가 그렇게 생각해 준다니 고맙네. 그럼 그만 쉬게. 내일 아침에 보세."

"예. 편히 쉬십시오."

황보공릉의 등을 쳐다보는 위지천의 입 꼬리가 위로 말렸다.

'호랑이가 늙은 여우로 변한 꼴이군!'

나이가 들수록 아집과 독선, 물질에 대한 탐욕이 더욱 심해진다고 했던가!

위지천은 솔직히 순간적으로 태도를 바꾸는 황보공릉이

마음에 들지 않았다. 하지만 마음에 드는 사람하고만 살 수 없는 것이 세상사였다. 친구가 되지는 못하겠지만 굳이 적으로 만들 필요는 없는 것이다.

이른 새벽!

평상시대로 운기조식을 하며 내공을 다스리던 위지천의 이마에 川(천) 자가 그려졌다. 삼십 장 밖에서 빠른 속도로 다가오는 사람들이 느껴졌기 때문이다. 인원은 네 명, 그중에 한 명은 황보산정이 분명했다.

'나머진 연화이십팔숙이겠지.'

공공연히 자신을 찾아올 자들은 그들뿐이었다.

위지천은 온몸에 가득 찬 자연의 기운 일부를 하단전으로 돌리며 눈을 떴다. 결가부좌의 자세로 앉아 있는 구사우가 눈에 들어왔다. 여전히 미약한 기운! 자신의 내공을 대파심결에 담기에는 시간이 제법 필요할 듯싶었다.

위지천은 아주 조용히 자리에서 일어나 명륜각 입구를 향했다.

펄럭! 파바박!

연꽃무늬가 새겨진 검은색 무복에 검은 방갓을 쓴 세 명이 위지천의 앞에 내려섰다.

빠른 속도도 속도지만 마치 한 사람이 움직이는 듯한 세 명의 움직임에서 위지세가가 어째서 천하제일로 불리는지를

알 수 있었다.

선두에 선 자의 시선이 위지천의 눈을 향했다.

'삼성 점!'

한 가지는 확인했다. 그럼 나머지를 확인할 차례였다.

"왼쪽 어깨를 보여 주시겠습니까?"

위지천은 말없이 왼쪽 어깨를 가리고 있던 옷을 젖혔다. 멀리서도 한눈에 알아볼 수 있는 불꽃 문양의 흉터가 으스름한 새벽빛에 드러났다.

위지천이 세 살 때 나무에서 떨어져 생긴 상처의 흔적으로 세가 내에서도 유모와 시녀 그리고 위지대운만 알고 있던 비밀이었다.

위지대운의 심복이라고 자처하는 연화이십팔숙조차도 위지천을 찾으러 나오기 전까지는 모를 정도로 깊이 감추어진 신체적 특징인 것이다. 연화이십팔숙 중 세 명이 한쪽 무릎을 땅에 대며 고개를 숙였다.

"진법전 소속 연화이숙과 오숙, 십이숙이 소가주께 인사 올립니다."

옆으로 물러나 연화이실팔숙과 위지천의 행동을 번갈아 쳐다보던 황보산정의 얼굴에 의아한 빛이 떠올랐다. 소가주로 인정받은 것을 기쁘게 생각할 줄 알았던 위지천의 얼굴이 생각보다 냉랭했기 때문이다.

그러나 그런 표정도 잠시 뿐이었다. 연화이십팔숙의 표정을 살피기 위해 잠시 옆으로 눈을 돌린 사이 위지천은 어느새 평상시의 담담한 표정을 되찾고 있었기 때문이다. 황보산정은 조금 전에 보았던 표정이 사실인지조차 장담할 수 없을 정도로 모호한 기분에 휩싸였다.

그런 황보산정을 현실로 돌아오게 만든 것은 위지천의 차분한 음성이었다.

"그만 일어나시오."

"감사합니다. 소가주!"

연화이십팔숙은 서둘러 자리에서 일어나 복장을 가다듬었다.

"그대들이 올 거라는 얘기는 황보 어르신께 들었소. 그래. 이곳까지 무슨 일이오?"

"가주께서는 지난 세월 동안 하루도 빠짐없이 소가주를 찾으셨습니다. 오늘 중으로 네 명이 더 합류할 것이고 내일이면 세 명이 더 합류할 것입니다. 저희들이 세가까지 무사히 모시겠습니다."

으드득!

위지천은 표시나지 않게 이빨을 악물었다. 복수에 얽매이지 않을 것이라고 말은 했지만 할아버지를 죽인 원수의 수족이라고 생각하니 솟구치는 분노를 참기가 어려웠다. 하지만 아직은 참아야 했다.

"알았소. 대신 이곳에서의 약속이 있으니 오후에 떠나는 것으로 합시다."

"명을 받듭니다."

솔직히 동행하고 싶지 않은 자들이었다.

하지만 거부한다면 모양새가 이상해질 뿐만 아니라 암수를 쓰게끔 만드는 요인이 될 수도 있었다. 보이지 않는 곳에서의 공격보다는 옆에 두고 경계하는 것이 훨씬 쉬웠다.

높다란 나무 끝에 매달린 태양에서 뿜어져 나온 햇빛이 지난 밤 사이 차가워진 공기를 따뜻하게 데워 주는 시각!

뚜벅! 뚜벅!

권절 황보용을 선두로 한 황보세가의 무인 일곱 명과 제남의 무인 세 명이 아지랑이가 피어오르는 길을 따라 명륜각을 향하고 있었다.

이번 비무는 여러 가지가 이상했다. 비무를 누구보다도 좋아하는 황보공릉이 참석하지 않은 것도 특이한 일이지만, 결투가 있을 때마다 오십 명 이상을 초대하던 황보세가가 이번에는 세 명만 초대한 것도 극히 이례적인 일이었던 것이다.

이런 분위기를 반영이라도 하듯 명륜각에 들어서는 권절의 표정이 어두웠다. 그러나 공손히 머리를 숙이는 위지천의 얼굴을 본 순간 권절의 표정이 밝아졌다.

"여의치 않은 사정으로 인해 어제 약속을 못 지켜서 미안하네."

"아닙니다."

위지천의 입가에 환한 미소가 그려졌다. 다른 사람은 몰라도 권절만큼은 무인의 삶에 대해 확고한 의지를 가지고 있는 사람이었다. 서로 간의 의견 차이는 있을지 몰라도 그는 믿을 수 있는 사내였다.

"준비는 충분히 했는가?"

"예."

"그럼 바로 시작하는 것이 어떻겠는가?"

"선배님의 뜻에 따르겠습니다."

권절의 입가에 미소가 떠올랐다.

"좋아! 시작하세."

위지천은 현호도를 풀어 구사우에게 넘긴 후 연무장 중앙을 향했다.

순간 앞으로 걸어 나오던 권절의 입가에 미소가 사라졌다.

"나를 무시하는 것이냐?"

"아닙니다."

"하면 어째서 무기를 뽑지 않는 것이냐?"

"목숨을 빼앗는 것은 무기가 아니라 마음이라고 배웠습니다. 무기가 있고 없음에 다른 것이 없는데 무기를 들지 않는다고 달라질 것이 있겠습니까?"

권절의 표정이 굳어졌다.

'이놈 진짜다.'

처음 볼 때부터 평범하지 않다는 것은 알았지만 이 정도일 것이라고는 생각해 본 적도 없었다. 이제야 아버님이 결투를 막은 이유를 알 것 같았다. 왠지 이번 결투는 자신의 패배로 끝날 것 같았다. 하지만 그 또한 기다리던 바였다.

권절의 입가에 다시 미소가 떠올랐다.

"나는 너를 한 사람의 무인으로 생각하고 최선을 다할 것이다."

"원하는 바입니다."

"죽을 수도 있다."

후배를 가르치는 비무가 아니라 생사를 가르는 결투를 하겠다는 말이었다. 권절의 입에서 흘러나온 말인 만큼 무게가 남달랐다. 조금 전까지만 해도 훈훈한 기운이 감돌던 연무장의 분위기가 순식간에 차가워졌다.

위지천은 담담한 표정으로 권절의 말을 받아넘겼다.

"비무첩을 보낼 때부터 각오하고 있던 일입니다."

"그래. 그랬단 말이지."

같은 말을 반복하는 권절의 몸에서 기세가 뿜어져 나왔다.

뚜벅! 뚜벅!

거대한 벽! 그렇게 밖에 말할 수 없었다. 권절이 삽시간에 파고들 곳이 전혀 보이지 않는 거대한 벽으로 변해 위지천을 압박하기 시작했다.

위지천은 왼발을 앞으로 내밀며 자세를 낮추었다. 왼발에 중심을 두되 언제든 오른발을 이용해 치고 나갈 수 있도록 오른발에도 힘을 배분한 자세였다.

권절의 표정이 굳어졌다. 한 번도 보지 못한 기수식이었다. 특별한 것도 없었다. 그냥 평범한, 아니 극히 단순한 기수식이었다. 그런데 빈틈이 보이지 않았다. 왼쪽을 공격하면 곧바로 오른발이 날아올 것 같고, 그렇다고 오른쪽을 공격하자니 앞으로 내민 왼손이 부담스러웠다.

권절의 행동이 공격도 아니고 그렇다고 수비도 아닌 엉거주춤한 자세로 변했다.

그 순간이었다.

파바박!

위지천이 이때를 기다렸다는 듯 땅을 박차고 튀어나왔다. 순식간에 삼 장의 거리가 일 장 반으로 줄어들었다.

순식간에 허점을 파고드는 위지천을 행동을 보고서야 권절은 위지천의 자세를 이해했다. 놈은 무인의 자세를 취한 것이 아니었다. 싸움을 수없이 해 본 자들만이 만들어 낼 수 있는 실전의 자세를 취하고 있었던 것이다.

싸우는 형태로 보아 무인의 싸움은 아니었다. 그렇다면… 전쟁! 그렇다. 이놈은 전쟁을 겪은 놈이었다. 이런 자들과의 대결에서 뒤로 물러서는 것은 극히 위험한 행동이었다.

"하앗!"

권절은 커다란 기합 소리와 함께 앞으로 걸음을 내디뎠다.

무엇이든지 부숴 버릴 수 있는 절대 강强! 권절이 택한 대응 방식이었다. 권절의 의념에 따라 움직이는 내공이 주먹으로 모이며 강한 파괴력이 만들어졌다.

"타아앗!"

권절은 앞으로 달려오는 위지천의 얼굴을 향하는 오른 주먹을 날렸다. 무슨 거창한 초식을 사용한 것은 아니었다. 그저 삼 갑자의 내공이 담긴 강한 주먹! 강한 파괴력이 담긴 주먹일 뿐이었다.

그러나 결코 쉽게 막을 수 있는 공격이 아니었다. 주먹의 크기도 크기지만 순식간에 몰아치는 해일처럼 다가가는 주먹이었으니 피하기도 쉽지 않을 것이다. 이런 경우에 상대가 취할 수 있는 방법은 오로지 뒤로 물러서는 것뿐이었다.

그럼 곧바로 앞으로 나아가 더 큰 힘이 모여 있는 왼 주먹을 휘두르면 끝나는 일이었다. 설령 상대가 그 주먹을 막더라도 이미 기회는 자신에게 넘어온 것이니 그다음부터는 자신의 뜻대로 결투를 이끌어 나갈 수 있었다.

그러나 세상일은 왕왕 예상과 달라지는 것이 현실이었다. 상대가 피하는 대신 두 손으로 얼굴을 가리며 더욱 빠른 속도로 달려들고 있었던 것이다.

퍼억!

평소 같으면 엄청난 충격음이 터졌어야 옳을 일이었다. 그런데 상대가 달려들음으로 인해 거리가 좁혀졌고 그것은 정확한 타격을 어렵게 만들었다.

'우욱!'

권절은 오른손이 시큰했다. 충돌 시 약간 비틀려서 맞은 것이 원인이었다. 그러나 내공에 문제가 없는 이까짓 통증에 흔들릴 그가 아니었다. 게다가 지금의 상황이 자신의 예상과는 달라졌지만 내공을 모은 왼손이 뒤를 받치고 있는 것은 변함이 없었다.

부우웅!

정확히 맞은 것이 아니기에 약간 뒤로 밀려나는 정도에 그친 상대를 향해 권절의 주먹이 바람을 가르며 날아갔다.

그때였다.

위지천의 두 발이 현란하게 움직이더니 순식간에 권절의 가슴을 파고들었다. 눈으로 보면서도 믿기지 않을 정도의 빠른 움직임! 창귀를 혼란에 빠트릴 때처럼 극성으로 펼친 것은 아니지만 그것만으로도 권절을 흔들기에는 충분했다.

"허억!"

놀란 외침과 함께 권절의 몸이 비틀렸다. 허공에서 멈춘 왼손이 그의 급박함을 보여 주고 있었다. 그러나 그는 역시 십칠존 중 수위에 드는 권절이었다. 엄청난 속도로 파고드는 상대를, 몸을 비트는 것만으로 공격권에서 벗어난 권절은 허공에서 멈춘 주먹을 장으로 바꿔 눈앞에 보이는 상대의 옆구리를 쳐 갔다.

위지천의 얼굴에 미소가 떠올랐다. 처음 공격을 막은 것도 두 번째 귀령월간도 그가 노리는 것이 아니었다. 그가 노리던 것은 바로 지금처럼 상대가 고정된 자세로 온 힘을 다해 공격하는 순간이었다.

위지천은 권절을 향해 길게 뻗어 있는 왼발을 축으로 삼아 미끄러지듯 상대의 밑을 파고들었다.

툭!

권절은 자신의 팔꿈치가 상대의 손에 의해 힘없이 공중으로 들리는 것을 눈으로 지켜볼 수밖에 없었다. 일격필살—擊必殺을 노리지만 않았다면 지금처럼 쉽게 공격이 막히지는 않았을 것이다. 언제든 손이나 몸의 방향을 바꿀 수 있었을 테니 말이다. 하지만 자신은 일격필살을 노렸고 그로 인해 위험이 찾아왔다.

수면을 박차고 뛰어오르는 돌고래처럼 권절의 허리 아래에서 솟아오른 위지천의 두 손이 좌우로 갈라지며 권절의 허벅지와 아랫배를 동시에 타격했다.

팡! 파앙!

허벅지를 때린 손을 주먹으로 바꿔 무릎을 가격할 수도 있었고, 아랫배에 닿은 손에 삼 갑자가 넘는 내공을 담아 내부 장기를 진탕시킬 수도 있었다.

물론 공격이 성공한다고 해도 단숨에 권절을 무너트릴 수는 없을 것이다. 하지만 상대에게 엄청난 충격을 안겨 줄 수 있는 것은 사실이었다.

위지천은 내공이 실리지 않은 손바닥으로 상대를 가격하는 정도로 공격을 끝낸 후 뒤로 물러섰다.

"허어!"

황보소명은 감탄사와 함께 고개를 가로저었다. 창귀를 눕혔다고는 하지만 나이로 보아 어느 정도는 겉멋에 빠져 있을 것이라 생각했다. 그런데 이런 식으로 십칠존 중의 한 명인 동생을 상대하다니 정말 어이가 없었다.

이런 느낌은 황보소명의 곁에서 비무를 참관하던 사람들도 마찬가지였다. 특히 육십 대의 노인 두 명은 입까지 벌리고 있었다.

"진정 놀랍구먼."

"그러게 말입니다. 저자거리에 어린이들도 사용하는 기본적인 초식과 빠름만으로 권절을 상대하다니, 참으로 놀라울 뿐입니다."

노인들의 대화가 못 마땅했는지 황보산정의 눈살이 찌푸려졌다. 하지만 그들은 황보산정이 뭐라고 할 수 있는 사람들이 아니었다. 그 정도가 아니라면 아버지께서 참관을 허락하지도 않았을 것이지만 말이다.

권절은 맥이 빠진 듯 허탈한 표정으로 위지천을 쳐다보

았다.

"자네에게는 비무였군!"

"죄송합니다."

권절은 시선을 하늘로 돌렸다.

어지간한 충격은 가볍게 흘려버릴 수 있는 수미천왕신공須彌天王神功이 십 성의 경지에 오른 지금, 상대의 손에 제대로 맞았다고 해도 그리 큰 피해를 입지는 않았을 것이다. 하지만 상대도 자신만의 비기를 가지고 있을지 모르는 일이었다.

게다가 조금 전 위지천의 행동은 냉철하면서도 과감했다. 이길 수 있다는 자신감이 없으면 실행하기 어려운 행동인 것이다.

비록 자신의 주특기인 장대한 내공과 거기에 어울리는 자신만의 절기는 써 보지도 못했지만, 빈틈을 보이고 그 빈틈을 역으로 이용해 상대를 제압하는 것은 두 손에 목숨을 걸었다는 자신도 쉽게 행동으로 옮길 수 없는 것이었다.

이런 상대와의 결투라면 시간이 길어지고 흉포해질수록 흘리는 피의 양만 늘어날 뿐 결국에는 자신이 패배할 것이었다. 문득 승부에 집착한 자신의 처지가 우습다는 생각이 들었다.

권절의 입가에 부드러운 미소가 떠올랐다.

"내가 졌네. 조금 전에 사정을 봐준 것 고맙네."

"엉겁결에 약간의 승세를 거두었을 뿐입니다. 결투가 길어졌으면 분명히 저의 패배였을 것입니다."

"하하하하!"

권절의 커다란 웃음소리가 연무장에 울려 퍼졌다. 명륜각과 숲 하나를 사이에 두고 지어진 수륜각에 앉아 온 정신을 명륜각에 집중하던 황보공릉의 얼굴에 미소가 떠올랐다.

'기연이로고…….'

승부를 초월한 듯한 권절의 웃음소리. 자신조차 지나친 승부욕으로 넘어서지 못했던 십 성의 벽을 권절이 넘어서고 있었다.

술에 취한 위지천이 구사우의 어깨에 기댄 채 방에 들어섰다. 평소에 많은 술을 마시지 않은 탓도 있지만 황보공릉과 권절이 권한 술을 넙죽넙죽 받아먹은 결과였다. 게다가 제남의 무인이라는 세 명이 건네준 술잔도 적지 않으니 이렇게 된 것도 무리는 아니었다.

"괜찮으십니까?"

구사우의 걱정스러운 물음에 위지천의 고개가 구사우에게로 돌려졌다. 그런데 위지천의 눈이 맑았다. 방에 들어서기 전까지만 해도 술에 잔뜩 취한 모습을 보이던 눈이 아니었다.

위지천은 구사우의 어깨를 두르고 있던 팔을 풀고 방 중앙에 놓인 탁자에 앉았다.

"앉아라."

구사우의 표정이 굳어졌다. 다른 사람의 눈을 피할 생각이 아니라면 대형이 굳이 이런 모습을 보이지 않았을 것이었다. 구사우는 서둘러 의자에 앉았다.

"대파산창은 전 오식 후 삼식으로 이루어져 있다. 원래 계획은 위지세가에 도착하기 전에 전 오식을 가르치고 나중에 때가 되었다 싶을 때 후 삼식을 가르칠 예정이었다. 하지만 연화이십팔숙이 끼어들었으니 이제 그 일은 어렵게 되었다."

구사우는 고개를 끄덕였다.

"내일 아침에 권절 선배께서 너를 데리러 올 것이다. 그분을 따라 진강으로 가거라. 그리고 그곳에 도착하면 어르신에게 말해 철기맹의 창술을 배우도록 해라. 다른 것은 배울 필요가 없으니 나머지 시간에는 대파심결과 삼초식의 대파산창을 완성하도록 해라."

"그럴 수는……."

위지천은 손을 들어 구사우의 말을 막았다.

"나 혼자라면 어떤 경우에서도 몸은 피할 수 있다. 하지만 네가 있다면 이야기는 다르다."

구사우는 고개를 숙였다. 매몰차다고 느낄 정도로 냉정한 말이었지만 위지천의 말은 사실이었다. 지금 자신은 대형의 짐이었던 것이다.

구사우의 눈에서 눈물이 흘러내렸다. 창피해서 흘린 눈물이 아니었다. 대형을 적의 수중에 놔두고 떠나야 하는 지금의 상황이 너무 분하고 원통했던 것이다.

위지천의 말이 이어졌다.

"내 걱정은 하지 않아도 된다. 그리고 대파심결로 너의 내공을 모두 아우르고 삼초식의 대파산창을 완성하면 그때는 돌아와도 좋다."

구사우는 흐르는 눈물을 소맷자락으로 대충 닦은 후 고개를 들어 위지천을 바라보았다.

"육 개월만 기다려 주십시오."

육 개월 만에 이룰 수 있는 일이 아니었다. 하지만 위지천은 빙긋이 웃으며 고개를 끄덕였다. 꼭 이뤄야 할 것이 있는 사람에게 날짜는 한낱 숫자일 뿐이었다.

"알았다. 기다리고 있으마."

결의에 찬 표정의 구사우와 잔잔한 미소를 짓는 위지천의 시선이 자신의 몸을 불태워 빛을 발하는 초의 향기 속에서 소리 없이 어우러지고 있었다.

다음 권으로 이어집니다

잠룡물용 묵룡 지음 | 각 권 8,000원
아혈을 폐하고 양손의 근맥을 잘라도, 그가 품은 용의 발톱을 부러트릴 순 없었다!
위지세가의 적자 위지천! 가주 자릴 탐내 친족 살해를 행한 작은할아버지와
숙적의 눈을 피해 어린 그가 택한 길은 오직 침잠沈潛!
그러나 천재의 기질을 감추고, 이름을 바꿔도 송곳은 언젠가 주머니에서 삐져나오는 법!
독보천하獨步天下를 이루기 위해 용의 기세를 펼친 위지천이 무림을 질주한다!

광신광세 박성진 지음 | 각 권 8,000원
『광마』에 이은 미치도록 화끈한 박성진의 광 시리즈 제2탄!
내 이름은 구양직, 바르게 산다고 말할 때의 그 직直이다
하지만 미리 말해 두겠는데 나는 절대로 바르게 살지 않는다, 절대로!
광신을 찾아 나선 청년 구양직의 살 떨리는 천적 제거술!

임모사트 아카데미 박태영 지음 | 각 권 8,000원
2007년을 강타하는, 최고로 유쾌한 판타지!
시공간의 존재가 무색한 임모사트 아카데미에서 환상 같은 마법이 펼쳐진다!
세계 제일의 교육기관이며 마도 연구소를 겸한 임모사트 아카데미
마법사라기보다는 숙련된 가정부에 가까운 괴짜 연구원 등장!
'얼음산의 망령' 엔데라 로드릭! 임모사트 아카데미의 해결사(?)로 거듭나다!

무림사계 한상운 지음 | 각 권 8,000원
가장 도발적이고 가장 이단적인 상상력의 작가 한상운 신작
그해 여름은 살벌했고 그해 가을은 유쾌했으며
그해 겨울은 가슴 시렸고 그리고… 그해 봄, 그 봄은……
누구에게도 인생은 농담이 아니다!
하물며 칼끝에 목숨을 얹은 채 무림인으로 살아간다는 것은……

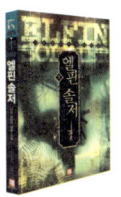

엘핀솔저 나산 지음 | 각 권 8,000원
이계로 날아간 말년 병장의 판타지 대륙 종횡기!
제대를 코앞에 두고 난데없이 터진 핵전쟁!
그리고 그 여파로 날아간(?) 마법과 몬스터로 가득 찬 새로운 세상
세상의 끝을 찾아 떠나는 엘핀 솔저 김 병장, 이계의 동료들과 함께 대륙의 음모와 맞선다!

바람의 칼날 산초 지음 | 각 권 8,000원
인터넷 연재 사이트 조회수 1위의 대작!
해외 세일즈맨 만재는 저격당한 후 이계의 소년, 파드로 깨어난다
시골 사나이의 장점을 살려 이계에 적응한 만재는 대륙을 누비려는 야심을 품는데…
시골 청년 만재가 펼치는 화끈한 이계 개혁의 시대가 온다!

투한 류진 지음 | 각 권 8,000원
류진의 카리스마 넘치는 무협이 다시 돌아왔다!
어머니를 죽이고 자신의 왼쪽 가슴에 검을 찔러 넣은 악한
그자를 만나야 한다. 왜 그랬는지 꼭 물어야 한다. 그리고… 죽여야 한다!!
무서울 정도의 정신력과 근성! 받은 것은 반드시 돌려준다!
그게, 사내 설잔악이 살아가는 방식이다!

더 레드 이그니시스 지음 | 각 권 8,000원
『리셋 라이프』의 작가 이그니시스의 신작!
극도로 순박한 사람들만 산다는 외딴 섬 마을! 그 마을 사람들이 레드 드래곤을 나눠 먹었다!
그리고 살기 좋은 땅을 찾기 위해 본토로 나온 그들!
붉은 머리칼, 붉은 눈을 한 자들을 조심하라!
그들의 순박함 뒤에 상상할 수 없는 능력이 감춰져 있으니!!

달빛 조각사 남희성 지음 | 각 권 8,000원
『하이마』, 『태양왕』의 작가 남희성이 야심차게 내놓은 2007년 신작!
돈을 벌겠다는 집념으로 뭉친 위드에게 게임 속 세상은 모조리 돈으로 연결된다
그러나 험난한 퀘스트를 수행한 대가로 얻은 것은 전혀 돈 안 될 것 같은 '조각사'라는 직업이었으니…
'전설의 달빛 조각사'가 되어 떼돈을 벌기 위한 위드의 대장정이 시작된다!

열왕대전기 강승환 지음 | 각 권 8,000원
『신마강림』에 이은 강승환의 또 다른 변신!
암과 사투를 벌이던 사내 강인한, 마나 홀에 빨려 들어 이계로 넘어가다
마검사 카르마로서 대륙을 평정하기 위한 그의 움직임에 주목하라!
위대한 전사 카르마, 그의 전설이 시작된다.